本书得到宏盟集团的资助

Global Media Review

全球传媒评论[VI]

清华大学新闻与传播学院　编

清华大学出版社
北京

图书在版编目(CIP)数据

全球传媒评论.[VI]，媒介批评/清华大学新闻与传播学院编.--北京：清华大学出版社，2011.7

ISBN 978-7-302-25591-8

Ⅰ.①全…　Ⅱ.①清…　Ⅲ.①传播媒介－批评－研究－世界　Ⅳ.①G219.1

中国版本图书馆 CIP 数据核字(2011)第 096665 号

责任编辑：纪海虹
责任校对：王凤芝
责任印制：李红英
出版发行：清华大学出版社　　地　址：北京清华大学学研大厦 A 座
http://www.tup.com.cn　　邮　编：100084
社 总 机：010-62770175　　邮　购：010-62786544
投稿与读者服务：010-62776969，c-service@tup.tsinghua.edu.cn
质 量 反 馈：010-62772015，zhiliang@tup.tsinghua.edu.cn
印 刷 者：北京密云胶印厂
装 订 者：北京市密云县京文制本装订厂
经　销：全国新华书店
开　本：175×248　印　张：14.5　字　数：249 千字
版　次：2011 年 7 月第 1 版　　印　次：2011 年 7 月第 1 次印刷
定　价：29.00 元

产品编号：040970-01

《全球传媒评论》编委会

国际顾问委员会

Robert McChesney（美国伊利诺伊大学香槟分校）
Vincent Mosco（加拿大女王大学）
Patrick Murphy（美国南伊利诺伊大学爱德华兹维尔分校）
Kaarle Nordenstreng（芬兰坦佩雷大学）
Christine Ogan（美国印第安纳大学布卢明顿分校）
Allen W. Palmer（美国杨百翰大学）
Tomasz Pludowski（波兰华沙私立人文大学）
Manjunath Pendakur（美国南伊利诺伊大学卡本戴尔分校）
Lawrence Pintak（美国密歇根大学）
Kuldip Rampal（美国中央密苏里州立大学）
Marc Raboy（加拿大蒙特利尔大学）
Amit M. Schejter（美国宾夕法尼亚州立大学）
Enrique E. Sánchez Ruiz（墨西哥瓜达拉哈拉大学）
Harmeet Sawhney（美国印第安纳大学布卢明顿分校）
Mehdi Semati（美国东伊利诺伊大学）
Hemant Shah（美国威斯康星大学）
Nancy Snow（美国加州州立大学富尔顿分校）
Joseph D. Straubhaar（美国得克萨斯大学奥斯汀分校）
Majid Tehranian（美国夏威夷大学）
Daya Thussu（英国威斯敏斯特大学）
Herman Wasserman（南非斯坦陵布什大学）
Dwayne Winseck（加拿大卡尔顿大学）
ITO Youichi（日本庆应义塾大学）

目 录

传媒法治

全球传媒教育

新书架

CONTENTS

MEDIA LAW & REGULATIONS

GLOBAL MEDIA EDUCATION

BOOK REVIEW

编者的话

第六辑《全球传媒评论》出版了。

这一辑的封面专题是“媒介批评”，特邀主编是多年致力于媒介批评研究的王君超副教授。经他积极联系，本辑媒介批评专题栏目稿源丰富，纳入了7篇文章。

著名的美国媒介批评学者阿瑟·伯格教授2009年夏天曾受邀在清华大学新闻与传播学院讲学，他的课堂上常常笑声不断，使莘莘学子近距离领略了幽默大师的风采。为这辑专栏，伯格教授特地撰写了《幽默是世界的，笑是民族的》这篇文章。在文中，伯格教授罗列了许多种幽默的技巧；但他告诉读者的最重要的信息可能却是：幽默的体验是社会文化的产物，是一种情境中的交流。香港学者黄煜、石琳的《“批判的自由主义”与中华社会转型研究》是对李金铨教授的著作《超越西方霸权：传媒与“文化中国”的现代性》所作的一篇长达万字的书评。文章介绍了李金铨教授多姿多彩的学术生涯和宏阔与精深兼备的学术思路。诚然，简单化地划分“左”、“右”无益学术的发展。《全球传媒评论》也秉承学术自由的信念，崇尚批判性和建设性的思考，力争学术观点兼容并包，使学术研究对社会、对人民产生健康的价值，这也正是媒介批评的宗旨。

本辑编译的美国“国内骚乱调查委员会”关于大众传媒在报道少数族群骚乱新闻所起作用的调查报告是一篇四十多年前的经典文章，对20世纪60年代的美国媒体在那个动荡社会中报道群体性事件的后果进行了较为公允的评价。调查发现，媒体报道并不是那些社会事件的制造者，而只是揭露者；各种潜在的社会矛盾才是骚乱发生的真正原因。虽然媒体介入群体事件的行为方式并非无懈可击，但对骚乱的报道最终推动了社会的警觉，促进了问题的解决，从而达到了真正的社会和谐。

学者时统宇、吕强对“收视率导向”的现象进行了社会学批判，针对科学主义“将自然科学的研究路径强加于对人类文化的思考之中”这种理论上的“霸权思维”进行了学理的分析。对亚非拉发展中国家的传播进行研究，是我们希望和鼓励的方向。

来自美国的学者卡拉扬和温菲尔德提交的《第一夫人政治候选人媒体修辞框架的跨文化研究》，对乌干达和美国的报纸在报道两位第一夫人参加总统竞选时采用的修辞框架进行了比较分析。虽然在研究方法上不无值得商榷之处，但文章提出了一种有趣的比较思路。中国学者对鲁迅的研究实在不少，但学者宋双峰从媒介批评的视角出发，将鲁迅对受众的分析批评作为研究的课题，令人有别开生面之感。一向出语尖锐的学者李幸以一篇短小精悍的《媒介批评死了?》，为我们这个话题作出了令人警醒的提醒。在理论的繁荣和热闹中，也需要这样冷静的思考。

在常规栏目“新媒体研究”中，我们选择了几位年轻学子所做的对中国网络游戏业的工业化与商业化、人人网中的“友谊维持”和采纳及使用社交网站的社会影响等几个研究，其研究方法既有以深度访谈为主的质化分析(庞云黠)，也有政治经济学批判(陈莱姬)，还有对传播效果进行的数量化个案研究(崔玺)，可谓丰富多彩。“传媒法治”栏目中复旦大学新闻学院长江学者讲座教授、香港浸会大学传理学院讲座教授、美国北卡大学传播学院研究教授赵心树以澎湃的激情宣讲了自由与稳定之间相辅相成的关系，认为在全球化和新媒体时代自由与稳定是难以兼得，但又必须兼得的鱼与熊掌。学者高一飞的《警务公开比较研究》和刘海明的《媒体的自律与他律》，都是从法治角度提出问题的，也为我们下一辑“新媒介环境下的媒介伦理”专题发出了先声。

在本辑“全球传媒教育”中，来自美国的库尔迪普·罗伊·朗帕尔介绍了对马格里布四国新闻教育与新闻实践的比较结果。我们这一辑保持了“新书架”栏目，力求为全球传播的学术努力添砖加瓦!

最后，殷切地期待学者们为我们提供富有创见的高质量论文，共同浇灌这方青青的园地。

媒介批评

幽默是世界的，笑是民族的

——致有志于幽默研究的媒介批评家们的小小建议[①]

Humor is Global, Laughter is Local A Modest Proposal for Media Critics Interested in Humor Research

[美]阿瑟·伯格[②]

秦 洁[③] 译

中文摘要：幽默是一种世界性的现象，但是我们发笑的原因却因为文化差异而各不相同。虽然有许多理论试图解释其原因，但是都不够完善，所以我们几乎不可能真正弄清楚发笑的原因。但是，我们可以找出是什么使我们发笑。本文列举了45种幽默技巧，并用其对一些幽默文本进行了分析。本文还提出了一些研究建议，供有志于幽默研究的社会学家、文化理论家以及媒介学者参考。

关键词：幽默　技巧　文化研究　媒介批评

Abstract: Humor is a global phenomenon, but the reasons why we laugh vary according to different cultures. This paper argues, in fact, it is impossible to know why we laugh. There are a number of theories that attempt to explain why we laugh but they all have limitations. It is possible, however, to know what makes us laugh and 45 techniques that inform humor are listed and used

---

① 作者注：我从1970年开始写一些关于幽默的书籍和文章，本文借鉴了其中的材料。本文特为《全球传媒学刊》而撰写。

② 阿瑟·伯格(Arthur Asa Berger)：美国旧金山州立大学广播与电子传播名誉教授。已出版60余本著作，涉及幽默、媒介、流行文化及其他相关议题。所主编的一个关于幽默与社会的笔谈，刊登在2010年美国《社会》(Society)杂志一月/二月号。

③ 秦洁：清华大学新闻与传播学院硕士研究生。

to analyze a number of humorous texts. This paper also offers a modest proposal about how to analyze the humor for social scientists, culture theorists and media scholars.

Key Words: humor, techniques, culture study, media criticism

幽默是一种世界性的现象。几乎所有人都曾因幽默而粲然一笑，更有许多人对幽默产生了很大好奇。各个国家的人都会笑，而且经常发笑。美国人大概每天要笑 15 次。有时我们在哈哈大笑之后，不禁扪心自问："我为什么要笑？什么让我发笑？"虽然我们一天要笑好多次，但并不总是因为笑话或者幽默故事而发笑。几乎所有的话，像是"你好"、"别来无恙"这样无关痛痒的话都会让我们笑起来。

心理学家罗伯特・普罗温(Robert Provine)是幽默研究的先行者，他在著作《笑》中写道：

> 出乎意料的是，我们发现大多数谈话中的笑声并不是被笑话或故事等经过精心构思的幽默所引起的。在我们的样本中，有不到 20% 的笑是对任何貌似幽默的言语作出的回应。大多数的笑是被非常普通的言语引起的，诸如"看，是安德烈！""你确定？""见到你我也很高兴。"

普罗温解释道：笑在很大程度上是一种社会性现象。"人们在社交场合发笑的可能性是独处时发笑的大约 30 倍"。普罗温将"笑"定义为：

> 笑的特征表现为一系列短促的类似元音的音符(音节)。每个音符(音节)长约 75 毫秒，并以 210 秒为间隔来重复。某个单一元音并不能定义笑声，几个类似的元音往往被典型地应用在笑声中。例如，笑声有"哈哈哈"或者"嘿嘿嘿"这样的结构，但是没有"哈嘿哈嘿"这样的结构。

尽管我们每天要笑很多次，但是我相信很少有人能够定义笑声。这也是我将这个定义放在本文中的原因。

和其他自发性行为一样，幽默也会在你要进行观察的时刻转瞬即逝。有人总是说幽默死在了"手术台"上，他们认为幽默是只可意会不可分析的东西。普罗温讨论的是愉快的笑，是幽默的终点。他的研究让我们了解了为什么笑话书中和关于幽默的书籍中那些幽默的文本大多数看起来平淡无趣。因为幽默是社会性的，我们需要在人群环绕中去享受它，除了当我们沉浸在滑稽小说和滑稽诗歌等幽默文学中的时候。

幽默之谜

千百年来，幽默之谜吸引了许多伟大的思想家。据说亚里士多德曾经写过一本关于喜剧的书，他也曾经提及，但是那本书始终没有被发现。如果你看过根据翁贝托·艾柯(Umberto Eco)的著作《玫瑰之名》拍摄的电影，你会看到图书馆里那本亚里士多德关于喜剧的书在影片的结尾被付之一炬。我曾经开过一个玩笑——我写了一本书，声称自己发现并翻译了亚里士多德的《喜剧》。在书后我附上了一段我"翻译"的亚里士多德的佚文中关于幽默的谋杀谜案。这本书的一位评阅人认为我对亚里士多德的翻译非常棒，但他根本不知道亚里士多德的《喜剧》从未在世上出现过。

幽默是世界的，笑是民族的。不同国家的人会对不同的事物发笑，这些差异是基于本土的、地区的、民族的、文化的规范和习俗。这些事实为深入研究文化现象的媒介分析家们提供了一条重要的进路。幽默还有许多其他优点。首先，从古罗马、古希腊喜剧到莎士比亚的杰作再到众多的当代剧作，数千年来幽默戏剧数不胜数。而且，小说、电影、卡通还有众多其他形式的媒介成为幽默的载体。我们不难发现，幽默这一现象亘古及今、无处不在。所以研究幽默有可能让我们对当下或以前的人类生活有更为丰富的重要发现。暂且不谈幽默的承载媒介，如何解读我们称之为"幽默"的这一奇特事物，是媒介批评者家们面临的问题。

为什么要笑

虽然许多思想家们曾经对喜剧、笑话、情景剧、卡通等等各种各样的幽默着迷，但是始终没有弄明白我们为什么要笑以及如何解读笑的问题。在这里，我举出四种主要的"理论"或"元理论"，它们可以涵盖几乎所有作家学者对发笑原因的解释。

幽默优越论

这一幽默理论的历史最为悠久。亚里士多德认为喜剧包含了"对较差的人的模仿"，或者应当说，是被剧作家"写得更差了"。关于优越理论最著名的言论来自政治哲学家托马斯·霍布斯。他在著作《利维坦》中写道："笑是以己之长比他人之短，或者以己今日之长比己往昔之短后，骤然而生的荣耀。"优越理论认为：我们笑别人是因为我们看到那些人不如自己，或者就好像看到了从前的自己；他们也许本身就可笑，或者被剧作家们描写得很可笑。

幽默精神分析论

我们可以把西格蒙德·弗洛伊德视为幽默精神分析法之父。他认为幽默在本质上基于隐蔽的攻击性，常常掺杂着人的性欲，并给予人所需的满足感。弗洛伊德的著作中也有许多精彩的犹太笑话。在其著作《笑话及其与无意识的联系》中，弗洛伊德解释道："在这儿我们终于可以理解笑话究竟达成了怎样的目的。笑话使得（或放荡的或富有攻击性的）本能与障碍物狭路相逢之时可以得到满足。"除此之外，幽默还提供了其他许多种满足。弗洛伊德和他的追随者们例如马丁·格罗特雅恩（Martin Grotjahn）已经解释了一些。

幽默失调论

失调论大概是幽默解释中最广为接受的理论。这一理论认为人们对幽默的文本或对象的期望与实际所得存在差异。笑话就是很好的例子。笑话中的笑料之所以"可笑"，是因为它让笑话中的事件有了一个让人意想不到但又合情合理的解决之道。如果确实是一个好笑话，那其中的某句笑料就会"雷"到我们并制造出"笑果"。笑话通常被定义为意图取悦他人的小故事，其中包含笑料，并能制造"笑果"。

哲学家叔本华解释过失调如何成为幽默的基础。他写道：

> 笑的起因是对某一概念和真实对象之间的失调的突然感知。这一失调在某些关系中已经被全面地考虑过。笑本身就是失调的表达。[①]

因此，失调是笑的起因，而笑是可笑事物的标志。

幽默传播论

这一理论关注人类意识处理信息的方式，传播中如何将信息作为框架和悖论，他们如何产生幽默。格里高利·贝特森（Gregory Bateson）和威廉·弗莱（William Fry）的著作被称为认知理论。例如，在威廉·弗莱的著作《甜蜜的癫狂》

① 引自 Ralph Piddington，The Psychology of Laughter，New York，Gamut Press，1963，171-172

中他写道(1968：153)：

> 在"抖包袱"的过程中，在"包袱"抖出来的那一刹那，听众突然经历了一次"清晰—含糊"的逆转。这一逆转过程使得幽默不同于戏剧、梦魇……这一逆转也迫使幽默的参与者内心对现实进行重新定义，从而产生了独特的影响。笑料必然由传播与元传播组成。

幽默是一种传播形式，是一个谜，是一种迫使我们去认识现实中的矛盾的力量。弗莱建议说，对待现实中的矛盾不妨一笑而过。所有这些主要理论都缺乏重要的一点：一些细致具体的思考——究竟是幽默文本中的什么东西引发了笑。

什么使人发笑：剖析幽默

在我关于幽默的研究和论著中，我尝试着一种分析幽默的方法(也有人质疑我的方法)。我感兴趣的是什么使我们发笑，而不是我们为什么发笑。我集中研究了幽默大师们的搞笑技巧，暂不论幽默的载体。在我的书中，例如《幽默解剖学》(*An Anatomy of Humor*)，《盲人与象》(*Blind Men and Elephant*)以及《喜剧写作艺术》(*The Art of Comedy Writing*)中，我提出了一种可以被称之为笑话形态学或者其他幽默样式形态学的分析方法(受到弗拉基米尔·普洛普(Vladimir Propp)的经典著作《民间故事形态学》的启发)。这一方法在设计上非常像普洛普的风格。它建立在对许多不同媒介上不同幽默事例的内容分析的基础之上，我要寻找其中使人发笑的技巧。"形态学"这一概念实质上是指事物的"结构组成"。在我的论著中，我把幽默加以解构。我总结的技巧可以用于任何媒介、任何历史时期的幽默文本之上。

在这些论著中，我解释了为什么要关注什么使人发笑，关注幽默技巧，并且举例说明如何将这些技巧应用于各种各样的幽默案例中。在本文中我不会过多阐述那些书中的内容，我会举出两个表，列出45种幽默技巧。这是许多年前我所做的一项大规模内容分析项目中得出的成果。我发现这45种技巧通过各种方式进行搭配，可以制造幽默和"笑果"，它们可以归为四类：语言幽默(humor involving language)、身份幽默(humor involving identity)、逻辑幽默(humor involving logic)、动态(视觉)幽默(humor involving action or visual matters)。表2将这些技巧按照字母顺序排列，并标上号码，便于精确地解构笑话或其他幽默案例。在解构时可以用某个号码代表某种技巧。比较复杂的是，一个幽默文本，甚至一个小笑话，都有可能同时包含几种技巧。

表 1　可归为四类的 45 种幽默技巧

LANGUAGE 语言	LOGIC 逻辑	IDENTITY 身份	ACTION 动态
Allusion 用典	Absurdity 荒诞	Before/After 前/后	Chase 追逐
Bombast 夸大	Accident 意外	Burlesque 嘲讽式戏仿	Slapstick 打闹
Definition 定义	Analogy 类比	Caricature 漫画化	Speed 速度
Exaggeration 夸张	Catalogue 目录	Eccentricity 怪癖	
Facetiousness 滑稽	Coincidence 巧合	Embarrassment 尴尬	
Insults 污辱	Comparison 比较	Exposure 暴露	
Infantilism 幼稚	Disappointment 失望	Grotesque 怪诞	
Irony 讽刺	Ignorance 无知	Imitation 模仿	
Misunderstanding 误会	Mistakes 错误	Impersonation 装扮	
Over literalness 照本宣科	Repetition 重复	Mimicry 拟态	
Puns/Wordplay 双关语/文字游戏	Reversal 逆转	Parody 戏仿	
Repartee 巧对	Rigidity 刻板	Scale 等级	
Ridicule 嘲笑	Theme/Var. 主题/变奏	Stereotype 刻板成见	
Sarcasm 挖苦	Unmasking 揭露		
Satire 讽刺			

表 2　45 种幽默技巧按首字母排序编号

1	Allusion 用典	16	Embarrassment 尴尬	31	Parody 戏仿
2	Absurdity 荒诞	17	Exaggeration 夸张	32	Puns/Wordplay 双关语/文字游戏
3	Accident 意外	18	Exposure 暴露	33	Repartee 巧对
4	Analogy 类比	19	Facetiousness 滑稽	34	Repetition 重复
5	Before/After 前/后	20	Grotesque 怪诞	35	Reversal 逆转
6	Bombast 夸大	21	Ignorance 无知	36	Ridicule 嘲笑
7	Burlesque 嘲讽式戏仿	22	Imitation 模仿	37	Rigidity 刻板
8	Caricature 漫画化	23	Impersonation 装扮	38	Sarcasm 挖苦
9	Catalogue 目录	24	Infantilism 幼稚	39	Satire 讽刺
10	Chase 追逐	25	Insults 污辱	40	Scale 等级
11	Coincidence 巧合	26	Irony 讽刺	41	Slapstick 打闹
12	Comparison 比较	27	Mimicry 拟态	42	Speed 速度
13	Definition 定义	28	Mistakes 错误	43	Stereotype 刻板成见
14	Disappointment 失望	29	Misunderstanding 误会	44	Theme/Var. 主题/变奏
15	Eccentricity 怪癖	30	Over literalness 照本宣科	45	Unmasking 揭露

有些研究幽默的学者指出：这些技巧有部分重叠，彼此并不互斥；我对技巧的定义不合适；有些幽默案例并不怎么可笑，而且这个列表还可以大大精简。

解构幽默,自乐自得

在这里我要举几个笑话,并演示如何解构这些笑话以发现蕴含其中的幽默技巧。幽默是世界性的现象,但是我之前也提到过,不同国家的幽默各异,所以本文来自某些国家的读者也许会觉得这些笑话莫名其妙、不好笑。唯一不用通过语言而且所有人都能够领会的幽默是配上身姿手势的"肢体喜剧"。我之所以用笑话做展示是因为它们比较短小便于分析。我将从一个关于性的笑话讲起。

性与性别

> 一个男人去迈阿密度假。四天之后他发现自己被晒得全身黝黑,除了裤裆里面。第二天清晨,他到海边一个人迹罕至的地方,脱了衣服躺下。他在全身盖满沙子,只把私处露在太阳地里晒。两个小老太太散步经过,其中一个发现了沙中之物。这个老太太说:"我20岁的时候怕死那东西了。等到40岁了,我对那东西爱也爱不够。现在我60岁了,身边找也找不见那东西了,原来都长到这荒郊野地里来了!"

在这个笑话里,我们能够发现以下幽默技巧:

15. 怪癖　这个男人必须把全身都晒黑,甚至包括私处。
29. 误会　老太太认为那话儿是长在海滩上的。
18. 暴露　这个男人的露阴癖和老太太的性欲。
34. 重复　老太太20岁、40岁、60岁。

这些技巧让我们从笑话中得到更多东西,而不仅仅是一种优越感(我们对笑话中的人物的感觉),不仅仅是一种隐蔽的攻击性(对这个男性和这位年长女性进行荒诞化处理),不仅仅是一种失调(最后那句笑料),也不仅仅是戏剧或矛盾(意识到是个笑话不是现实)。这个笑话本质上是关于自我(怪癖、暴露)与逻辑(暴露无知、重复)。

刻板成见

下一个笑话中有关于民族的刻板成见,这种刻板成见我们经常能在大众媒体上或其他笑话中见到。有大量刻板成见笑话嘲笑揶揄不同种族、民族、性别、职业、宗教等等。

联合国请一群学者撰写一本关于大象的书。以下是成果：法国人写的是《大象的爱情生活》；英国人写的是《大象与英国社会阶层》；德国人写的是《大象简介》（五卷本）；美国人写的是《如何让大象又大又壮》；犹太人写的是《大象与犹太人问题》。

在这个笑话中我们发现以下技巧：

43. 刻板成见　不同的民族、种族与宗教被荒诞化

44. 主题/变奏　每一个笑料都包括民族性格和大象

接下来我举一个关于宗教人物的笑话。

宗教

一天牧师①出人意料地提早回家。他发现家里有一股浓重的雪茄味，而妻子在床上光着身子。他探出窗外看到一个神父吸着一根大雪茄正往门口走。牧师醋意骤升，举起冰箱就朝神父扔去。神父毙命。牧师懊悔万分，结果也跳窗自杀。霎那间，牧师、神父和一个拉比来到了天国之门，站在一位天使面前。"发生了什么事?"天使问神父。"我正往门外走，结果被一个从天而降的冰箱砸到了。"神父说。"你呢?"天使问牧师。"我用冰箱砸死了神父，觉得内疚就自杀了。""你呢?"天使问拉比。"你看，我正在忙我自己的……在冰箱里抽根雪茄……"

在这个笑话中我们发现以下技巧：

11. 巧合　牧师提早回家，发现家里有浓重的雪茄味。

29. 误会　他认为是那个神父抽的雪茄。

19. 滑稽　拉比说在忙自己的事——在冰箱里抽雪茄。

让我以一则政治笑话作为总结。政治是笑话或其他幽默形式的常见主题，例如报纸上的政治漫画，或者视频网站上的短片。

政治幽默

我举一个例子，是关于美国共和党与民主党敌对关系的笑话。

---

① 牧师是基督教新教的神职人员；神父是天主教神职人员；拉比是犹太教神职人员。——译者注。

一个年轻男子在加利福尼亚高速公路旁想搭便车。不久一辆凯迪拉克停下了，司机摇下窗户问道："你是共和党?""不，"男子说："我是民主党。""对不起。"司机说完就开走了。15分钟后，一对夫妇开着林肯大陆轿车停了下来。"你是共和党吗?"女的问。"不，我是民主党。"男子说。"对不起。"女的回答说。然后他们就开走了。20分钟之后，一辆梅赛德斯-奔驰车停了下来。开车的是一个妙龄美女。"你是共和党吗?"美女问。年轻男子决定隐瞒自己真正的政治身份，于是他说："是的，我是共和党人。""上车吧。"美女说。男子开门坐在美女身旁。他看着她，欣赏着她的美貌。男子心里想："这难道不美妙么？我只当了两分钟共和党人就想'害'(screw)别人了。"

"害"在这个笑话里有两个意思。它可以理解为"占别人便宜"(民主党一直认为共和党在占人便宜)，也可以理解为"发生性关系"(这是民主党和共和党都一直在干的事，有时他们互相发生关系)。

我对笑话的分析到此结束。我们也能用这些技巧去分析和解构其他幽默样式。你看到笑话通常包含几种不同的幽默技巧。其他幽默样式也是如此。我们必须对某种幽默样式，例如笑话、谐趣诗、情景喜剧等，与污辱、讽刺、夸张、戏仿等幽默技巧加以区分。我应该指出，有学者认为戏仿不是一种幽默技巧而是一种文学体裁。下面，我将举出一则犹太戏仿作品，这可能会使情形复杂化。读者需要知道一些犹太文化才能领会文中的典故从而从这则戏仿中获得乐趣。

民族幽默：犹太俳句戏仿

这些戏仿的例子可能会让大多数人感到迷惑。因为它们采用了日本俳句的形式来讽刺美国犹太人文化和成见。它们可以被称为"新犹太俳句"。幽默在文化间的转译不是非常精准，我举的这些例子可以作为使用戏仿、刻板成见等技巧的民族幽默的范例。

Lacking fins or tail
the gefilte fish
swims with great difficulty.
没有鱼鳍没有尾
鱼丸

在艰难地游着

*****

Hard to tell under the lights.

White Yarmulke or

male-pattern baldness.

光底下难以分辨

是白色的犹太圆顶小帽还是男性秃瓢

*****

Her lips near my ear,

Aunt Sadie whispers the name

of her friend's disease.

她的唇在我耳边

萨迪婶婶轻声低语出

她朋友的疾病的名字

*****

Today I am a man.

Tomorrow I will return

to the seventh grade.

今天我是一个男人

明天我会回到

七年级

*****

Testing the warm milk

on her wrist,she sighs softly.

But her son is 25.

在手腕上试试温牛奶的热度

她轻声叹息

她的儿子已经25

*****

Beyond Valium,

the peace of knowing one's child

is an internist.

在安定之外

知道别人的孩子当了内科医生

也能获得平静

*****

The same kimono

the top geishas are wearing：

I got it at Loehmann's.

同样的和服

顶级艺伎所着

我在廉价商店 Loehmann's 购得

*****

Sorry I'm not home

to take your call. At the tone

please state your bad news.

抱歉我不在家

没能接电话。听到“滴”声后

请说你的坏消息

*****

Is one Nobel Prize

so much to ask from a child

after all I've done?

我已经做了那么多

难道要求一个孩子去拿诺贝尔奖

很过分吗？

*****

Passover left the door open

for the Prophet Elijah.

Now our cat is gone.

在逾越节开着门

以迎接先知以利亚

现在我们的猫丢了

*****

Quietly murmured
at Saturday services,
Yanks 5,Red Sox 3.
在安息日默念
洋基队 5,红袜队 3

这些戏仿拿犹太文化的方方面面开了善意的玩笑。例如,过分保护孩子的犹太母亲,犹太人的购物癖,犹太仪式(成人礼)和其他犹太人的情感与成见。这些俳句是犹太人写给犹太人的。犹太人有悠久的自嘲传统,但是自嘲并不是自虐。犹太人的一个成见就是要让孩子当医生(当内科医生更好)。这里也有关于犹太教仪式和日常生活的评论。虽然犹太幽默在美国非常流行,但是非犹太美国人不一定能够弄懂俳句中的大多数典故,许多非犹太人可能感觉糊里糊涂的。要弄懂第一个俳句,你就要知道鱼丸是做馅饼用的鱼肉丸子,犹太人在逾越节和平时经常吃。

文化批评家、社会学界和其他对幽默的跨文化差异感兴趣的人士,都可以用我的幽默技巧的图表来研究不同国家间或某国的不同群体间的幽默。如果在某个国家可以得到比较具有代表性的笑话或者其他幽默形式,研究者就可以分析笑话,并罗列在该国较为流行或在该国亚文化族群中比较流行的幽默技巧。如果能从中抽取出该群体最常用的幽默技巧,研究者就可以深入了解该群体成员(使用特定幽默技巧)的动机,他们喜欢或不喜欢什么样的笑话,就可以勾勒出该群体的幽默概况。

例如,如果有可能在美国、英国、德国或者日本获取一系列流行的笑话,研究者就可以分析其中的幽默技巧,来看该国主要的幽默技巧有哪些。我们也可以用同样的方法分析不同国家流行的情境喜剧,因为情境喜剧也像笑话一样使用了诸多幽默技巧来制造笑料。

这些主要的技巧可以暗示一些有趣的事情,像是民族性格以及观看情境喜剧的那些观众的心理。我之所以建议大家使用幽默技巧,是因为许多试图按照主题或主旨对笑话或其他幽默样式进行分类的方法最后都会出现问题,根本无法使用。我会在下述弗拉基米尔·普罗普的材料中解释原因。

笑话分类的问题:以弗拉基米尔·普罗普和民间故事为例

对幽默进行分类几乎是不可能的。因为幽默有太多的样式,太多不同的细节。在弗拉基米尔·普罗普的经典著作《民间故事形态学》(1928 年出版于俄国，1968 年被翻译成英文)中，普罗普解释了之所以使用“形态学”这一术语作为题目的原因。他写道(1968：xxv)：

> “形态学”意为形式研究。在生物学中，“形态学”这一术语意为植物组成部分的研究，抑或是植物之间或与总体的关系，换句话说，也就是植物结构的研究。然而，什么是“民间故事形态学”呢？很少有人思考过这一概念的可能性。

普罗普提出要构建一种能够涵盖所有令他感兴趣的民间故事的形态学。他也提到，尝试分析民间故事也存在问题。许多学者试图把民间故事作为文学体裁进行研究，但是那是个死胡同。还有其他一些学者尝试对民间故事进行分类，结果所做的是无用功。

普罗普还探讨了民间故事学家利用**类别**(categories)对民间故事进行分类的方法，例如童话、生物故事和寓言、家谱故事、笑话和寓言、道德寓言等。普罗普认为这些尝试都不成功，而且根据**主题**对童话进行分类效果更差。他还提出根据**源流和变体**对民间故事进行分类也无效，因为这种分类法要求我们“确定某一主题及其变体在哪里结束、另一个主题在哪里开始”(1968：9)。普罗普还认为根据**类型**(types)进行分类也是一条死胡同，因为任何故事都可能从属于许多个不同的类型。普罗普还分析了其他的分类方法，但是都不能令人满意。解决对民间故事进行分析及分类这一难题的办法，就是聚焦在其**结构上**，而不是其内容上。他解释道(1968：19)：

> 我们需要用特殊的方法剥离童话故事的组成成分，然后依据其成分对故事进行比较。其结果就是形态学(例如依据其组成成分来描述某一故事，并分析这些成分之间以及与总体的关系)。

秘诀就是根据剧中人(dramatis personae)的功能来分析民间故事。我建议在幽默研究中，我们也做同样的事情，来研究幽默技巧，正是这些技巧生成了我所说的笑话故事的生态学。其他所有的幽默分类方法都不是很有用，而且问题重重。

引导幽默研究：一些小小的建议

运用幽默来深入研究其所在国的社会与文化，我们可以做以下事情：

1. 找到有代表性的笑话、漫画电影、情景喜剧或其他任何形式、任何体裁、你所想到的任何媒介上的幽默样式——我们可以称之为"文本"。

2. 运用幽默技巧分类表来分析幽默文本，发现其中的技巧，思考幽默是否被身份、逻辑、语言或视觉形式所主导。你将会发现某种主导的幽默技巧，这一发现会帮助你描绘出你所研究的群体或国家的幽默的轮廓。

3. 运用对民族性格或相关话题有研究的学者的信息和材料，看看关于你所研究的群体和国家，你的幽默研究为你提供了哪些洞见。

4. 撰写关于你所研究的幽默、群体、社会或文化的文章时，一定要使用你正在分析的幽默案例。

5. 你可能会找到使用参与式观察进行研究的途径——比如录下电视上或夜总会里的喜剧演员。

6. 可以对你的发现进行量化，列出你所研究的文本中幽默技巧出现的次数。例如，你发现"污辱"是主要的技巧，这就对你有所启发；再如，你发现"挖苦"或"讽刺"是主要技巧，那也能揭示一些东西。

分析幽默来获取包含着巨大潜在价值的信息，这条道路永无止境。关于幽默理论、幽默种类、幽默的方方面面的书籍数不胜数。但是没有任何书籍能够提供一种细致分析幽默文本的方法，我认为是因为我们没有好用的工具来进行分析。我认为我的幽默技巧表为学者研究所有种类，所有媒介中的幽默文本提供了一种工具，(如果学者们使用得当)就能分析出幽默文本是如何让人发笑的。因为在所有国家，幽默无所不在，幽默是我们生活的一部分。幽默蕴含着所有潜在的无价的信息，可以供社会学家、文化理论家以及媒介学者来开采。

参考文献

Berger, Arthur Asa. *Li'l Abner: A Study in American Satire* New York: Twayne Publishers. 1970.

Berger, Arthur Asa. *The Comic-Stripped American* New York: Walker & Co. 1974.

Berger, Arthur Asa. *The TV-Guided American*. New York: Walker & Co. 1975.

Berger, Arthur Asa. *An Anatomy of Humor* New Brunswick, NJ: Transaction Publishers. 1993.

Berger, Arthur Asa. *Blind Men & Elephants: Perspectives on Humor* New Brunswick, NJ: Transaction Publishers. 1995.

Berger, Arthur Asa. *The Genius of the Jewish Joke.* New York: Jason Aronson. 1997.

Berger, Arthur Asa. *The Art of Comedy Writing.* New Brunswick, NJ: Transaction Publishers. 1997

Berger, Arthur Asa. *Jewish Jesters.* Cresskill, NJ: Hampton Press. 2001

Freud, Sigmund. *Jokes and Their Relation to the Unconscious.* New York: W. W. Norton. 1963.

Fry, William. *Sweet Madness: A Study of Humor* Palo Alto, CA: Pacific Books. 1963

Piddington, Ralph. *The Psychology of Laughter* , New York: Gamut Press, 1963

Propp, Vladimir. *Morphology of the Folktale* . Austin: University of Texas Press. 1968 (Original work published in 1928)

Provine, Robert. "Laughter" *American Scientist*, Jan.-Feb. 1996

“批判的自由主义”与中华社会转型研究

——评李金铨《超越西方霸权：传媒与“文化中国”的现代性》

“Critical Liberalism”and Research on China Social Transformation: A Review on Chin-Chuan Lee’s *Beyond Western Hegemony: Media and Chinese Modernity*

黄　煜[①]　石　琳[②]

中文摘要：李金铨是华人传播学界的一名领军人物。牛津（中国）出版社对其专著《超越西方霸权：传媒与“文化中国”的现代性》的出版，系统展示了“批判的自由主义”学派在中国传媒研究领域之成果。而中国传媒改革的矛盾现状，香港回归一国两制的实践，以及台湾社会的转型，一起构成了李金铨这本书的研究背景与研究主题。本文阐释了李金铨作为一名学者的基本价值观和研究取向，随后对该书中各篇文章进行了分析。

关键词：李金铨　传播　批判的自由主义　社会转型

Abstract: Chin-Chuan Lee is a leading figure in the Chinese academia of communication studies. His book *Beyond Western Hegemony: Media and*

---

① 黄煜：香港浸会大学传理学院新闻系主任、教授。

② 石琳：美国马萨诸塞大学阿姆斯特校区传播系博士研究生。

Chinese Modernity published by Oxford University Press China systemetically displays the research resultes of "critical liberalism" school in Chinese media research. The paradox in the reform of Chinese media, the practise of Hong Kong's takeover and "one country two system", and the transformation of Taiwai society, altogether constitute the background and theme of Lee's research. This article explains the values and orientations of Lee as a scholar, and then analyzes the individual papers in Lee's book.

Key Words: Chin-Chuan Lee, communication, critical liberalism, social transformation

有人会觉得我太右,有人会觉得我太左,怎么标签无所谓,因为左左右右也没有实相,取决于观察者本身的位置所在。请先考察我的学术工作是否合格,再计较立场不迟。立场不同的人可以争鸣,可以联盟,可以对抗,也可以求同存异。

——李金铨

中国改革开放三十多年,社会巨变,形态独特,国力日盛。当年李约瑟提出的"为何中国(科技)未能崛起"的难题,已成为"为何中国可以这样崛起"之谜而引发全球关注。于是,以"改革转型学"为主导的中国研究成为国际学术界的"显学",举凡有关中国政治、经济、社会、文化等研究课题变得炙手可热。在众多理论学说中,又以"中国特殊论"影响最大。按康晓光的说法:中国的"特殊性"主要

指两个方面：一是成功的变革，表现为大规模的制度变迁，以及与之相伴的持续的高速经济增长、社会指标的迅速提升和国际地位的提高；二是成功的保守，表现为共产党继续执掌政权，而且政局稳定①。观察中国传媒三十多年的改革历程，我们可以看到：一方面，中国传媒"成功的变革"，已成为市场解放力量的一部分，日益满足受众消费需要，同时开拓产业发展，追求自身利益的最大化；另一方面，中国传媒则"成功的保守"，仍然扮演执政党的"喉舌"角色，是"舆论导向"的有效工具，国家机器的组成部分。这种奇特的矛盾张力以及香港回归一国两制的实践，台湾社会的转型构成了李金铨专著《超越西方霸权：传媒与"文化中国"的现代性》的出版背景与研究主题。

在华人传播学界，李金铨是一个注定要被提及的领军人物。1990年，李金铨编辑出版了首部中华社会传媒研究的英语专著《中国的声音》，此后，他又连续出版了《中国的媒介，媒介的中国》(1994)，《权力、金钱、媒介》(2000)和《中国媒介，全球脉络》(2003)三本各具特色的学术著作，提升了英语世界关于中国传媒研究之水平。在此过程中，李金铨逐渐发展出自成一体的理论框架，可称为"批判的自由主义"(critical liberalism)学派。其底蕴和愿景就是坚持自由、民主、法治、人权和社会正义的理念。同时又强调只有从本土脉络出发，遵循多元途径才能实现这些理念。学术上，李氏体系充满了批判和反思的精神，反对美式"定于一尊"的标准和对理论阐释的垄断。它企图超越西方的学术话语霸权，又跳出东方的"左"、"右"立场局限，切入点是全球化情景下三个中华社会的转型与传媒的互动及意义建构，终极关怀是普世价值如何与本土社会有机融合。方法论上，李氏的"批判的自由主义"以社会理论为纲，传媒研究为目，从中国看世界，又从世界看中国，对"现代性"命题在中华社会的实践经验进行了辩证深入的探索。由于这些研究主要以英语发表，华人世界尚无缘接触了解这些进展。这一缺憾终于获得填补，牛津大学出版社(中国)将李金铨十四篇重要著述辑录付梓，题名《超越西方霸权：传媒与"文化中国"的现代性》。这是牛津(中国)出版社第一次出版传媒方面的学术专著，也是中文世界第一次系统展示"批判的自由主义"学派在中国传媒研究领域之成果。

一、基本价值——批判的自由主义

中华社会正处在转型期：台湾地区是专权转向民主，并在完善民主的摸索

① 康晓光：《中国特殊论——对中国大陆25年改革经验的反思》，《战略与管理》，2003(4)，56～57。

中；香港地区从一个殖民、但相对自由的环境，转向一个两个制度下的自治社会；而中国大陆正在“资本”与“国家”的高度激荡与整合中。除了台湾地区的遭遇在复制外，中国大陆和香港地区都是独一无二的。此外还包括其他的一些有趣的因素：东方的社会、正处于现代化发展中等等。在转型期，资本可以很坏，而国家也有可取之处。传媒，作为一个典型的社会建构工具，具体而微地展示、复制、甚至戏剧化这些变化，为传媒学者提供生动的舞台。

怀疑主义者的信仰

李金铨早年接受西方自由主义理念熏陶并在美国密歇根大学受过完整的社会科学训练。旅美30年，他在民族心理上是“边缘人”，在知识上是典型的“杂食主义者”。作者明言不是福山(Francis Fukuyama)似的“使徒”，他怀有一种实用(pragmatic)的入世精神，批判地接受西方“自由主义”。英文中有两个词：一曰Skeptical；一曰Cynical。Skeptical意谓“不轻信”，Cynical是“没所谓”。李金铨自认他是Skeptical。

李金铨在台湾动荡和压抑的白色恐怖期间长大。在整个社会普遍匮乏的时代，在乡下长大的他在物质上并没有强烈的剥夺感——“‘平等’不是问题，‘自由’才是关键所在”。就像他那一代许多年轻人一样，当年李金铨在床头悄悄捧着《自由中国》，读懂了一些成为禁忌的基本道理。正是在他的个人生活和正式教育极端错位的年代，作者开始了他漫长的批判“体制”的历程——“遇到的每个现象，我都要敲一敲，想一想”……应和美国主流研究旨趣的博士论文[①]曾使他在传播学界声名鹊起。30年后，他已不再尾随任何学术时尚的光辉，而是将研究兴趣转移到从传媒研究着手，以社会理论的深厚根基探求中华社会问题，以及为当下转型期华人可依赖的“现代性”勘辨路向。他出入传媒研究和社会理论，受实践主义影响，又旗帜鲜明地反对脱离社会脉络的经验研究——他称之为“抽掉政治的文化批判”(Cultural critique without politics)——他要做的是“紧贴东方的粗糙地面，一寸一寸地推进”。

批判的自由主义者

李金铨认为“自由与平等乃一马之双辔，对民主的存在都同样不可或缺”(p49)——他的这一思想贯穿全文。但是在美国日久，看出民主制度本身很多弊

① Chin-Chuan Lee (1980), *Media Imperialism Reconsidred: The Homogenizing of Television Culture*. Beverly Hills, CA: Sage.

端，须保持敏锐的警惕。当下中华社会，关于“自由主义”似乎有一个有趣的现象，就是政治自由主义是说得多而做得少，而经济自由主义则说得少而做得多。当今中国，批判自由主义意味着鼓励政治上的威权专制；同样，当今世界，主张经济自由也就是主张资本的自由。然而没有经济的自由，又何来政治自由？在这样的两难中，作者以一种“批判的自由主义”为出发点，认同“好的资本主义”——建立良性市场、有效率小政府、有选择的公民，这样理想化的框架上的资本主义——同时，又保持清醒的批判意识。在作者的理解中，中国目前并未贯彻古典自由主义的影响，必须先解放、摆脱羁绊。同时，对一味强调以“新自由主义”拥抱市场，又要怀有警惕之心。在这个对自由主义“纠偏”的过程中需引入马克思的思考方法——从经济基础、结构地看问题，用辩证的以及脉络的方法……中国当下的情况，资本越来越从一个与政治权力对立的关系发展到合谋的关系。很多学者早期都是对市场的认识正面多一点，但是渐渐地，认识到市场的负面——尤其是权力整合下的市场关系的发展其实离民主甚远。

传媒学界，不少学者的取径是先设定一个理论然后去做，而李金铨所持的是一种归纳法。作者欣赏媒介研究“去媒介化”——摒弃“媒介中心主义”——他的个人旨趣不但从媒介看世界，还特别长于从政治经济学看媒介。他自许：“我没有既定的大理论，有些人是有了大理论以后再发展出什么东西——我不是，我一点一点做，最后就有 grand narrative 在里面。”那种亲身参与、时刻审思始得的同情的理解，使他对一些基本命题的把握和领悟非常深刻。他时刻保持怀疑的精神，使之能够游刃有余地对问题分析梳理。

作者认为有些学者为了保持体系的完整与逻辑的一致，不惜漠视或曲解现实中与其理论体系相冲突的一面；也有些人是因为刚刚学习完，出于对书本理论向往，往往会拘泥于一种格式。“他们是‘信徒’，我不是”。作者说，“你要问我立场的话，我跟 40 年代储安平这些人没有太大分别——政治自由，经济平等”。

“左”与“右”

在谈到自由主义的立场问题时，作者强调一字之差，极言对自己影响颇深的萨伊德(Edward Said)是“超越自由主义”，而不是“反自由主义”。并解释到，自由主义的意义毋庸赘言，但也有它的不足……它涵盖的是一个不可截然划分的光谱。有人可能站在光谱的这边，有人可能站在那边……我们不能说他们是两种截然不同的类型。而中国的新左派是“反自由主义”的，真正的自由主义者是不主张狂飙突进式的激进改革的。“我们需要反思自由主义作为一个思想资源，跟中国现实,尤其是在我们中国现在这样一个特殊的历史时期,究竟关系如何?"

李金铨显然不喜欢"左"或"右"的非此即彼,而欣慰于被朋友称作"脉络学派"(contextualist)。如果将他的理想境界规划为一个光谱的话,第一要义是"个人自主"(individual authority)。"要有自由。有了自由再讲平等。我觉得这完全是一个'脉络'、'处境'的问题。我的立场是这样,我是跟你对话。我的'接受'也不是一个整体接受,我是批判学派"。

转型社会的现代性

贯穿全文的线索,是李金铨对中华社会"现代性"前景的执著。"华人社会处在大转型的前沿,给观察媒介与民主化提供生动活泼的社会实验室"(p. 31)。作者给"现代性"所下的定义呈现在书底页上:"政治生活民主而开放,新闻自由而负责,经济发展富足而平等,文化表达多元而自主。"他并强调转型期的中华社会正迎接波澜壮阔的"现代性"挑战:中国大陆从"反现代性"的意识形态治国到拥抱全球化的资本市场主导的现代化建设,台湾地区从威权统治走向形式的民主秩序,香港地区从殖民管治到主权回归。

李金铨坦承,受萨伊德影响,还因其是反对"后现代"的:"他是赞成'现代性'的意义——认可'解放'、'自由'、'平等'的价值。"从政治、文化,到经济,每个层面都可以有解放。要达到政治的自由民主,经济要繁荣、要平等,文化的表达又是很多元、很富足的……这都是"解放"的过程。这个过程或温和或激烈。以台湾为例,免于政府的干预,应该是没有问题了,但同时又面临一个金钱异化的问题——这就可以探讨了:到什么地步你可以容忍。作者称不反对资本主义,相信"负责任的资本主义"(responsible capitalism)——"反对的不是钱,而是钱的异化"。

这里涉及作者思想意识上与新"左"派的分野:当代中国的新"左"派从根本上反对资本主义,他们要的是"社会主义",而这种社会主义又在想象中,讲不出人类社会的历史经验在哪里。作者在第三章中补注北欧经验示例:"社会民主主义"(social democracy)与"社会主义民主"(socialist democracy)的区别:"社会主义民主"基本上是公有制;"社会民主主义"是私有制基础上的一种比较公平的社会分配制定。作者认为北欧是在资本主义的基础上面讲社会主义的,所以他们讲的是前者。作者认为"社会主义民主"好是很好,只是未免陈意太高。自由主义基本上是低调的,承认人的罪恶,人的不完美(imperfect)。人如果不完美的话,人的社会也是不完美的。一个完美的社会只是乌托邦——"我觉得,可能有人觉得我保守了，人要有理想，但不一定是乌托邦。理想比现实好，但是不是超现实"。

二、内容解析

全书紧密联系华人社会的情境，就中国大陆、台湾地区、香港地区的社会转型申发开去，以媒介现象折射社会变革，又以社会变革下的政治经济脉络烘托细梳媒介表现背后的各种社会力量角力。全书以社会理论为纲、传媒研究/理论为目，以三个华人社会为个案，以批判的自由主义辩证深入地看西方媒介对中国的叙述，同时对传媒研究的四个层面、建构互为主体的多元多重的阐释，社会研究中"规律与意义"的关系和矛盾提出独见慧眼的理论解释。

书分为三个部分："社会理论"、"历史经验"、"世界脉络"。

"社会理论"中包含三篇文章。作为"代序"的《视点与沟通——中国传媒研究与西方主流学术的对话》，确是一篇可圈可点的"对话"。如何与西方主流学术社会对话，尤其是中国传媒研究这个先天不足后天失衡的领域？他指出，西方人对东方问题的关注所形成的一套论述体系，并不能令东方人解惑。西方学者惯常使用社会科学，我们和他们"对话"的前提，是在互为主观(intersubjective)的基础上，建构多元而多重的诠释。此等"条件"不是一两个人能够营造的。华人传播学有零星的先行者，但是没有形成一个"相辅、相成、相争诠释社区(interpretive communities)"(p.3)。这要求一群学者受过系统训练——"入乎霸权"，而专注于中国传媒研究——"出乎霸权"，"视野既是华人的，也是世界的"——到了20世纪90年代后期，这个条件已经具备了，故而在本章中从政治经济学和社会理论两条路入手，提出一系列中国传媒研究的得与失、进步与不足。冀望逐渐发展壮大一支异军：打破西方的褊狭、同时又有别于国人的闭门造车，"联系普遍理论与具体情境"。

文中另一个重要论点，是对"技术问题"和"宏大叙述"关系的认识。他指出："宏大叙述必须以技术和证据为基础、为衬托，技术问题最好有宏大叙述的关怀，它们彼此层层渗透……辩证地联系。"(p.5)在方法论上倡导韦伯式的卓识，强调规律和意义兼容并蓄、妥协共处，以为可堪兼顾实证的因果和现象学的意义。

文中他还强调两个概念的区分：area studies 与 area-based studies——在美国一直存在研究旨趣的"主流"与"边缘"之分。在冷战背景下蓬勃的区域研究，对理论缺少关怀。这里作者建议"放弃区域研究的偏门，进入以区域为基地、有理论兴趣的殿堂"——"这是从本土出发，超越本土，进而与世界接轨最切实的一条道路”(p20)。

“社会理论”部分第二章题为《媒介政治经济学的悖论：中港台传媒与民主变革的交光互影》。作者在这篇文章中突出的理论贡献是概括出当下中国“‘政治的’政治经济学”和“‘经济的’政治经济学”两种不同路径的争鸣。传统来说，“政治经济学”本是马克思主义奉行的武器。后发展成为批判学派里比较重要的一个观念，以资解释经济、所有权、生产方式、权力等问题。传媒学者用“政治经济学”观念审视媒介的基本控制、市场占有率，以及与国家互动的关系，基本上是经济基础和上层建筑的一个经典模式。

作者在多年观察传媒在转型期华人社会角色的基础上，指出当下的思想之争，正是因循两种不同的“政治经济学”看问题。他通过功力独到的分析，指出“‘经济的’政治经济学”是以马克思的观点批判既定民主社会的基本问题：居高临下从根本上批评资本主义，并且据此认为媒介专业主义建造“策略性仪式”(strategic ritual)，帮助媒介维持一种“客观”的假象，是一套为现有体制服务的意识形态神话；“‘政治的’政治经济学”从下向上看，一方面是批判的，目的在于建立一个民主的、自由的、法制的社会，并在这个前提下探讨媒介的角色和价值。转型期首要的民主自由，国家控制是主要的批评对象，自由主义者提倡市场角色的多样性，抵消专断权力带来的弊端，并且冀望媒介的多元和自主——凭借“可信度的信条”(creed of credibility)为媒介创造空间，也为弱势团体提供防卫的武器。但李金铨又指出，在一个成熟的资本主义社会，马克思主义学说有它存在的理论价值和正当性。而在转型期的中华社会，不可简单地套用马克思主义——早年间我们事实上不存在资本市场的构造；直到转型期间开始蓬勃，但依仗的力量包括国家的积极推动和外资的积累……是在权力的推动下开展的建筑。哈贝马斯 2001 年访华期间，批评中国有些学者急于建构反帝的论述，误用他的理论为自身辩护，这是值得深思的。

“放在全球化的架构来看，国家与市场的交光互影如何影响我们对媒介自由和平等的建构？新闻从业人员和公众在这个解放的过程中担当什么角色？各种社会理论建基于什么认知的旨趣和社会立场？”……“社会理论”部分的第三篇《论社会理论对中国新闻业的解放潜力》，回答了以上问题。用“社会理论”的主题统领当下中国的新闻学研究思想层面的冲突和汇流，作者是第一人。之前也曾有华人学者断断续续以社会理论关照过研究个案，但始终没有出现一篇系统解释、归纳的文章。传媒学者习惯作为解释利器的往往是传播学的理论，或者媒介社会学角度的考虑，而作者将之提炼到社会理论层面：结合了新闻界的社会思考，仔细分疏自由多元论、中国马克思改革派，以及新左派的思想起源和诉求……这是一张中国20世纪90年代末社会思潮在媒介领域反照的全景图。在这场争论中，我们认为李金铨有两个重要的贡献：一是引入社会理论分析传媒问题，将之妥帖地运用于对媒介实践的研究参照中；二是他把中国新闻业发展变化研究，纳入中国社会思潮的变迁之中。

这篇论文中，李金铨还引进怀海德(A. N. Whitehead)的哲学概念——“具体情境错置的谬误”(fallacy of misplaced concreteness)，以批评食洋不化，亦让人豁然叫绝。

第二部分“历史经验”包括八篇文章。开篇之作是《从儒家自由主义到共产资本主义：记者角色的冲突与汇流》。论文提供了解读中国记者成长史的另外一种解读。毋庸置疑，目前随着越来越多的资料解密，考据越来越容易，很多学者积累了翔实的史料，缺乏的正是一个新颖而富有解释力的框架。这篇文章对于相关研究方向来说将是一个起点。

作者在这篇论文中清晰地追述自由主义的信仰源流。他是通过报业与新闻理念的延伸，考虑民主参与的普及。他在文章第一部分“儒家自由主义：文人启蒙和论证”中，就其时自由主义文人的历史悲剧命运，分析五点原因(pp. 72-73)——娓娓道来，宛若夫子自道，于我们心有戚戚焉。

《建制内的多元主义：美国精英媒介对华政策的论述》，最能体现他批判的自由主义立场——对美国媒介表现是其是、非其非。不仅仅是用他富有批判精神的自由主义态度看美国，而且以之审度美国媒体如何阐释中美关系。他发展了萨伊德(Edward Said)“他者”理论，警觉地避免陷入西方人研究东方的窠臼——中国在美国主流媒介中到底是一个怎么样的“他者”。

文章以建构主义的话语分析法梳理出，在民主与资本的紧张关系下，《纽约时报》社论鼓吹的对华政策，不管是“围堵”还是“交往”，或者“全球化”的调门，最终都服务于美国对外利益。虽然有时主张“大炮”，有时挥舞“胡萝卜”，但并没有突破“建制”本身。“美国政府想把中国塑造成它心目中的样子。精英媒介提出的三种意识形态都是‘美国中心’主题的变奏”(p. 132)。这就是美国精英媒介饱受称誉的“多元性”一面，以及它不可克服的局限。

此后的几篇文章分析了台湾民主变革过程中媒介扮演的角色。“在传播理论上，媒介在经历急剧重大变革的社会中扮演什么角色？台湾提供一个难得的社会实验室，深刻展现政治传播的各种动态”(p. 136)。因为成文年代与本书收录的其他文章相比较早，可以看出作者著作风格十分明显的分际：理论的企图更加明显，文字也愈加洗练多致。

《星星之火，可以燎原：台湾报业与民主变革的崎岖故事》，是*Journalism Monograph* 刊登的第一篇关于台湾问题的分析。分析的取径是从台湾政治经济的文化矛盾来看媒介。一方面控诉党国专权，一方面记述民间反对力量的兴起。其时台湾有来自美国的压力，同时还有本身内部的挑战……慢慢社会条件变化，社会的压力团体且战且败、且败且战，不断地鼓与呼，慢慢形成势不可挡的民主运动洪流。文中以韦伯(Weber，1958)所说的"祛魅"形容台湾民间社会的觉醒，颇为传神。

《电视文化向何处去？处在大陆政治与海洋经济之间》是他 1978 年博士论文中的一章。这篇文章成型之始，台湾还是一个政治生态严重封闭扭曲的环境。"中国意识"其时变质成为剥削的象征，联系今日台湾"去中国化"的决绝势头，实在令人欷歔感叹。

《国家控制，科技颠覆，文化自主：台湾有线电视政治》记述的是一场"节外生枝的斗争"——有线电视。经过民间社会不懈的抗争，戒严的枷锁终于解除。然而政府只是从控制报业的阵线撤退，却牢牢掌握光电媒介——本文记述的，正是这场斗争中，"大卫"打败"巨人"的故事。文末，作者指出"媒介没有充分发挥民主启蒙的功能，只顾应付激烈的市场竞争"(p. 203)，台湾媒介"自由化，但没有全面民主"，以致正常政治公民意识失范。

"历史经验"这一章最后两篇是以香港为研究对象。《政治经济的分与合：香港媒介结构、新闻自由和政权递嬗》是以香港回归为契机，追古溯今，由媒介首当其冲面临的巨大政治经济变化的压力谈开去，分析它们的派系、历史沿承、变革条件下的因应策略……作者赋予"策略性仪式"更多的正面意义，认为这是"媒介机构用扭曲的方式把新闻工作常规化，以应付外来巨大的政治压力，并维护其脆弱的认受性"(p. 232)：正反意见并陈、各类言论的分工、叙述方式的选择。作者对香港新闻自由的前景表示了忧心，然而他又以经验性的证据，指出回归后任何外界力量"不可能完全灭绝香港在公共领域的抗争"。其实这也是一个"建制内多元"。如果不了解香港传媒的生态，读过这篇文章知过半矣。

《敲打民主之鼓：美国传媒对香港回归的议题建构》以"媒介事件"(media event)为理论架构，分析在这场主权递嬗的新闻战中，"透露有关香港的讯息和透露有关美国的讯息一样多"(p. 259)。文章列举大量事实，详细分析指出吸引美国 108 家媒介机构、1047 位记者参与的香港回归事件，是"假事件"、"无事忙"，并非对香港有兴趣，而是出于意识形态先行热衷"中国"新闻。

第三部分"世界脉络"显示作者更多理论的关怀。第一篇是《跟随权力结构起舞的传媒：兼评乔姆斯基的'宣传模式'》，第二篇是《超越东方主义的话语：萨伊德、亚洲媒介、民主化》。两大学者乔姆斯基和萨伊德在此可以放在一处比较：

第一篇的主旨是强调不能将乔姆斯基批判西方的东西直接"拿来"运用于东方社会。作者认为乔姆斯基的道德力量强劲，承认这种人是空谷足音。然而他与萨伊德最大的区别在于——萨伊德是介入实际政治的，乔姆斯基并未介入实际政治。萨伊德参与巴勒斯坦建国运动，他的分析是有物质基础的，他的学术和斗争是相辅相成的。

作者一方面坦承可以接受乔姆斯基的基本价值，一方面质疑他的分析架构粗糙，常常把一些很重要的差异抹杀了。他认为美国这个社会不是完美的，但是新闻自由还是比较充分的。同理，中国是有很多问题。但事实上言论自由、新闻自由是比以前好一点点——这个"好"不能过度美化，依然可以指出很多问题来——但这种变化在实际生活里面是很重要的。在激进分子看来，"五十步"跟"一百步"没有分别，但作者认为走那"五十步"是很难的。他比方说："看你是往'上'看还是往'下'看——你在山顶看都是一样高，在山脚下看还是有高有低的。我们坐飞机从云端看，纽约的房子都一样矮。自由主义本身是很低调的，是不太'做梦'的，但也不是向现状投降，而是在理想与现实两头之间奋斗不已。"

作者受萨伊德影响较深，反对"亚洲特殊论"，尤其长于示例娓娓道来民主与媒介参与的关系。萨伊德的身份很复杂：一方面是多元的，一方面是冲突的。对出身于第三世界，在西方国家接受学术训练的知识分子来说，处境是类似的："欠了各方知识债"(mixed)的边缘(marginal)人典型的矛盾和痛苦。《超越东方主义的话语：萨伊德、亚洲媒介、民主化》，可谓是与萨伊德间的灵魂对话、同时结合媒体运用的产物。作者称萨伊德是"真正的独立的知识分子"：一方面批评美国、批评以色列，一方面又批评阿拉伯国家的独裁统治者，并且一以贯之。他并不高调，用简单的话说要对有权的人讲真话、用相同的标准。与同样以批评帝国主义著称的乔姆斯基相比，萨伊德更长于"分析"，字里行间意义多元而丰富。"我觉得他的理论很精致，他的解释给人豁然贯通的感觉"。东方主义的话语有一定适用性，但是也颇有局限。作者一直意在把萨伊德知识分子似的深思带到媒介研究中，本文强调"超越"——是特别聚焦在媒介与民主的关系上。

第三篇《中国媒介的全球性与民族性：话语、市场、科技以及意识形态》是一篇对于中国传媒现状很有深度的理论概述。中国迫切希望与"全球"(作者别具慧心地强调："是全球，还是美国?")接轨，在这个背景下媒介的角色是什么，全球力量和各种国内新旧势力又如何互动，是探讨的主题。

附录《中国传媒研究、学术风格及其他》堪称“钩沉稽微、会心之论”。从自己的治学史踱出，侃侃而谈。从社会理论的综述，到社会学理论的辨析，再到传媒研究的层次，以及中国传媒研究的轨迹和远景……对于上至学术同道，下起门生后学的追问无不真实严谨作答。

当然，作者的文章和观点并不是不可商榷，但他在完整把握西方学理的同时，不失对东方社会的敏锐具体感，两者之间保持着张力平衡，并发展出一套“批判的自由主义”理论叙述，这对中国传媒研究具有启示意义。

参考文献

李金铨：《超越西方霸权：传媒与“文化中国”的现代性》，香港，牛津（中国）出版社，2004。

大众传媒在报道少数族群新闻时的职能[①]

The Role of Mass Media in Reporting News about Minorities

国内骚乱调查委员会

蒋　励[②]　译

中文摘要: 本文是美国国内骚乱调查委员会针对 1967 年美国多座城市发生种族骚乱事件所做的专题调查报告。通过分析报纸、电台和电视台对骚乱的报道,文章对部分报道的真实性和准确性提出了质疑,并进一步阐述了突发事件报道中的媒体歧视、媒体责任和媒体危机公关,确定了大众传媒在报道一个群体社会中少数族群新闻时所应起到的职能。作为一篇媒介批评文本,本文被收入 2007 年再版的《杀死信使——媒介批评百年》,其对新闻专业主义精神和媒体社会责任感的呼唤,仍然值得今天的新闻界借鉴。

关键词: 媒介批评　媒体报道　种族骚乱　传播职能

Abstract: The article is a special investigative report on the 1967 disturbances happened in many American cities produced by the US Commission on Civil Disorders. Through analysis on the reporting of newspapers, radios and TV stations, the authors contested the truth and accuracy of the reporting and explained the discrimination of media, the responsibility of media and the crisis public relations of media. In the report,

---

① 这篇报告写于 1968 年。1967 年夏天,美国多座城市发生了种族骚乱事件,并引发周边社区的连锁反应。美国特别成立"国内骚乱调查委员会",调查研究了新闻媒体对种族骚乱报道的情况,得出了本篇报告的结论。

② 蒋励:清华大学新闻与传播学院硕士研究生。

the role of the mass media in reporting news about minorities is also stated. As a piece of media criticism, the report is among the selections of 2007 edition of"Killing the Messenger: 100 Years of Media Criticism". Its call for journalistic professionalism and social responsibility of the media are still worth referring today.

Key Words: media criticism, media report, race disorders, role of communication

序言

主席交予委员会的任务,就是解答一个很具体的问题:"大众传媒对骚乱有什么影响。"

这个问题可谓意义深远,其确切的答案,恐怕得在现有的科技范围之外去寻找。我们的结论和建议是基于对主客观双重因素、采访和数据总结,还有个案与总趋势的研究得出的。

新闻自由并非我们最关心的问题。在这个国家所重视保护的自由权利中,新闻自由无可或缺。而本文阐述这些建议,是因为我们坚信,只有不受政府约束的媒体才能增进自由……

委员会也早已确定,主席问题的答案不应只取决于报纸或是广播公司对骚乱的正当报道。我们的分析还必须考虑到媒体所报道的黑人聚居区待遇问题、社区居民关系、种族态度还有城乡贫困问题——日复一日,月复一月,年复一年。

在此基础上,我们得出三个结论:

第一,尽管有哗众取宠、不确切报道和歪曲报道的例子,但总体来说,报纸、广播和电视对于1967年的骚乱努力做出了平衡而实际的报道。

第二,尽管有了这样的努力,但对于去年夏天骚乱的描述还是没有在规模和性质上进行准确的反映。媒体报道所带来的整体影响,我们认为在情绪和事件本身都有所夸大。

第三,也是最为重要的,我们认为媒体对这起国内骚乱,以及与种族关系相关问题的原因和后果上没有进行恰当的报道。

以这些评论作为一个方面,我们首先论述有关去年夏天骚乱的报道。然后将总结我们对所有有关种族关系报道的担忧。

一、对1967年骚乱的报道

我们城市中实际发生的事情和报纸、广播、电视台通过报道告知我们的故事根本不是一回事。委员会为了研究去年夏天的骚乱，走访了很多城市，采访了很多参与者和目击者。我们发现，尽管骚乱确实很严重，但比大多数人所想象的破坏程度要小，波及面也没那么大，而且也少有黑白种族的直接冲突。

由于缺乏其他的信息来源，我们的第一印象、最初观点都来自我们在电视中所看到的、广播中所听到的，还有报纸和杂志上所读到的。我们深深地担忧，数以百万计依赖大众传媒的美国人，可能对去年夏天在许多美国城市发生的事件形成了不正确的印象和判断。

当我们开始寻求这种事实和印象不符的原因时，我们发觉媒体已经将骚乱报道得耸人听闻了，它们不断地夸大暴力运动，对冲突事件次数和激进派领袖情况的报道，也与事实不符。为了证实这一观点，我们进行了系统的定量分析，其涉及报纸和电视对骚乱发生的 15 座城市的报道内容。分析的结果和我们最初的观点并不一致。在调查的 955 家电视台的骚乱和种族系列报道中，837 家可以依据其明显的报道基调进行分类，比如“冲动的”、“冷静的”或是“适中的”。其中，494 家属于冷静的，262 家属于冲动的，还有 81 家属于适中的。在所有分析过的场景中，只有小部分是真正的骚乱行为，像是骚乱中的抢劫、枪击、放火或是受伤和遇害。温和派的黑人领袖在电视新闻报道中要比激进派领袖出现得多。

在 3 779 篇报纸文章中，报道主题更多的是聚焦在应诉诸的法律上，还有计划采取什么行动来制止正在进行的骚乱并防止以后发生骚乱。这一分析的调查结果将在这篇文章的后面部分进行具体的解释。这些调查结果阐明，事件实况和经由报纸或广播叙述后的事件不同，不能只归因于报道和播出节目对于哗众取宠的追求。

不过，我们已经证实了几个因素，在我们看来，它们的的确确会造成对骚乱事件影响范围及严重程度的错误、夸张的印象。

首先，尽管有整体的统计图像，但在报道 1967 年骚乱时还是有一些令人不快的疏忽。比如，有些报纸刊登了令人恐慌的标题，而紧随其后的故事却没那么严重。所有的媒体都报道了没有事实依据的传闻。有些记者甚至策划了骚乱事件以拍摄镜头。其实例将在下一部分中提到。

其次，报界获得了许多有关骚乱规模的真实信息——财产损失、人身伤害还有死亡人数。这些信息来自于地方官员，他们往往不擅长处理平民骚乱，也不能从混乱的谣言中梳理出事实。在底特律骚乱达到顶峰时，有些新闻报道的财产损失数额超过了 5 亿美元。后来的调查显示，实际损失了 4 000 万至 4 500 万美元。之前的估计并非记者和编辑自己的判断，而是来自于饱受批评的政府官员。

但是媒体传播了这一错误。记者不加质疑地接受了这一信息，编辑也不加鉴别地刊登了消息，这些言过其实的数据，留下了一个对骚乱损失的不可磨灭的印象，而这实际上比事实多出了十来倍。

再次，对骚乱的报道——尤其是电视报道——倾向于将事件定义为黑白种族间的冲突。实际上，几乎所有的死者、伤者和财产损失都发生在纯黑人聚居区，因此，这起骚乱并非如一般人所理解的“种族骚乱”。

和这些问题紧密相关的是累积效应的现象。随着1967年夏天的过去，我们认为美国人开始或多或少地赞同用中立的眼光去看待，用中立的声音去评价种族骚乱，因此，任何特殊事件的表象，即使其本身根本不具煽动性，也会和种族骚乱扯上一系列的关系。此外，去年夏天的新闻也不是唯一的案例。过去几年里这一类型的事件——“华特骚乱”(the Watts riot)，其他骚乱，还有民权运动增长的势头——使得读者和观众适应了对其的反应，也加强了他们的反应能力。由此，公众在去年夏天看到的、读到的内容，使人们有了情绪上的反应，并且留下了除素材本身之外的深刻印象。

对种族骚乱和暴动的恐惧与忧虑在美国社会中有着深深的根源。它们强化了对种族问题和种族冲突威胁的新闻的反应。那些报道和传播消息的人必须意识到，人们担忧的背后以及对其播放报道的担忧。这并不意味着媒体应当操纵新闻或是不报道真相。的确，我们认为，在报道中轻描淡写，以期对煽动性强的事件进行审查后再报道能够从某种程度上减少暴力，这是不明智甚至是具有危险性的。一旦一场骚乱发生，消息只能由报纸和电视进行传播。试图忽略这些事件或是不按照事情的本来面目加以描述，都只会降低媒体的信誉而使得散布谣言者得逞，让听信这些消息的人们平添恐惧。

不过为了追求完整，报道必须具有代表性。我们觉得，去年夏天，媒体的主要失败之处就在于所有的报道都不够典型，没有本应具有的准确性。我们认为媒体要达成自身的专业标准，就必须比他们现在对此类新闻的报道更加谨慎、更加巧妙——也许，比报道其他新闻时既定的标准要有更高的要求。

这不“只是又一条新闻”而已。也不应该像普通的一则消息去对待它。诚然，去年夏天困扰我们的骚乱报道有些是由于环境超出了媒体的掌控范围。但许多对事实、口吻和基调把握的不准确，是因为记者和编辑没有针对官方报告提出足够尖锐的问题，也没有运用最细致的标准去点评和传播新闻。记者和编辑必须确保：暴力行为的文字描述及图片，以及冲动性或煽动性的系列镜头或文章，即使它们单独来看是“真实的”，也一定要具代表性，绝不能传递与事件总体实况不符的印象。在去年夏天的骚乱中，媒体远远没有达到这一水平，它们不能老道、谨慎而具质疑精神地对新闻进行判断。

二、媒体和种族关系

我们的第二点批评，也是最根本的批评，就是新闻媒体没有成功地对美国的种族问题进行恰当的分析和报道，而且也没有从新闻的角度满足黑人对法律的期望。总的来说，新闻机构没有将美国面临的问题以及潜在的解决办法很好地传达给它们的黑人受众和白人受众。媒体是从白人世界的立场来报道和撰写这些新闻的。聚居区的弊病、生活的困难、黑人的怨声载道，这些都少有报道。被轻视和遭受侮辱成了黑人日常生活的一部分，而很多都来自于他们所谓的“白人媒体”——一个于无意识中反复反映美国白人社会偏见、专制和冷漠的媒体。这也许是可以理解的，但在一个有义务告知和教育整个社会的体制下，这就不可原谅了。

我们的批评固然很重要，但还不能藉此得出媒体就是骚乱起因的结论，也许在他们报道的其他现象中有一些是由媒体导致的。的确，报纸和电视的报道帮助人们形成了对骚乱的态度。在有些城市，人们看了有关其他城市骚乱的电视报道或是报纸文章，后来自己也发起了骚乱。但如果我们考虑到，在其他城市，人们也在几乎相同的氛围中收看了同样的节目或是读了同样的报纸，可却没有发起骚乱，那么这种偶然的联系也就站不住脚了。

新闻媒体并非唯一的信息来源，当然也不是影响公众态度的唯一因素。关于 1967 年的骚乱，人们的信息和观点的形成都来自于影响公众想法的多种信源。像个人的经历、与他人的对话，还有本地及长途电话，都是信息和观点的重要来源，也是对骚乱态度总体的成因。

毫无疑问，在某些案例中，通过电视屏幕了解或看到别处发生的事件，会减少压抑，激起义愤或者唤醒对刺激和掠夺的渴望——或者也有可能只是词句的传达而已。我们采访的许多聚居区的居民也这样认为。同样，对骚乱的新闻报道必须让官员和警方的回应与他们自己城市的骚乱相适应。底特律当局的回应几乎肯定是受了一周前他们看到或读到的纽瓦克市的新闻的影响。委员会认为这些个人或官方的反应都不是决定骚乱发生原因的关键因素。即使它们比我们所想的都更为重要，但我们还是难以设想，一套政府的制约体系能够成功地消除这些影响。而为制订和推行这些约束所做的努力，也无法与我们社会既定的传统相适应。

媒体的这些缺点必须得到改进，而其改善也必须来自于媒体内部。这个社会，像对待自己一样地重视和依赖新闻自由，就有权要求媒体回报以责任，也有权要求媒体一丝不苟地正视其自身的不足。委员会已经发现了一些迹象，许多主管、编辑和报道新闻的人越来越意识到，并且关注它们在此类新闻报道上的表现。有了这些关注，加上更多的经验，就会有更老道、更负责任的新闻报道出现。不过，我们任重道远，也必须立即开始行动。

为了促进和加快自我改善的步伐，委员会有不少的建议。我们还提议建立一个民间组织、民间集资的城市信息联络处，以集思广益，并促进这些建议的实施。

三、对国内骚乱的新闻报道——1967年的夏天

（一）分析方法

如上所述，委员会已经调查过了对去年夏天骚乱的报道，还有更广范围的种族关系报道。就报道骚乱的新闻而言，我们意图找出其内容性、准确性以及口吻和偏见性。我们想研究人们是如何做出反应的，还有记者接到任务时又是如何操作的。委员会运用了一些技术来探究这些问题，并且对数据和影像进行了反复核对。

为了得到客观的数据来源，委员会筹备了系统的定量分析，对15个城市在骚乱前3天至骚乱后3天里，报纸、地方电视台和有线电视网的报道内容进行了研究。这些城市要提供具有典型性的实例，包括骚乱发生的地点、规模还有发起的日期。

在每个城市中，指定时段内的研究非常全面。对每家日报、网络和地方电视新闻片都要进行分析，对文稿和记录也要进行调查。总计有955条有关骚乱和种族关系的有线电视新闻和地方电视报道以及3 779篇报纸文章。每项单独的分析都有编码，注有信息的卡片经电脑进行反复的汇总统计，为委员会提供结果和对比情况。通过对这些材料的评估，我们可以确定留给骚乱活动新闻的报道空间，与其他报道相比之下的性质，还有报道、文章及呈现给观众的电视节目的类型。我们针对这些内容寻找特定的数据信息，也就是不同骚乱报道的空间和时间的数量，还有最常被描述和采访的人们的类型和特征，以及在骚乱报道中，种族关系问题被提及并被认为是骚乱活动起因的频率。

这项调查设计得很客观，完全建立在统计的基础之上。在其授权范围内，委

员会正在寻找媒体基调和内容的广泛特性。

委员会也意识到了内容分析技术所固有的局限性。它们不能衡量一条特定报道或新闻片段在情感上的影响力。就它们本身而言，并不能为报道内容准确性的结论提供任何依据。有些优秀的或是失败的新闻报道特例，也许对其本身而言举足轻重，但在统计平均数中就忽略不计了。因此，委员会找来媒体的职员和公众进行访问或是面谈，以获得骚乱报道造成影响的直接依据，还有在去年夏天的骚乱中媒体报道的表现情况。

(二) 内容方面的结论

电视

电视片镜头的内容分析显示，研究的报道基调并非"冲动"和"全盘谣言"，而是更加"冷静"和"真实"。研究人员看了 955 条电视新闻的每一片段，发现其中出现的"冷静"部分是"冲动"部分的两倍。如果考虑发生事件的数量的话，报道的数量和地点是相对有限的。这项分析体现出对控制骚乱及骚乱余波(在所有播出报道中占 53.8%)的明显而积极的重视，而不是针对实际的骚乱行为，或是人们抢劫、枪击、放火或受伤和遇害的情况(占播放片段的 4.8%)。根据我们波基普西会议(Poughkeepsie conference)的与会者所说，报道一般都是在骚乱后或是用采访的形式，因为记者总是在骚乱平息后到达现场。总体来说，有线电视新闻和地方电视报道都是谨慎而有所限制的。

1967 年骚乱发生时期的电视新闻报道倾向于强调执法行动，因此掩盖了潜在的不满和紧张。这一结论是基于电视新闻高频率地展现、刻画执法人员、警察、国民警卫队士兵和军人队伍执行管理职能的现象而得出的。

电视新闻报道倾向于给人们留下骚乱是黑人和白人之间冲突的印象，而不是黑人对聚居区潜在问题做出的反应。管理人员中，白人占据压倒性的优势。考虑到这些骚乱主要发生在黑人街区，电视报道中成年白人男性与成年黑人男性的比例很高(达到 1∶2)。而且采访的有些白人是在骚乱中遭受财产损失和生意受到影响的店主或业主，因此有着强烈的敌对情绪。

对内容的分析显示，到目前为止，电视上最常出现的"主角"是成年的黑人男性、成年的白人男性、执法人员及政府工作人员。从内容分析中，我们没法判断是否有报道骚乱的预先编辑原则，就像种族冲突需要执法人员来阻止一样。不过，内容分析的确展示出一个可见的三方阵列：黑人、白人旁观者还有政府工作人员或执法人员。这个阵列会留给人一种印象，那些骚乱主要都是种族冲突，包括黑人公民和白人公民之间的矛盾。

在所有有线电视新闻和地方电视新闻涉及骚乱的报道中，有三分之一是在骚乱爆发的次日播放的，并未顾及骚乱本身的发展情况。除底特律以外，在骚乱首日过后，电视新闻关于骚乱的报道时间会有急剧的减少。而在底特律，骚乱缓缓拉开序幕，并未一焰而起失去控制，而到了7月24日晚上，也就是骚乱爆发48小时后，有关骚乱的报道骤增，直至26号才明显下降，就像前面说的其他城市在骚乱次日报道减少一样。这些发现驳斥了骚乱增加了电视报道，而报道反过来又加剧了骚乱的观点。内容分析表明：不论骚乱是否加剧，电视报道总是会在首日过后骤减。

委员会针对电视对黑人领袖的报道做了特别的分析。为了完成分析，黑人领袖被分为三类：(1)名人或公众人物，他们没有来自任何组织的拥护者(例如，社会科学家肯尼思·B.克拉克，喜剧作家迪克·格里高利)；(2)"温和派"黑人领袖，拥有政治上或组织上的拥护者；(3)"激进派"黑人领袖，同样拥有政治上或组织上的拥护者。在调查的骚乱时期，黑人领袖极少出现在有线电视报道中，而且名人或公众人物、"温和派"和"激进派"领袖的出现频率基本持平。在地方电视报道中，黑人领袖会更频繁地出现。而上述三类黑人领袖在地方电视台报道中，"温和派"领袖的出现频率要比那些名人或公众人物高两倍，比"激进派"领袖则要高三倍。

报纸

像电视报道一样，报纸对1967年夏天民众骚乱的报道并不是情绪化而煽动性的，而是更为冷静和真实。在骚乱期间，还有许多专门报道非骚乱的种族新闻。考虑到这些事件发生的总量，新闻报道的数量是很有限的。大多数新闻都未登上头条，或是放在了报纸的内页里。研究人员发现，几乎所有分析过的文章(3 770篇中的3 045篇)都集中在16个明确主题中的一项上。在这一组文章中，502篇文章(占比16.5%)主要关注相关法律的寻求和制订，以管制正在进行中的骚乱并预防今后的骚乱。第二大类有471篇文章(占比15.5%)关注的是对骚乱行为的遏制和管理。报纸对骚乱的报道反映出了其谨慎和克制的态度。

报纸对去年夏天骚乱的刻画与描写更多的是从全国层面出发，而不是将其视为地方的现象或问题，尤其是当骚乱发生在报纸所在城市的时候。在骚乱实际发生时，研究中各座城市的报纸总是倾向刊登其他城市关于骚乱或种族问题的新闻。在各个城市发生骚乱期间，其地方报纸中涉及骚乱或种族问题的报道大约有40%来自于有线电视新闻服务。此外，当自己的城市出现骚乱时，大多数当地报纸的编辑似乎都会用头条去关注其他地区发生的骚乱。

（三）报道的准确性

我们已经通过采访地方媒体代表、城市及警局官员，还有聚居区的居民对报道的准确性进行了考查。为了提供一个较大的基数，我们为采访数据用了三个独立的信源：委员会的现场调查团队，特殊现场团队以及一个特别研究调查结果。

不出所料，几乎每个人都有自己所坚持的“真相”，但值得注意的是，有些编辑和记者在反思自己过去的报道中，对报道的准确性提出了担忧。比如，有一位新闻编辑在委员会的波基普西会议上说道：

> 我们在骚乱期间刊登的那些导语和标题，我现在真希望能够收回，因为它们是错的，它们是很严重的错误。……
>
> 我们动用了“狙击王”和“狙击手的老巢”这样的字眼。当我们把记者送进那些区域，再把他们从汽车底下带出来时，我们发现，这些狙击王和狙击手老巢其实大多是互相攻击的组织当权者。在整个八天的骚乱中，只有一位确认身份的狙击手，他醉醺醺地拿着手枪从一扇窗户里向外开火。

会上，电视产业的代表强调了他们对骚乱现场报道的忧虑，而且说他们任何时候都会在播放前，尽量事先观看并对录下或拍摄的片段进行剪辑。与会者承认，1965 年从直升飞机上拍摄到的华特骚乱的现场电视报道的确很具煽动性。而有线电视新闻网的领导层则对电视是否应该再进行民众骚乱的现场报道而表示质疑。

绝大多数的错误都出在事实性误差、对事件的夸张报道、对特殊事件的过分渲染或是对潜在问题无端谣言的大肆炒作。这不仅是地方的问题，由于有线新闻服务和有线电视网的存在，这成了一个全国性的问题。一位很有经验的骚乱报道记者告诉委员会，有线新闻服务最初对骚乱的报道是言过其实的。他说，因为这些报道是由地方分社的记者撰写的，他们以前大多都没亲历过民众骚乱事件。当对这一问题颇有了解的外地记者，或是拥有骚乱研究专家的有线新闻网赶到现场时，局势就会有更为准确的背景信息。

这里有一份清单，列举了部分夸张报道或事实错误报道的例子。这些例子并不全面，只代表了委员会查明的一些事件，而且毫无疑问，是所有不确切报道的冰山一角。但委员会认为，这些案例代表了那些可能发生错误的状况，除了国内骚乱时所固有的混乱之外，还有记者匆匆忙忙和受到袭击的时候，或是由于编辑比较粗心和草率。我们拿出这些例子就是希望我们将来能够避免再犯错。

特别值得一提的是，我们认为记者应该谨慎地处理那些谣传的迫在眉睫的骚乱。一个传闻是否可靠、是否重要到值得报道是由编辑决定的。但去年夏天许多谣言被奉为头条这一败笔说明了，这些编辑的决定往往没有按主题要求的敏感性而进行谨慎的处理。

- 在底特律，一家电台播报了一个谣传，来源是一条电话提示说黑人将在某天晚上入侵郊区，如果这个计划确实存在的话，那么他们从未兑现。
- 在辛辛那提，几家分社刊登了一则消息，称有白人青年因持有火箭筒而被逮捕。只有几则报道提到这种武器不具实用性。
- 在坦帕(Tampa)，一家报纸几次对即将发生的骚乱进行了预测。当州检察官裁决一名黑人青年射杀他人的案件为正当杀人时，报纸的新闻专栏报道说："今天人们心存疑惧，担心这一裁决会在今夜的坦帕激起新的种族问题。"而前一天，报纸引用了一位"高层执法官"告诉记者的话："他现在害怕，居住在中央大道工程的黑人和位于坦帕西部骚乱地点的黑人觉得自身处于一种竞争状态之中，他们想看看谁能造成最大的动荡——哪个地区能够成为关注的焦点。"
- 一家西海岸的报纸刊登了一个版面，标题是"骚乱在华盛顿特区爆发/黑人在白宫附近向警局猛投酒瓶石块"。而下面的新闻却和标题不相符合，其报道的倒是事实的真相：一些黑人青少年在距离白宫一英里之外的华盛顿市中心，砸碎商店的橱窗，并向警察和消防员投掷酒瓶和石块。可另一方面，同样是这家报纸，对于当地枪击事件的传闻，其他新闻媒体报道了，它却没有进行报道。

要说报道的准确性，电视还存在另一个难题。除了批评家们已经指责过的一些问题，有时电视可能会过分地追求平衡与克制。通过凸显对许多在黑人聚居区的白人进行的采访，还有强调管理的场景而非骚乱行为，电视新闻节目也许为观众呈现了一个对骚乱的失真报道。

媒体，尤其是电视，另有一处败笔，就是没有给出和分析骚乱的根本原因。在骚乱之后，当然也有一些例外，进行了原因分析。然而，就像内容分析调查所言，骚乱期间的报道更多地强调了对骚乱者的控制和黑人白人之间的冲突，而不是骚乱潜在的原因。

(四) 黑人聚居区对媒体报道的反应

委员会对于公众对媒体报道的反应非常感兴趣，具体来说，就是住在黑人聚居区的人们收看什么，阅读什么，这些东西对他们又有怎样的影响。委员会运用了特殊研究团队的报告，他们走访了去年夏天爆发骚乱的几座城市。团队的成员采访了聚居区的居民和中产阶级的黑人，询问他们对新闻媒体的反应。此外，我们还使用了一份数据研究的信息，研究的就是匹兹堡黑人聚居区的大众传媒。

这些采访和调查虽然不是对这个主题的完整研究，但得出了有关贫民区反应的四大结论，以及中产阶级黑人对媒体态度的一定程度上的结论。

大多数黑人都不相信他们所谓的"白人媒体"(white press)。如一名采访人员报告的：

> 普通的黑人对媒体所言无动于衷，明智些的黑人对于那些完全失实的聚居区报道非常憎恶，而大多数的黑人都认为报纸是"权力结构"的喉舌。

这些评论在委员会看过的大多数采访报道中都引起了反响。聚居区黑人对媒体的怀疑与厌恶涉及了所有的媒体，不过总体来说，对报纸的疑虑要多于电视。这并不是因为电视对黑人的需求与渴望更加敏感并给予了回应，而是因为聚居区的居民认为电视起码能让他们自己亲眼看到真实的事件。即便如此，许多黑人，特别是十来岁的孩子告诉研究人员，他们注意到在骚乱中的所见所闻和电视所播放的有着明显的不同。

接受采访的人们基于他们的态度给出了三个主要的原因。第一，他们认为，如上文引用的部分，媒体是白人社会权力结构的工具。他们觉得这些白人的利益引导着整个白人社会，从记者的朋友、邻居到市政官员、警官和百货商店的老板。出版商和编辑，要不就是白人记者，他们意识到这种利益，并且热情而执著地支持并维护这份利益。

第二，许多在聚居区的人认为记者依赖警察获得骚乱发生的信息，而且总是报道更多官员们的言行，而非城市里黑人公民和领袖的言行。出席波基普西会议的编辑和记者们承认道，警方和市政官员的确是他们主要的——有时甚至是唯一的——信息来源。他们还提到，大多数报道国内骚乱的记者更愿意和警方一起到达现场并紧跟着他们——往往是出于安全考虑，还有是因为他们能和当局同时知晓事件发生的地点——这就给聚居区的人们留下印象：警方与媒体是一起工作的，也是为了同一个目标而工作的（这种印象可能让那些在警察和媒体队伍里的人深感惊讶。）

第三，调查中，多个城市的黑人居民们举出了媒体不公之处的具体例子，他们认为这也是媒体的失败之处：

- 报道许多黑人在骚乱中帮助执法官员和协助治疗伤员的消息。
- 对误捕进行适当的报道。
- 报道国民警卫队出动过多警力的事例。
- 探寻、解释导致骚乱的背景信息。
- 除在底特律以外，披露了他们眼中的警察的残忍行为。
- 报道有关治安会的事情，声称他们曾进入一些骚乱地区攻击无辜的黑人居民。

这些问题中有些是无法解决的。但在遍布各处的那些四分五裂的骚乱地区进行第一手报道，应该减少单纯对警方信息和通告的依赖。在骚乱发生前后，尤其需要新闻媒体对黑人聚居区进行“正面的”新闻报道，表示出担忧与热心。

有大量的新闻和信息来源来自聚居区本身。我们的一项研究发现，在7座城市中采访的总计567人的聚居区居民中，有79%的人都是通过口头消息首次听说他们所在城市发生骚乱的。电话和口口相传在街道上、教堂里、商店中、桌球房和酒吧里向众人传递了更多的信息和谣言——比那些更为传统的新闻媒体更多地关注了对聚居区居民有直接影响的事件。

在这些现有的媒体中，电视和广播要比报纸更受聚居区居民的欢迎。在那里，人们听广播显然更多是听音乐或其他节目，而不是新闻。一份调查显示，有相当多的黑人小孩和青少年（像他们的白人同辈一样），听广播时只听音乐而已，其中也只穿插着主持人的闲扯。而在其他年龄层中，人们对听广播时听什么节目的回答是“任何节目”，这就得出一个结论，在聚居区，广播基本上就是个背景伴奏。

但事实是，广播是如此常见的背景伴奏，其大大地影响了人们的观念，而且一旦骚乱发生，还可能对人们的行为造成影响。这有着几个原因，地方"固有的"电台所播放的新闻，除了让人惊吓恐慌的简短标题，并无多少内容告知听众。电台的音乐节目主持人和那些主持广受欢迎的"脱口秀"节目的主持人，总是平稳地控制着节目中信息的节奏。当一座城市受到民众冲突的困扰时，这个节奏可能是告诉随身携带晶体管收音机的年轻人骚乱在何处发生，也可能是让他们的长辈或是白人群体感到惊恐。"燃烧，亲爱的，燃烧起来"，这一华特骚乱的口号，就是一位电台音乐节目主持人无意间首创的。

由此，广播在一个国内骚乱泛滥而受到威胁的社区，可能是制造骚乱和紧张的工具。它也可以通过合适的报道角度讲述这些迅速发展的事件，从而减少恐怖。我们已经发现了一些值得表扬的例子，比如，在底特律、密尔沃基(Milwaukee)和新布伦兹维克(New Brunswick)，电台和个人借用节目播出时间试图平息潜在的骚乱者。在下一部分，我们将对那些将会报道国内骚乱的人们，提出一些制定预先计划的会议及协商的步骤。在这一预先计划中，电台职员，特别是音乐节目主持人和脱口秀主持人是非常重要的。

在聚居区，电视是他们最依赖的正规新闻来源。根据一份报告的信息，有75%的样本通过电视了解国内和国际新闻，而更大比例的样本(86%)，规律地在每晚5～7点的晚饭时间，也就是晚间新闻节目播出的时候收看电视节目。

广播电视对新闻传播的重要性在人口普查局的计算中有所体现，在1967年6月，87.7%的非白人家庭和94.8%的白人家庭拥有电视机。

当聚居区的居民转向报纸了解新闻时，大多数都是看小报，这比看标准报纸的数量要多许多。他们从小报中主要了解轻松的特写故事、赛马排行榜、连环漫画、时尚新闻和展览广告。

(五) 媒体代表者的行为

大多数新闻记者似乎都意识到并且担心他们的存在可能会使一场小小的骚乱恶化，但有些人的表现却惊人地缺乏常识。新闻机构，特别是有线电视网，已经采取了实际的办法来减小他们雇员在事件中出现所带来的影响。有线新闻网提出了内部的指示，要求使用没有标志的车和小型的摄像机、录音机，而且大多数电视台都告知摄像师，无论什么时候，都不要用人造灯光进行拍摄。但还是有些新闻记者"以新闻故事的名义"做出了可能导致紧张局势的事情。

委员会注意到，新闻记者个人在事件现场出现时，唆使年轻人投掷石块，阻碍交通，不然就在骚乱开始现场做出不负责任的行为。这些行为新闻机构要负责，记者自己也要负责。

在纽瓦克市就有过两个例子。根据官员的安排，电视摄像们挤进人群来到警局总部前，他们干扰了执法人员的行动，并且"自己让自己处处招人讨厌"。在一次事件中，一家纽约报纸报道纽瓦克骚乱的摄影师，再三怂恿并最终说服了一个黑人男孩，为拍摄需要投掷了一次石块。人群的镜头有时无可避免，但骚乱进行中的影像可以回避。

我们认为这种行为应该尽一切努力来消除。这就需要为记者和编辑制订周到而严格的工作条例。这些条例，经过仔细制订、广泛传播和严格执行，已经成为了一些新闻机构自我监督活动的基础，但如果要让其有效地遏制新闻界不负责任的行为，还需要对其进行普遍的采纳。

委员会已经研究了去年夏天在美联社、合众社、《华盛顿邮报》和哥伦比亚广播公司启用的内部条例。许多其他的新闻机构，或大或小，都制订了类似的条例。总体来说，这些条例尤其注意保证报道的全面和平衡，所用的词汇和数据都恰当而准确。美联社的条例要求对一起事件的直接和潜在起因进行全面的调查。而哥伦比亚广播公司的条例则要求，尽可能地谨慎以避免摄影器材造成的威胁和灯光对骚乱的加剧。

内部的条例可能超出了记者在骚乱现场出现所产生的问题范围，而所有研究的确超越了这一范围，向着挖掘新闻、报道新闻和撰写新闻的实质性方面展开。但这些条例的内容其实没有那么重要，更为重要的是，我们对这个问题进行了周到的考虑，并且在机构内部经过详细讨论做出了决定。为了满足新闻机构的特殊需求并解决其特别的问题，提出的建议也得到了发展。

我们建议每一家至今还没有此类条例的新闻机构——或者疑似还未有效落实的机构——委任首席编辑：(1)和报道过或者可能会派去报道骚乱的记者进行会面；(2)具体讨论存在的或可能会出现的问题和步骤；(3)在讨论的基础上制订并传达指令。除了一些具体的规定，最关键的措施，每一家新闻采集机构都要采纳，至少得落实最小形式的内部管理。

四、对改进骚乱报道的建议

(一) 我们需要更好的沟通

对去年夏天的骚乱的报道中，最常见的问题是杜撰报道，警官和工作的记者缺乏合作。许多经验丰富而能干的记者抱怨道，警察和他们的发令官对试图报道骚乱的记者麻木不仁，这还算是好的了，有些态度差的对他们有明显的憎恨。另一方面，警察指责说，许多记者似乎忘记了他们的任务是恢复秩序。

在了解了这个问题的现有证据后，委员会认为，这些情况反映出，在有关人群中缺乏更好的沟通和规划。我们并不是说熟悉了解他人的问题会带来和睦的关系与合作。媒体和警方的利益有时会有冲突，但我们认为沟通是排除障碍的关键步骤，这些障碍都是由于对每个团体努力所为的忽视、不解和误解造成的。

（二）共同的方向

首要的是进行一系列的讨论，可以采用信息采集和研讨会相结合的形式。其中应该包括所有级别的警察，所有级别的媒体雇员，还有介于两者之间的市政官员。首先，在会议的开端大家说出不满，讨论共同的问题。记者应该理解，警方在骚乱中需要履行职责。而警方和市政官应该利用这个机会，将城市可能面临的问题进行坦诚而直言不讳的介绍，并且给出解决骚乱的正式计划。

接下来的会议可以考虑如何方便人员的转移和加快准确、完整的新闻传播的流程。这些安排并不会涉及很多内容，也就是设计警官护送记者进入危险地带具体地点的方案。此外，一起工作的警察和记者可以找出互相谅解、沟通和训练的更好方法。

这些程序极其易变，需要那些参与者有着执行的积极性、需求和渴望。如果没有现成的制度和程序来召开这样的会议，我们主张每个有过骚乱经历并且未来还可能出现问题的城市的市长及管理者能够制订一些。与官员们的讨论可能会导致对挖掘新闻及报道新闻自由的限制，为了减少这方面的疑惧，与会者应当事先规定，记者通往所有区域的自由受到保护。

（三）任命新闻官

任命、配备一些警官作为媒体的新闻官是十分必要的。对此应该做好充分的准备，以保证在骚乱事件中，记者用不着千里迢迢地去找警察来给他提供信息并回答他的问题。这些警官应该有很高的警衔，并且拥有从警局获取信息的渠道。

（四）创立信息中心

如果骚乱达到预定的激烈程度，那就应当规划准备拥有警方和官方政府可靠信息的中枢机构。这类信息中心可以安置在警局总部或者市政厅，中心应该由与警局官员有紧密联系且经验丰富的高级信息专家来监督指导。当然，能够保证信息准确平稳地进入信息中心是非常必要的。如果可以的话，最好能安排录制及拍摄采访公共官员的房间。这样，地方电视台可以降低成本，也能减少把器材塞进这个信息中心的拥挤。一个信息中心不能代替其他在骚乱地区内外的新闻信息来源。如果有这样的情况，我们的研究就说明，在骚乱中，记者为了新闻来源，已经太依赖警察及官员了，而一座信息中心绝不能强化这种依赖。不过，经过适当的安排，中心能够填补现场报道的空白，还能提供有关官方行为的新闻。

（五）外来记者

去年夏天，许多困难显然都集中在地方执法人员和外来记者的关系上。这些记者似乎在维护当地社区形象方面缺乏敏感性。

不过，地方官员如果忽视、阻碍国内的媒体代表，不提供给他们有关城市的情况或配合他们报道新闻，那就不能算尽职。市政府和警局的官员应该委派联络官，分发警局及其他相关官员的名字和电话号码，以及当骚乱升级时他们所在的地点及其他可能有用的信息。

反过来，国内和其他的新闻机构自身也能起到帮助，只要选择一个负责任的当地办事处工作人员作为这些事件的联络官就可以，当地方官员与机构的现场代表发生沟通问题时，他们负责和地方官员保持电话联系。

（六）通用的条例与规范

在有些情况下，如果所有与会方面都愿意的话，计划会议可能会引导大家对更多正式的项目进行思考。包括：(1)有关加快骚乱区域内及警方封锁线前后转移人和器材的流程的协议；(2)关于媒体和警方人员行为的通用条例；(3)在骚乱开始时对新闻报道进行中止的安排。委员会再次强调了其理念，虽然这些亟待改进的地方还需进一步斟酌，但都不能由单方面的政府行为进行制订和实施。对最终得以采纳的程序，应该在警方和媒体代表间进行协商，以确保双方都拥有从事各自工作的灵活性。对这些安排的采纳必须完全建立在自愿的基础上，因为商议程序的方法常常可以为任何一方提供很大的益处，同时也为双方共同服务的公众带来好处。

应委员会的要求，司法部的公众关系服务机构局调查了最近一些正式规范的实践情况。大多数的规范泛泛地阐述了常识标准中的良好新闻行为和确立了暂停(很少超过30分钟或一小时)的流程,用于骚乱开始阶段的报道。

在这份调查中,公众关系服务机构局陈述并分析了11座当前正在推行规范的主要城市的状况。机构局的部分成员采访了11个城市的一些主要市民(新闻记者、市政官和社区领导),对实施的规范和条例的有效性与实用性进行了评价。机构局的主要调查结果和结论是:

- 现在实施的所有规范及条例基本上是地方权威机构自愿安排,经过协商后再由新闻媒体执行。没有哪个城市的安排或协议是未经新闻媒体同意就实施的。
- 在此次调查中,接受采访者无人认为他所在城市实施的规范或条例是无用或是有害的。机构局认为,在实施地,那些规范对当地的新闻媒体都有建设性的影响。不过,有些城市中的观察员认为,报界和电视表现出更大的责任感,这更多是由于骚乱报道的经验,而非这些规范的存在。
- 条例中更具争议也最不能让人理解的方面,是对新闻报道简短而自愿的暂停规定。在六座接受调查的城市中(芝加哥、奥马哈、布法罗、印第安纳波利斯、堪萨斯城和托莱多),有些暂停是在规范中具体说明的,而且去年夏天在芝加哥和印第安纳波利斯,暂停规定得到了援引。在每个案例中,为防止轻微的种族事件恶化为更加严重的问题所做的努力,都非常成功,许多人都认为暂停规定就是成功的原因。
- 对暂停规定的不解以及由此导致的憎恶,让人觉得很遗憾。延缓的具体时段不会超过30分钟。在实际操作中,按照当今报道和广播电视的情况,这段时间对整个新闻报道登报或是播出几乎没有任何影响。这些时间可以用来修改和编辑新闻故事,对骚乱报道进行核实和评价。唯一的损失就是,不能提前刊登通栏大标题或者播放新闻简报,以避免被"竞争对手"打败。就是如此自反的反应,导致了报道的哗众取宠和不准确。在那些规定中有暂停报道这一项的城市,机构局没有发现有任何的不满。
- 对于现有规定的最大抱怨就是,许多规范没有成为危机局势的支柱。聚居区的发言人特别提到,在危机情况中,行为规范的重点更倾向于引导媒体忽略对种族关系紧张潜在原因的报道。

在媒体代表出席的波基普西会议上,对于芝加哥的规定有许多批评,理由就是暂停时间是无限期的。一经实施,暂停就有可能一直持续至"形势得到控制"以后。因此在实践中,人们对其有效性表示怀疑。底特律的自愿新闻封锁是骚乱首日的一部分——很显然是应了官方和民权组织的要求——这也证明,对骚乱新闻的压制并不能平息骚乱的局势。

在公众关系服务机构局的调查和其他证据的基础上,委员会得出结论,媒体的规范没有什么危害,比较有用,但也谈不上是万能之计。如果要运用这些规范,必须直指在骚乱中那些危害媒体及官员关系的问题关键,不过它们是改善这些关系的唯一方法。根本上来说,无论规定或是系列条例多么敏感和详尽,有效率而准确的报道必须依靠新闻记者、警察和市政官们共同的智慧、判断和锻炼。

五、美国报道种族问题的现状

(一) 沟通的失败

委员会对新闻媒体的担心主要不在于骚乱报道本身,而在于对种族关系和聚居区问题进行恰当报道的失败,以及带领更多黑人进入新闻界的失败。在我们的波基普西会议上,许多与会人员都表达了对此的担忧。骚乱只是美国种族关系困境与难处的一个方面而已。在对这一更为广阔、更为复杂且重要得多的问题的定义、解释和报道中,信息媒介极具讽刺意义地沟通失败。

媒体没有与大部分受众,而且是白人受众,针对他们住在黑人聚居区的落泊感、痛苦感与失望感进行沟通;媒体也没有与这些白人进行交流,问问他们在美国作为黑人的难处与沮丧;媒体更没有表示过任何理解与体谅,和他们谈谈对黑人文化、黑人思想和黑人历史的感知,由此,两者之间也就无法形成沟通。

同样重要的是,大多数报纸文章和大多数电视节目都忽略了一个事实,他们的受众中很大一部分是黑人。电视和报纸为黑人受众所展示的世界却几乎是属于白人的,不论是表象还是观点。就像我们已经说过的,我们的证据表明,许多美国黑人对所谓的白人媒体不信任,或是非常蔑视。更多情况下,媒体对黑人们的所做所言,仿佛黑人从来不读报纸或是不看电视,从来不生小孩、不结婚、不死亡、不参加家长会议一样。有些报纸和电视台已经开始努力填补这一空白,但它们还任重而道远。

媒体上黑人面孔和活动的缺乏对白人受众和黑人受众都有影响。如果美国白人在报纸上读到的和在电视上看到的东西,影响了其对于更大社会中普通而正常的东西的预期,那么他就再也不会理解和接受美国的黑人。由于没有成功地将黑人刻画为整个社会背景中的一种常态,我们认为,新闻媒体是导致这个国家黑白种族分裂的原因。

当白人媒体谈及黑人和黑人问题的时候，一如他们经常报道的那样，他们就当黑人不是受众的一部分似的。在白人担任编辑，或者更大范围上说，白人新闻的系统里，这也许是可以理解的。但这种态度，在如此敏感而煽动性的问题上，给黑人灌输了他们被疏远的思想，也强化了白人们的偏见。

我们建议一位首席编辑或者新闻总监，用几周时间监督他的新闻成品，记录下那些故事和语言是如何影响黑人读者和观众的，一名黑人职员很轻松就可以完成这项工作。之后应该告知他这些问题得以解决的消息。

种族关系报道的问题，不仅仅是白人偏见的问题。许多编辑和新闻总监，深受人手不够及在市里的可靠联系和新闻来源缺乏之苦，无法成功地认识到城市消息的重要性，也无法挖掘资源去进行恰当的报道。

我们认为，大多数新闻机构在黑人聚居区都缺乏各种新闻来源的直接渠道。只有少数机构知道在那里大概发生了什么事情。失败的部分责任在于那些黑人领袖，他们不信任媒体，也不愿意与白人媒体的代表进行坦诚的交流。不过，真正的失败在于新闻机构本身。他们就像白人社区的其他成员一样，几十年来都忽略了黑人聚居区。现在他们却寻求瞬间的接纳与合作。

良好沟通、可靠信息和相互理解的发展需要更多的努力和时间，而不只是一群记者偶尔走访一次，为新发现的聚居区问题写篇特稿。要做到这一点，就得把记者长期派驻在这片区域。他们必须经过充分的训练，而且报社要支持他们针对主要的社会骚乱进行挖掘和撰写报道——就如我们社会所知的那些最为复杂、凶险也最具爆炸性的骚乱。我们也认为，黑人媒体——主要由在黑人聚居区生活、工作的人所掌控——可以成为一个特别有用的信息来源和引导者，来了解黑人社区的活动。任何媒体与警局和市政代表参加的会议，都应该包括黑人报纸和电台的记者与编辑，而且我们建议大的新闻机构和他们的黑人媒体同僚建立更好的沟通渠道。

简言之，新闻媒体必须找到探寻黑人及黑人聚居区问题的更深刻、更有意义的方法。对于那些声称“我们对于黑人聚居区已经刊登了长篇累牍的文章，可是却没人读”的编辑，还有那些哀叹许多纪录片都没人看的电视台管理层，我们要说：摸索更多的办法来报道这条新闻，因为这是你作为一名记者必须要报道的消息——真实地报道，实际地报道，还要创新地报道。报道美国种族关系的新闻，是新闻媒体的职责所在，而除了一些绝对的例外，媒体还从未以报道所需的智慧、敏感和专业性来面对这些任务。

(二) 新闻界的黑人

在挖掘、雇佣、培训和提拔黑人方面，新闻界可谓惊人的落后。如今在美国，只有不到5%从事新闻编辑工作的职员是黑人。不到1%的编辑和主管是黑人，而且他们大多数只为黑人所有的新闻机构工作。各个新闻机构几乎没有进黑人的相关规定。它们哭诉道："我们找不到合乎要求的黑人。"但对于一个黑色皮肤的人来说，在岗位稀少、升职也是无可想象的产业中，这就是句空话。即使是今天，在编辑和主管的职位上，仍然没有黑人的身影，而且也只有一位黑人记者在撰写全国性报业联盟的专栏。

新闻机构必须在担当重要职责的岗位上聘用足够的黑人，来与黑人的行动和思想建立有效的联系，同时满足雇佣法的要求。做做表面文章——雇上一个黑人记者，或者甚至是两个、三个——是远远不够的。黑人记者必不可少，黑人编辑、黑人作者、黑人评论员同样如此。报纸和电视的原则政策，一般来说不是由记者决定的。选择报道哪条消息，选用哪条报道，都是由编辑来决定的。然而，这个国家极少有黑人在做这些决定，因为监督性的编辑岗位即使有也很少由黑人来担当。我们呼吁新闻媒体尽一切可能培养、提拔它们的黑人记者，去担任一些对政策决定具有贡献且有影响的职务。

虽然很多编辑都向委员会指出要寻找黑人记者，但这还不够。新闻对于胸怀大志的黑人青年来说并不是很受欢迎的一份事业。起薪相对来说比较低，而且直至近来，这个领域都一直打击他们、拒绝他们。对黑人记者的招聘一定要扩展到现有的记者之外，或是那些已经将志向确定于此的人之外。必须要执著地挖掘年轻的黑人男性及女性，激励他们成为一名记者——然后培养他们。培训计划应该从高中开始，在大学期间进行强化。暑期以及兼职的编辑工作，还有长期岗位的提供，都能唤起他们对事业的规划。

我们认为新闻媒体本身、观众还有整个国家，都能从这些措施中受益。因为如果媒体想要理解并确立黑人的群体，就必须依靠黑人的帮助。如果媒体想要对城市的问题、黑人的问题——这两者总是纠结在一起——带着理解、智慧与同情来进行报道，就必须雇佣、提升黑人记者，倾听黑人记者的声音。

(三) 媒体中的黑人

最后，新闻媒体必须在意识到黑人的存在与活动的基础上发行报纸和播出节目，把他们既当作黑人，也当作社会的一部分。像看待其他族群的新闻一样看待普通的黑人新闻，这对于美国的种族关系具有难以估量的重要作用。

具体来说，报纸应当将黑人及黑人的活动融合到报纸的各个部分，从要闻、社会和俱乐部版面到漫画连载。电视也应当把黑人融入到电视节目的各个方面。电视是可见媒介，有些建设性的措施是简洁而显而易见的。在采取所有这些措施之后，黑人其实还是在被严重忽视。比如说，黑人记者和演员应该更多地出现在——而且是黄金时段的——新闻播报、天气预报、纪录片和广告里。为了让电视广告起用黑人，他们做出了很多努力。最初看见一名黑人叫卖赞助商的产品时的惊讶，会渐渐淡去并为常规的观念所接受，这个观念就是，白人社会必须从根本上为所有黑人而发展。

除了与新闻相关的节目，我们认为黑人也应当多在戏剧节目和喜剧片中出现。此外，有线电视新闻网和地方电视台应该推出更多以黑人区及其问题为主题的戏剧和其他节目。

（四）城市信息联络协会

委员会认识到，这一问题和种族关系的所有其他方面一样严重，陈述这些问题比解决这些问题要简单得多。各种压力——竞争对手的、经济上的、广告上的——都可能妨碍到更公平、更深度报道的发展，都可能妨碍雇佣和培训更多的黑人记者。大多数报纸和地方电视台、电台都没有资源和时间来保证这些头绪齐头并进，比如技术进步、学术理论、影响城市的政府计划还有他们那些黑人居民的生存。

在这项研究进行的过程中，委员会的成员和员工与全国各地的出版商、编辑、播出方及记者进行了交谈。他们的一致观点是，他们大多数都愿意为此尽力，但却没有足够的资源进行培训及报道方面的努力。

委员会认为，如果有一个中间机构来发展、集中和分配那些有天赋的人、资源以及信息，保证对媒体在这方面工作的研究考察，那么有些问题是可以解决的。为此，委员会提议，在民营和非营利的基础上成立一个城市信息协会。这个协会与政府没有联系，也不受政府掌控。其理事会可以主要由专业记者组成，其余由著名公众人物参与。职员可以是记者和新闻专业的学生，起始资金可以由民间基金会解决。最终，我们希望，协会的经济来源可以从现有的专业人员内部获得。

起初，协会的职责在于落实委员会给予媒体的建议。随着自身的推进和发展，协会也可以持有自己对于问题的看法和改进的方法。起先的任务包括六个方面。

对报道城市问题方面的记者进行培训和教育

协会应当自己组织，或者与大学及其他研究院合作支持举办全方位的课程、研讨会和专题讨论会，为记者、编辑和出版商提供他们报道城市主题的新闻所需要的背景信息。根据课程、会议的时长，提供的信息会有不同；而比起周末会议，长达整年的特别研究，比如像尼曼基金会(the Nieman fellowships)，给出的信息就会增加许多。

对各种等级、各种类型的新闻单位，都应该满足他们的需求。其中最为重要的一项活动，也许就是协助电台的音乐节目主持人和评论员投身于黑人社区的特别报道。特别重要的活动还有，为经验丰富的记者和编辑召开一个为期数月的会议，这可以同其他领域的中层管理研讨会及中期职业培训相媲美。媒体应该具有所有的人才资源和背景信息，对城市和黑人聚居区进行恰当的报道。这应该是协会的首项职责，以确保这些信息的提供。

招聘、培训以及安排黑人记者的工作

重大责任岗位上黑人的缺乏，使得报纸和电视为白人观众传递当代美国城市的现实状况变得难上加难。正如我们所见，经历过这些问题的黑人心中有着深深的烙印，他们独特的观点总体来说与白人媒体大相径庭。能有大量黑人融入新闻专业领域，对其自身权利来说极其重要。媒体是基本宪法保护的受益者，却比其他领域在实行机会均等的基本人权方面大大落后，这是让人无法接受的。

为了改变这种局面，协会将开展广泛的活动。为即将成为记者的黑人提供的教育机会还远远不够。因此在高中阶段，就必须在职业前景方面对黑人学生和他们的指导老师进行一些改变。而这些态度变化的进展会很缓慢，除非在现实情况中，新闻界对黑人的雇佣和给予提升机会方面发生变化。这就需要非常进取的安置计划，找出那些有种族歧视的报纸、电视台和电台，不论它们是有意的还是无意的，并且调动来自各方的压力，公众的、个人的、法律的，来打破这种模式。协会也可以为黑人报纸提供协助，它们现在也招募、培训了许多年轻的记者。

警方与媒体的关系

委员会已经强调了在这方面的失败，也为地方层面的行动提出了一系列补救的方法。但如果单纯依靠地方上的积极性，我们可以预见，在许多地方——往往是最需要这些补救措施的地方——我们建议的措施不会被采纳。联邦政府施加压力按照提议开展行动，也许会遭到媒体和地方官员双方的质疑。但协会可

以承担这项任务，在委员会建议的基础上，促进社区按照提议行事，避免地方上的敌视和怀疑。此外，协会还能作为这个领域经验交流的中枢。

媒体对骚乱和种族问题报道的评价

协会应当对报纸和电视有关骚乱及种族新闻的报道进行评价，并给予褒奖或是批评。委员会认识到政府对这一领域的限制和规范很不切实际，而且与我们的宪法及传统格格不入。内部的条例或是自主的进展安排也许有用，但它们往往更加笼统，它们所规定的标准既不能自我应用，也不能自我执行。我们认为，有必要让在这一敏感行业工作的记者和编辑明白，别人会看你的作品，他们也会用既定的好新闻的标准来要求你对报道中的过失公开负责。协会应当以普通或特别报告的形式公布其调查结果。同时也应对在种族关系报道方面特别出众的个人或新闻机构给予一系列奖励。

城市问题报道服务

提高城市问题报道的质量。无论做出什么努力，总是会有一些小的新闻单位无力支持这方面所需的特别调查、报道和诠释。为了填补这一空白，协会可以组织一个全面的城市新闻服务，费用要让任何需要信息的新闻机构都能承担。因此，协会要有自己经过特训的记者，同时也可以选取国家媒体涉及更广泛利益的新闻和特稿，让订购的新闻机构转载或转播。

继续进行研究

我们自己的调查已经体现了学术工作对报道种族关系媒体的影响。其对观念形成的作用，以及对人们行为选择的影响，还处起步阶段。委员会的内容分析是对当代骚乱报道类型的首次研究，范围上有非常大的局限。对这个问题的全面了解需要更加彻底、学术化的探索，当然也肯定需要新的研究和分析模式的发展。协会应该自己多负责主办这一类重大项目，也可以激励学术领域的其他人开展进一步的研究。

媒体连同整个国家在白人的世界里已经浸染了太久，即使向外张望，也是带着白人的眼光和白人的视角。但那已是远远不够的了。对美国新闻媒体的痛苦的重新调整必须从现在开始。它们必须促成一个大融合的现实——不但是新闻作品还有全体人员。它们必须坚持高水平的准确报道——不仅要仔细而怀有质疑精神地报道单一的事件，还要给每个事件注入意义深刻的观点。它们必须带着激情，深度地报道我们城市的痛苦与煎熬。

所有这些，委员会都是为了追求一个公平而无所畏惧的新闻界——这是一份承诺，也是一条报道，称得上是美国历史上最为重要的国内新闻之一。

收视率导向的社会学批判

A Sociological Criticism of Audience Rating Orientation

时统宇[1]　吕　强[2]

中文摘要： 作为实证主义研究方法在电视评价实践中的具体运用，收视率不可避免地带有实证主义所特有的种种特征，在这个层面上来说，收视率与主观思辨的评价方式一道构成了比较全面的电视节目评价体系，而收视率导向赋予收视率在电视节目评价体系中极富霸权意味的地位，一再将其他评价形式置于陪衬性的边缘化状态。收视率导向在理论上的要害是力图以收视率为呈现方式的数量化的实证主义统率对电视节目的主观评价。而这种数量化的实证主义本身的理论效度又是十分可疑的。

关键词： 电视　收视率导向　实证主义　方法论

Abstract: As an specific application of emprical research method to evaluate TV communication effects, audience rating unavoidablely has all features of empirical study. In this sense, audience rating and subjective evaluation altogether form a rather all-around TV program appraisal system. However, audience rating orientation entitles rating a supremacy in TV program appraisal system, and at the same time marginalizes other forms of evaluation. The disadvantage of audience rating orientation in evaluating TV program is that, theoretically speaking, the validity of empirical study itself is doubtful.

Key Words: TV, audience rating orinatation, empirical study, methodology

---

① 时统宇：中国社会科学院新闻所研究员。

② 吕强：《中国证券报》记者。

所谓"收视率导向",就是电视媒体中普遍存在的以收视率作为首要目标来引导节目制作、评价和运行决策的做法,追求尽可能高的收视率是这种导向的本质特征。之所以称之为"导向",是因为追求高收视率的做法在电视业界已经有了广泛的认同,而且作为一种方向性的内容,追求高收视率正成为许多电视台的发展趋势。

与其他电视节目评价取向相比,收视率导向毕竟带有收视率自身所具有的客观主义的色彩,而这种色彩本身又使任何对收视率导向的批评首先便承载了学理上的"反科学"立场,仿佛对收视率导向的批判构成了对收视率的批判,进而成为对科学研究方法的批判。如果不廓清收视率背后的实证主义研究方法为电视节目评价体系所蒙上的种种迷雾,指出其不可克服的缺憾,那么,就难以完成从社会学角度对收视率导向的批判,这种从方法论出发的研究维度也是收视率导向的社会学批判的一个组成部分。

收视率导向在理论上的要害是以收视率为呈现方式的实证主义,特别是以量化为特点的认知方式统率对电视节目的主观评价。这种数量化的实证主义本身的理论效度又是十分可疑的。正如商品包含了整个资本主义社会的秘密,作为收视率导向的方法论——定量的实证方法也蕴涵了整个电视产业的逻辑。美国传播学者丹尼斯·麦奎尔指出:"在概略的概念结构内,对传媒的使用,被称作是一种'大众行为',反过来促进'大众研究'方法的应用——特别是大规模的调查和其他记录方法(记录受众在传媒所提供的东西中,接触哪些并有什么反应)。进行'受众(阅听人)研究'有其商业和组织方面的逻辑,但这种逻辑还需要理论基础。纯粹从量化方面讨论传媒受众,这种研究似乎既合理,又实用。实际上,这些研究方法往往只是加强了某种带有偏见的理性看法(把受众视作一个群众性市场)。对报刊和广播的收听(视)率和影响范围进行的研究,加强了读者和受众是一个群众性消费市场的看法。"①

一、两种研究范式

作为一种电视节目评价方式,收视率对收集受众的意见具有其他方式所难以具备的广泛性、代表性和精确性的特点,但是,收视率导向把这种方法变为电视节目评价的唯一或主要方法,就超越了收视率所能够承担的任务,使收视率背上了不可承受的重量。从根本上说,收视率导向的鼓吹者们没有意识到电视节

---

① [美]丹尼斯·麦奎尔(Denis McQuail)著:《大众传播理论(第三版)》(Mass Communication Theory: An Introduction, Third Edition),潘邦顺译、彭怀恩校审,56页,台湾,风云论坛出版社有限公司,2000。

目评价的各种方式之间是“共存共生、彼此补充”的关系，而并非由一种方法“进化”到另外一种方法。

其实，收视率导向背后的实证主义这一思想方法可谓“古已有之”。从18世纪的意大利法学家维柯出版《新科学》以构造“人的物理学”以来，用自然科学的方法研究人类社会的思想方法初现端倪。

不过，哪怕就是在实证主义的鼻祖孔德那里，实证主义也难以将自然规律简单地套用于对人类社会现象的解读和分析。德国学者恩斯特·卡西尔发现了这一点：当我们探讨人类世界时，数学或自然科学的诸原理并没有变得无效，但是它们不再是充分的了。社会现象是与物理现象一样从属于同样的规律，然而它们具有着不同的和远为复杂的特性。这些现象不应当仅仅根据物理学、化学和生物学来描述。

“孔德说：‘在所有的社会现象中，我们都能看见个人的生理学规律的作用；此外还有某些改变它们的情况，这种情况属于诸个体之间的影响——这种影响在一代人影响下一代人的人种方面变得尤其复杂。由此可见，我们的社会科学必须来自于个人的生活相关的方面。但另一方面，没有任何理由可以像某些著名生理学家那样去假定，社会物理学（着重号为原文所有，下同——笔者注）仅仅是生理学的一个附属物。这两种现象虽然是同质的，却不是同一的；把这两种科学区分开来，具有极端的重要性。由于社会条件改变了生理学规律的活动，社会物理学必须有它自己的一套观察方法。’

“然而，孔德的门生和追随者们却并不打算接受这种区分。他们否认生理学和社会学之间的这种区别，因为他们唯恐承认了这种区别就会导致倒退回形而上学的二元论去。他们的抱负是要建立一个关于社会和文化世界的纯粹自然主义理论。”①

这种拒绝背后所隐藏的是难以割舍对如数学般明晰而可靠的知识的追求，然而，简单地将自然科学的研究方法移植于对人类精神的探询和解读，这便忽视了人类文化形成过程中形成的分野。马克思曾经指出：“随着经济基础的变更，全部庞大的上层建筑也或慢或快地发生变革。在考察这些变革时，必须时刻把下面两者区别开来：一种是生产的经济条件方面所发生的物质的、可以用自然科学的精确性指明的变革，一种是人们借以意识到这个冲突并力求把它克服的那些法律的、政治的、宗教的、艺术的或哲学的，简言之，意识形态的形式。”②

---

① ［德］恩斯特·卡西尔著：《人论》，甘阳译，83页，上海，译文出版社，1985。

② 《马克思恩格斯选集》第2卷，83页，北京，人民出版社，1972。

英国学者斯诺则将人类文化分为共时性的人文文化和历时性的科学文化：“一种是积累的、组合的、集合的、共意的、注定了必然穿越时间而进步。另一种是非积累的、非组合的，不能抛弃但也不能体现自己的过去。第二种文化必须通过否定表现出来，因为不是一种集合，而是个人所内在固有的，就是说它具有一些科学文化并不具有也永远不可能具有的性质；而另一方面，既然存在一种相互排斥原则，它由于自己的本性而丧失了历时的进步，这却是对人类思想最珍贵的礼品。”①

美国学者库恩提出的“范式”理论则进一步将人类认知模式和科学形成方式的分野的认识理论化，他认为，范式具有两个主要的特征：“空前地吸引一批坚定的拥护者，使他们脱离科学活动的其他竞争模式。同时，这些成就又足以无限制地为重新组成的一批实践者留下有待解决的种种问题。”②而一种范式取代另一种范式的过程并非全为逻辑和实验的结果，它经常是一种“价值”判断选择的结果③。

当然，如何认识人类知识不断发展的本质还是一个值得探讨的问题，但是，将进化论和“丛林原则”引入理论发展进程之中，显然有失偏颇。库恩在 1969 年为其《科学革命的结构》所做的后记中写道：“通常一个科学理论之所以被认为比它的前任要好，不仅因为它在发现和解谜方面是一个更好的工具，而且因为它以某种方式更好地表现出自然界的真相。人们常常听说在发展中前后相继的理论会逐渐逼近真理。显然，像这种概括所指的并非导自一个理论的谜题解答和具体预言，而是指这个理论的本体论，即指这个理论植入自然界中的实体，与自然界中‘真实在那儿’的东西之间的契合程度。

或者有其他方式可以拯救这个适用于所有理论的‘真理’概念，但是这种方式不行。我认为不存在独立于理论的方式来重建像‘真实在那儿’这种说法；一个理论的本体与它的自然界中的‘真实’对应物之间契合这种观念，现在在我看来是虚幻的。另外，作为一个历史学家，我特别能感受到这种观点的不合理。”④

然而，实证主义及其在电视评价体系的折射——收视率导向力图否认这一点，它们所追求的是将自然科学的研究路径强加于对人类文化的思考之中，仿佛数学中蕴涵着人类思维中的精神的全部秘密。

---

① [英]C.P.斯诺：《两种文化》，纪树立译，123 页，北京，生活·读书·新知三联书店，1994。

② [美]托马斯·库恩：《科学革命的结构》，金吾伦、胡新和译，9 页，北京，北京大学出版社，2003。

③ 参见张锦华：《传播批判理论》，32 页，台湾，黎明文化事业公司，1995。

④ [美]托马斯·库恩：《科学革命的结构》，金吾伦、胡新和译，185 页，北京，北京大学出版社，2003。

针对这种理论上的"惟我独尊，一统江湖"式的"霸权思维"，德国学者卡尔·曼海姆的看法颇有"祛魅"作用："'科学的'与'前科学的'之间的区别当然取决于我们所假定的科学范围是什么。现在应当清楚的是，迄今为止所作的界定都太狭窄，而且，由于历史的原因，只有某些科学成为科学应效仿的样板。例如，众所周知，现代知识的发展是如何反映了数学的突出作用。根据这个观点，严格地说，只有能可度量的东西才能被看作科学。在现代，科学的理想是在数学上和几何上成为能证明的知识，而每一种质的东西只能作为量的东西的衍生物才可得到承认。现代实证主义总是仅仅追随这一科学理想和真理理想。它自己增补的有价值的知识形式至多不过是寻求普遍法则。根据这种主要的理想，现代思想浸透了基于固定公理的度量、形式化和系统化。在某些可以用形式上的定量方法来处理的现实层次上，这是十分成功的，或至少可以纳入一般化之中。

循着这种研究方式，有一点已变得明显了：这种研究适用于科学地理解同质层次的题目，但这种从属的题目绝没有对丰富的现实作详尽无遗的论述。这种片面性尤其明显地见于人文科学，在这些科学中，就问题的实质而言，我们并不太关心可以归纳为法则的题目的狭窄领域，而关心的是众多独特的、具体的现象和结构，实际处理事务的人对它们很熟悉，但实证主义科学原理却不能获得它们。其结果是，处理具体问题和随意运用自己知识的实践者，比理论家更有才智，因为理论家囿于自己科学的前提只能观察到有限的范围。越来越明显的是，在前者具有一些知识的那些领域，后者——现代思想理论家——很久以前就不再拥有任何知识了。从这一点可以推论，现代数学——自然科学这个样板就不能被看作适用于整个知识领域。"①

无论被对象化到了何种程度，就其最本质的意义而言，对电视节目的评价属于人文文化的范畴，用以评价的手段只能是共时性的，即各种评价手段共生，不存在一种足以替代或将其他手段边缘化的"大一统"式的评估模式。"存乎一心"的主观评价与"统计分析"的客观指标都有其彼此不能替代的地位。而收视率导向将属于科学文化范畴的历时性特质加以放大，在实践中，把收视率作为将其他节目评价方式边缘化的"利器"，不可避免地伤害了电视节目评价的文化特质。

二、收视率导向实证主义方法论的认识缺陷

作为实证主义研究方法在电视评价实践中的具体运用，收视率不可避免地

---

① [德]卡尔·曼海姆著：《意识形态与乌托邦》，黎鸣、李书崇译，168～169页，北京，商务印书馆，2000。

带有实证主义所特有的种种特征，在这个层面上来说，与主观思辨的评价方式一道构成了比较全面的电视节目评价体系，而收视率导向赋予收视率在电视节目评价体系中极富霸权意味的地位，力图将其他评价形式置于陪衬性的边缘化状态。

由于收视率为电视节目评价实践所带来的实证主义的“清新”空气是否真的可以成为各级电视机构决策者决定节目去留的根本依据，还需要对收视率导向、收视率特别是纷纭芜杂的数据背后所隐藏的实证主义传统进行认真的审视和深入的考问。否则，在“知其然，不知其所以然”的状态下所培养出来的收视率崇拜是经不起收视实践的检验的。

收视率导向是建立在对流行的认同基础之上的，这里存在隐藏着复杂的文化符码和社会机制：“流行以前的一切艺术都是建立在某种‘深刻’世界观基础上的，而流行，则希望自己与符号的这种内在秩序同质：与它们的工业性和系列性生产同质，因而与周围一切人造事物的特点同质、与广延上的完备性同质、同时与这一新的事物秩序的文化修养抽象作用同质。”①

而流行也好，收视率导向也好都将文化诉诸群体的非理性状态，尽管不排除组成群体的个体都是富于理性的个体。与此同时，法国思想家勒庞也为我们揭示了群体本质的另外一面：“没有必要进一步指出，群体没有推理能力，因此它也无法表现出任何批判精神，也就是说，它不能辨别真伪或对任何事物形成正确的判断。群体所接受的判断，仅仅是强加给它们的判断，而绝不是经过讨论后得到采纳的判断。在这方面，也有无数的个人比群体水平高明不了多少。有些意见轻而易举就得到了普遍赞同，更多地是因为大多数人感到，他们不可能根据自己的推理形成自己的独特看法。”②这种个体的理性状态与群体的迷醉状态的内在矛盾，充分地反映出作为构成收视率导向理论机制的实证主义的气质。

正是这种将思维着的社会主体与形成其现实状态和审美立场的种种社会条件切割开来的做法，才形成了上述群体的矛盾性格，在收视率导向那里，作为调查对象的电视观众个体的态度是仿佛从天而降的不解之谜，其实，德国思想家霍克海默早就讲过：“德国古典哲学十分清楚地系统阐述了个人存在的非独立性：‘要获得一个个体，须得有同样似乎有其自身独立存在的其他实在；只有把这一切及其相互关系综合起来，才能充分理解个体概念。孤立的个体不符合于它的

---

① [法]让·波德里亚著：《消费社会》，刘成富、全志钢译，86页，南京，南京大学出版社，2006。

② [法]古斯塔夫·勒庞著：《乌合之众：大众心理研究》，冯克利译，126页，北京，中央编译出版社，2004。

概念。'(原书脚注：黑格尔：《百科全书》，第1卷，第213条目——作者注)换言之，个人只有作为他所归属的整体的部分才是实在的(着重号为原文所有——作者注)。他的种种基本决断、他的性格和爱好、他的嗜好和世界观，这一切都有其社会根源，有他在社会里的命运根源。任何特定时刻的社会，其本身符合它自身的概念到何种程度，因而就符合理性到何种程度，这是公认为尚未解决的问题。"[①]显然，实证主义难以从理论上有效地解决这一系列的问题。

可是，如何认识实证主义本身与社会条件之间的关系还存在着一些分歧，美国学者斯多克曼指出："在评论实证主义的时候，总存在着某种分歧：实证主义本质上是一种怀疑和批判的理论还是守成的教义。前者的解析依赖于对实证主义哲学层面上的攻击：即在极为严格的限制条件下，何者可知或何者可说，这种看法源于一种批判性的对于何者(实证主义所假设的)不可知或不可说的怀疑态度。从另外一个角度，作为守成的教义，对实证主义的阐释着眼于强调包含于'实证主义'这个语词中的'肯定'意义，这种语源学式的分析源自于下面的认识：实证主义的目的是积极地将基本知识建立在可靠的基础之上，无论实证主义的其他方面如何被反对，实证主义的这一目的在于建立一种像科学知识那样可靠的基础。这种批判视角的核心就是实证主义是'允执厥中'的。"[②]怀疑也好，肯定也好，实证主义的基本逻辑前提是建立在其所认为的构成事实的存在，而这种存在本身在收视率导向那里无疑是以电视观众的具体收视行为为归依的。在收视率导向同其他电视节目评价方式的争论中，再也没有比"我们能够提供客观的事实，而其他评价方法难免是主观"这样的说法更令收视率导向能够无往而不胜的了。但是，"客观的事实"是否成立？却是一个值得仔细推敲的问题。

显然，在实证主义的指导下，收视率导向是否能承担起对电视节目这样的文化文本进行主观评价的全部任务，无疑难以做出确评，这是由于实证主义研究传统对社会事实的基本态度所致，正如法国社会学家迪尔凯姆关于观察社会事实的准则时曾经谈到的："第一条也是最基本的规则是：要把社会事实作为物来考察。"[③](着重号为原文所有——作者注)

这样，同自然主义、感觉主义或唯能主义一样，就内在于收视率方法论的实证主义也必然具有这样的特征："一方面是将意识自然化，包括将所有意向一内

---

① 上海社会科学院哲学研究所外国哲学研究室编：《法兰克福学派论著选辑》(上卷)，162页，北京，商务印书馆，1998。

② Stockman, N.: 1983, Antipositivist Theories of the Sciences: Critical Rationalism, Critical Theory and Scientific Realism, D. Reidel Publishing Company, p. 29.

③ [法]E. 迪尔凯姆著：《社会学方法的准则》，狄玉明译，35页，北京，商务印书馆，1995。

在的意识被给予性自然化;另一方面是将观念自然化,并因此而将所有绝对的理想和规范自然化。"①

这种"事实至上"的说法与经验论或实证论者的态度并无二致,德国学者卡西尔对这种事实本身提出的质疑是值得重视的:"经验论者和实证论者总是主张,人类知识的最高任务就是给我们以事实,而且只是事实而已。理论如果不以事实为基础,确实就会是空中楼阁。但是,这并不是对可靠的科学方法这个问题的回答,相反,它本身就是问题。因为,所谓的'科学的事实'是什么意思呢?显而易见,这样的事实并不是在偶然的观察或仅仅在感性材料的搜集下所给予的。科学的事实总是含有一个理论的成分,亦即一个符号的成分,那些曾经改变了科学史整个进程的科学事实,如果不是绝大多数,至少也是很大数量,都是在它们成为可观察的事实以前就已经是假设的事实了。"②

在实际的操作中,这种事实的真实性从来就不是可以想当然耳而不予考察的,恰恰相反,所谓"方法科学"并不能代替对事实(无论是准确的呈现,还是歪曲的幻象)的反思和追问,在对电视节目评价的过程中,这一点恐怕是其最终的落脚点。可惜的是,收视率导向完全拒绝对其方法论前提的思考,轻率地把未经省察的思想方法作为天上掉下来的教条而盲目地加以接受:"那些囿于方法论抑制的人往往拒绝评论当代社会,除非它经过**统计仪式**(黑体为原文所有——作者注,下同)这一小而精确的程序操作。人们通常说他们研究的成果即使无足轻重,起码也是真实的。对此我持有异议;我愈发想知道它究竟在多大程度上是真实的。我想知道有多少精确甚或伪精确在此同'真相'混淆在一起;在多大程度上抽象经验主义被当作仅有的'经验'研究的方式。如果你曾花费一两年的时间,严肃地研究过数千小时的访谈,又经过细心的编码和键入,你就会渐渐发现原来'事实'的范畴是何等易变。而且,说到'重要性',我们之中某些最富活力的思想,确实由于教条地恪守**方法**并不允许在其他研究中运用,从而在细节研究中被耗尽。我现在确信诸如此类的许多研究,只不过是墨守成规,它们只是碰巧才获得了商业价值和基金会青睐,而远非如其代言人所称,与科学的严格要求相一致。"③这种现象也同样出现于收视率数据的搜集过程之中。

无论是曾经经历过收视率数据搜集日记卡阶段的工作人员还是被调查对象

---

① [德]胡塞尔著:《哲学作为严格的科学》,倪梁康译,9页,北京,商务印书馆,1999。

② [德]恩斯特·卡西尔著:《人论》,甘阳译,74页,上海,译文出版社,1985。

③ [美]C.赖特·米尔斯著:《社会学的想像力》,陈强、张永强译,76页,北京,生活·读书·新知三联书店,2005。

都无法否认下面的事实："新的学派在其实践中一般把对抽象挑选出的人群所进行的访谈当作基本的'数据'来源。为方便起见，访谈对象的回答经过标准分类，被键入何勒里斯代码卡片，并通过找出变量之间的关系进行统计。毋庸置疑，任何有点头脑的人都能掌握这种步骤，从而轻易得到某个事实和结果，因而它很受青睐。它的结果通常是以统计判断的形式表示：在最简单的层次上，这些结果只是一些比例结论；但在比较复杂的层面上，根据不同的问题，解答经常被组进繁复的交互分类之中，并且这些解答又以不同方式形成等级量表。人们可以通过某些复杂方法处理这样的数据，但我们不必担心这个问题，因为不管它们怎么复杂，仍只是对已知数据的分类而已。"①

不过，收视率导向所依凭的关于电视受众的事实究竟源于何处？德国哲学家胡塞尔给出的看法值得重视："心理学家们认为，他们的所有心理学认识都归功于经验，即归功于那些素朴的回忆或回忆中的同感，据说它们是借助于实验的方法艺术才成为经验推理的基础。然而，对素朴经验被给予性的描述，以及与此并肩进行的对这些经验被给予性的内在分析和概念把握，这些都是借助于概念基础来进行的，这些概念的科学价值对于所有其他的方法步骤来说是决定性的。略作思考便可以明察到，由于实验性的提问和方法的整个本性所致，这些概念在进一步的操作中始终没有被涉及到，因此可以说，它们是自己进入到最终结果中，即进入到被要求的科学的经验判断中。另一方面，它们的科学价值不可能从一开始便在此，也不可能产生于那些受实验者的和实验引导者的众多经验之中，这种价值根本不可能从经验确定中逻辑地获取：而这便是现象学本质分析所处的位置。对于自然主义的心理学家来说，这种现象学的本质分析听起来是不寻常的和不系统的，即便如此，它也绝不是而且不可能是经验分析。"②

这一点也已经被收视率研究者注意到了："从心理上说，如前所述，观众看电视时，按时作记录的情况并不多见，因为边看边记会丧失许多收视的乐趣。这样一来，有不少收视日记便通过回忆和追忆完成。而人的记忆通常只能记住有限的东西，往往还带有一定的印象成分。"③

或许，收视率数据采集的装备似乎已经克服了由于个体对经验的回忆而带来的某种主观性的介入，可是，在理论上，下述诘问从未得到过有力的回答："自

---

① ［美］C.赖特·米尔斯著：《社会学的想像力》，陈强、张永强译，54～55页，北京，生活·读书·新知三联书店，2005。

② ［德］胡塞尔著：《哲学作为严格的科学》，倪梁康译，24～25页，北京，商务印书馆，1999。

③ 刘燕南著：《电视收视率解析：调查、分析与应用》，61～62页，北京，北京广播学院出版社，2001。

洛克以来至今日，有两种信念被混为一谈：一种是从经验意识发展史中获得的信念(它也是心理学的预先假定)，即每一个概念表象都'产生于'以往的经验之中；另一种信念是指，每一个概念都是从诸如描述性的判断中获取在其可能使用方面的合法根据。而这一点在这里便意味着：只是在对现实的感知或回忆所提供的东西的观看中，才能找到经验意识之有效性的合法根据，找到它的有本质性或无本质性的合法根据，以及进一步找到它在现有的个别情况中的有效可用性的合法根据。"①

尽管，冒着对受众隐私的极大侵犯的风险，技术的介入在收视率数据的收集中，并没有使研究者摆脱实证主义也难以避免在对社会事实择取时所无法逃避的命运。相反，技术越是精确，就越使收视率的对象物——电视受众的面目越加模糊："一言以蔽之，流水线化了的受众是一种难以把握的乌托邦式的符号客体，但是，受众评估总是要努力接近这一客体。这是受众评估的硬伤所在，其难以实现的前提是对评估技术不断改进的追求。而这种追求基于如下信仰：该技术将提供越来越多的关于受众的信息，也将对受众施加越来越多的控制。但是，这只能加剧整个产业的问题。正如赫维茨所言，受众评估技术日益精细化，'只能增加广播机构的吸引力，推介研究成果就好像解决了问题'。换句话说，收视率服务越是通过其评估手段的改进而提供更多的信息，将实际受众整合进'电视受众'这一虚幻客体所带来的问题也就越多，结果是，整合受众的流程变得越来越复杂。"②

同时，力图实现"价值无涉"的收视率导向在何种程度上隐瞒了自身的意义框架也可以从实证主义那里找到其理论上的意义根源，拒绝意义的收视率导向本身恰恰拒绝了对作为文化产品的电视节目的分析最根本的任务所在，就像美国文化人类学家格尔茨所告诉我们的："对文化的分析不是一种需求规律的实验科学，而是一种探求意义的解释科学。"③

这样，对作为电视节目评估的行为本身就陷入了一种窘境：用非文化的方式来完成对文化本身的评价，用普遍化的诉求来完成对个别文化产品的透析。这样，德国学者卡西尔对统计学的局限性的看法也就不言而喻了："统计学的各种方法就它们的本性来说就是局限于各种共同现象的。统计学的各种规则并不能

---

① [德]胡塞尔著：《哲学作为严格的科学》，倪梁康译，24～25页，北京，商务印书馆。

② Ang, I. (1991) *Desperately Seeking the Audience*, London and New York: Routledge, pp. 58-59.

③ [美]克利福德·格尔茨：《文化的解释》，韩莉译，5页，南京，译林出版社，1999。

用来规定一个单一的事例，而只能处理某些‘共同的东西’。”①

颇具反讽意味的就是价值无涉的积极鼓吹者德国学者马克斯·韦伯也不能否认文化的价值意义，他指出：“任何文化科学（着重号为原文所有——作者注，下同）的先验前提，不是指我们认为某种或者任何一种一般的‘文化’有价值，而是指我们是文化的人类，秉具有意识地对世界采取一种态度和赋予它意义的能力和意志。无论这种意义可能是什么，它都将引导我们在生活中从它出发对人类团体的某些现象做出判断，把它们当作有意义的来（肯定地或否定地）对待。无论所采取的态度的内容可能是什么，——这种现象对我们都具有文化意义，对它的科学兴趣只依赖于这种意义。”②“一切经验知识的客观有效性依赖于并且仅仅依赖于既定的实在按照范畴得到整理，而这种范畴在一种特定的意义上，亦即在它表述了我们认识的先决条件的意义上是主观的，并且是受到惟有经验知识才能提供给我们的那些真理的价值前提制约的。”③

德国学者卡尔·曼海姆在回应为何不满足于“固定的事实”，而“不祛除附加于纯粹事实性之上的‘意义总体性’和其他事物”的问题时指出：“我们的回答是，这些事实的‘固定性’和‘实证性’有某些特殊的地方。它们的‘固定’是指它们能构成一种控制力，我们借此得以消除我们的独断，而并非指它们能在任何体系之外孤立地被把握，而不涉及意义。相反，我们只能在一种意义的框架内才能把握它们，它们表现出来的不同侧面也有赖于理解它们所借助的意义模式。”④

美国学者内森·塔科夫和托马斯·L.潘高指出：“现代民主在其崇高的志向和对忠诚的保护的迫切需要这两方面，都已经受到当代社会科学的威胁。我们已经解释过，这不仅仅是因为社会科学和社会科学史盛行的‘方法论’必然导致对自主、合理的政治实践可能抱犬儒主义态度，更糟的是，其意义或主旨是区分‘规范的’和‘经验的’命题，以及区分科学的‘事实’与非科学的‘价值’。正如施特劳斯在他对马克斯·韦伯（以及对次要的实证主义者）的评论中所表明的，这一事实和价值区分的理论基础过去是、现在仍然是薄弱的。这种区分被广泛接受的真正根源——即使并不总是被承认为真正的根源——是它与平等主义的相对论的巧合，即同最简单化、最教条但由于这一原因也最易通用的一种民主的道德说教的巧合。这就是说，原假定的‘与价值无关的’社会学掩盖了实际上对民

---

① ［德］恩斯特·卡西尔著：《人论》，甘阳译，251页，上海，译文出版社，1985。

② ［德］马克斯·韦伯著：《社会科学方法论》，韩水法、莫茜译，31页，北京，中央编译出版社，1999。

③ ［德］马克斯·韦伯著：《社会科学方法论》，韩水法、莫茜译，59页，北京，中央编译出版社，1999。

④ ［德］胡塞尔著：《哲学作为严格的科学》，倪梁康译，24～25页，北京，商务印书馆，1999。

主思想中最坏的倾向缺少考虑的认可，亦即掩盖了这种倾向的危险的扩展或促进。"[①]显然，收视率导向也充分体现了现代社会科学特别是实证主义方法论指导下的社会科学回避意义、拒绝崇高，满足于对文化的即时消费，而这又恰好是商业意识形态的基本诉求，而并非单纯的价值无涉那么单纯。

尽管无可否认，收视率是现代社会科学研究方法在电视节目评价实践中的具体应用，其客观性甚至可以用数学加以说明。同时，我们也不能简单地否认收视率对电视节目评价体系的进步意义，正如德国学者卡尔·曼海姆在讨论实证主义研究方法时所指出的："参考富于成果的科学发展便可得知，否定这类简化程序的认识价值可能是反动的，因为这些程序是简易操作的，而且可以概率很高地适用于大量现象。这些借助于原因和功能而起作用的形式化科学的丰富成果，远未耗尽精力，因而妨碍它们的发展是有害的。尝试一种有效的研究路线是一回事，把它看作是对待客体的唯一的科学途径则是另一回事。就后者是争论之点而言，今天已经清楚的是，仅仅进行形式的探讨不可能彻底研究关于世界，特别是关于人类精神生活的知识。"[②]

承认收视率的历史进步性是一个方面，另一方面，我们仍然不能轻松地放弃对收视率导向的文化追问以及对隐藏其间的商业意识形态的质疑。

卡尔·曼海姆认为，实证主义并非简单地如其所宣称的超然于形而上学之外，就其世界观的本质观念而言，实证主义并不高明："实证主义是一种非哲学的哲学(a philosophy of no-philosophy)，认为知识社会学问题属于某个专业化学科。但实证主义是一个从本质上被迷惑的学派，因为它将经验主义的某个特定概念实体化，并认为人类的知识即使没有形而上学和本体论也是完整的。但这两条原理是自相矛盾的：将某种实用主义的方法和相应的实在领域实体化，并视为'绝对'有效的，这一学说本身就成为形而上学——尽管是一种特殊的、有限的形而上学。"[③]

德国思想家哈贝马斯进一步指出了貌似中立的实证主义的这种"拒绝反思"的理论成因："以方法论为基石的认识论忽视可能的经验对象的形成；同样，脱离了先验反思的形式科学，则忽视符号联系规则的形成。用康德的话说，它们都否认认识着的主体的综合成就。【由于】(方括号内文字为译者所加——作者注，

---

① [美]列奥·施特劳斯、约瑟夫·克罗波西主编：《政治哲学史》，李天然等译，1069页，石家庄，河北人民出版社，1993。

② [德]卡尔·曼海姆著：《意识形态与乌托邦》，黎鸣、李书崇译，19页，北京，商务印书馆，2000。

③ [德]卡尔·曼海姆著：《卡尔·曼海姆精粹》，徐彬译，17～18页，南京，南京大学出版社，2002。

下同)实证主义的观点掩盖了世界形成(die Weltkonstitution)这个问题,【所以】**认识本身**严格意义上的认识的内涵和意义就成了非理性的(irational)。这样,认识【只是】描述现实这种幼稚的观念,就成了占统治地位的观念。"①

而单纯依赖实证主义研究路径的收视率导向也无法摆脱此类研究忽视意义的结果:"所有这些做法,不外乎用统计手段展示一般性观点以及运用一般性观点说明统计结果。而一般性观点既没有经过检验,也未被赋予具体意义。它们根据数字的需要被挑选,正如同数字被用来配合它们一样。一般性观点和解释可与其他数据配合使用;反之亦然。这些逻辑把戏被用来给研究赋予表面上的结构、历史和心理学的意义,而实际上,由于这种研究的抽象,这些意义已被抽空了。"②

收视率导向将电视观众化约为实证研究的经验材料,由于实证主义研究宗旨的制约,收视率商品提供者无暇对某个电视节目对电视观众的传播效果、文化意涵、潜在影响等无法塞进由各种各样公式所组成的数字体制之中的问题稍加留意,当然,提出这样的要求本身就超出了收视率所能解释的范围,收视率所能回答的仅仅是这样的问题:在某时某地,在被层层抽样而形成的受众样本中,有多少人看了某个节目。而在承认了这一点的同时也就不难发现收视率导向本身所积存的荒谬性。收视率导向在表面上赋予了电视观众前所未有的文化特权,但是在实际上又取消了电视观众的主体意识的地位,认识着的主体不再是评价电视节目的坐标系。相反,一切用数字代表"事实"说话,至于数字能否完成这项任务,是收视率导向所无法回答的,这是由于收视率导向利用收视率所提供的某种合乎规律的和结构化的自在事实(无疑,这种事实本身只是在一定程度上是有效的),而这种事实的形成过程则被彻底地忽略掉了。正如法国思想家福柯所说的:"在此,如同在其他学科中,很有可能,数学的应用因19世纪初西方知识中发生的所有变化而变得容易(并且总是更加如此)。但是,设想人文科学在人们想把概率演算应用于政治舆论的现象并使用对数去度量日益增强的感觉强度的时候,已确定了自己最彻底的筹划并开创了自己实证的历史,这就对基本的事件起了表面的副作用。"③

我们如果要把收视率作为电视节目评价体系中的一个重要组成部分这一命

---

① [德]哈贝马斯著:《认识与兴趣》,郭官义、李黎译,68页,北京,学林出版社,1999。

② [美]C.赖特·米尔斯著:《社会学的想像力》,陈强、张永强译,75页,北京,生活·读书·新知三联书店,2005。

③ [法]米歇尔·福柯著:《词与物——人文科学考古学》,莫伟民译,457页,上海,三联书店,2001。

题作为不需考察其可靠性的前提进行追问的话，那么，由于收视率所蕴涵的收集事实、价值中立的运作逻辑，使收视率作为评价方式本身就并非是毋庸置疑的。

当欢呼收视率终于成为中国内地电视节目评价指标体系的重要组成部分之际，我们必须认识到在把收视率提高到"导向"的高度的时候，也就把实证主义与生俱来的劣根加以放大，变成足以摧毁电视荧屏人性绿洲的黑风暴。正像顾准先生在研读马克思的相关论述时所写下的札记中所指出的那样："实证主义确实是没心肝的、硬心肠的、无远见的、无理想的东西。怀疑论，当它是反对独断的东西的时候是有力的，当它变成庸俗的怀疑论，那确实只反映一种分崩离析状态下的、庸俗的怀疑论。"①而马克思的这段论述值得我们重温："这种怀疑论厚颜无耻地对待思想，卑躬屈膝地对待显而易见的一切，这种怀疑论只有当它谋害了实证事物的精神时才开始感觉到自己的智慧——而这一切都只是为了占有某种作为残渣的纯实证的事物，并在这种动物状态中自得其乐。"②

---

① 陈敏之、顾南九编：《顾准笔记》，348页，北京，中国青年出版社，2002。

② 陈敏之、顾南九编：《顾准笔记》，348页，北京，中国青年出版社，2002。

第一夫人政治候选人媒体修辞框架的跨文化研究

Rhetorical Media Framing of Two First Lady Political Candidates Across Cultures

[美]小尤素夫·卡拉扬[1]　贝蒂·温菲尔德[2]
董乐铄[3]　译

中文摘要： 本研究关注了媒体报道两位候选人时所使用的新闻修辞框架。这两位候选人分别是来自乌干达和美国的第一夫人，她们都是第一次参加政治竞选，同时，她们的配偶都尚处总统任期内。本研究评估了在两个截然不同的政治文化和民主形式下的新闻报道，选取的案例为乌干达的《箴言报》和《新景报》以及美国的《纽约每日新闻》和《纽约时报》。研究结果表明，在珍妮特·穆塞维尼和希拉里·克林顿参与竞选活动的过程中，这些报纸关于她们的报道强调了按性别划分的修辞框架。美国的报纸报道了希拉里·克林顿关于国际和平和国家安全的竞选演说及执政纲领，但是乌干达的媒体却没有强调穆塞维尼的关于乌干达北部战争以及和平倡议的陈述。这些报道都强调了第一夫人的家庭职责，并把她们塑造为感情上脆弱的，且不适宜担当除政治伴侣之外其他角色的候选人。

关键词： 第一夫人　性别平等　和平　安全　立法部门竞选　修辞
新闻框架　主流　乌干达

Abstract: This study examines the rhetoric used to frame news coverage of two first lady candidates from Uganda and the United States in the final

---

① 小尤素夫·卡拉扬(Yusuf Kalyango, Jr.)：博士，俄亥俄大学斯克里普斯传播学院新闻系助理教授。

② 贝蒂·温菲尔德(Betty H. Winfield)：密苏里大学新闻学院教授。

③ 董乐铄：清华大学新闻与传播学院博士研究生。

weeks of their first political campaigns for legislative office, while their spouses were still serving as president. It assesses news coverage in two distinct political cultures with different forms of democracy in *The Daily Monitor and The New Vision of Uganda* , as well as *New York's Daily News and The New York Times* of the United States. Results show that newspapers emphasized gender-specific rhetoric to frame Janet Museveni and Hillary Clinton during their campaigns. The U. S. newspapers covered Clinton's campaign speeches and platform on international peace initiatives and national security, yet the Ugandan press did not highlight Museveni's statements on the northern war and peace initiatives. These newspapers underscored their first lady familial duties, and framed them as emotionally weak and unfit to serve beyond political spousal roles.

Key Words: First ladies, gender equality, peace, security, legislative campaigns, rhetoric, news framing, mainstreaming, Uganda

引言

本研究考察了在两种完全不同的政治文化背景下,媒体报道两位第一夫人(乌干达和美国)的竞选时所采用的新闻修辞框架。作为乌干达第一夫人的珍妮特·穆塞维尼在2006年第一次竞选鲁哈马县的议员。曾经是美国第一夫人的希拉里·克林顿在2000年第一次竞选美国纽约州联邦参议员,并在2006年获得连任。本研究关注了在两个完全不同的政治文化中,性别平等和政治主流怎样体现在报道两位第一夫人竞选的新闻修辞框架中,并为此类研究开启了新的方向。

本研究选取的两个案例是有可比性的,原因在于珍妮特·穆塞维尼和希拉里·克林顿都是在她们"第一夫人"的身份下竞选政府部门的职位,并且这两位第一夫人在很多方面扮演了类似的公众角色。比如,两位都在提高公民福利方面作出了努力,在20世纪90年代推行卫生保健计划,为第三世界国家儿童争取和平与安全。1999年,她们在乌干达开展了一个联合项目,给一万多名贫困学生提供教学物资。这两位女士也都想获得总统的职位。希拉里·克林顿在2008年竞逐民主党总统候选人,而珍妮特·穆塞维尼在丈夫约韦里·穆塞维尼总统决定不再谋求连任的时候,也宣布了竞选意愿。2009年年初,这两位第一夫人都在她们各自的国家被提名并确认为内阁成员。2008年12月,美国总统巴拉克·

奥巴马任命参议员希拉里·克林顿为国务卿；几乎在同时，乌干达总统约韦里·穆塞维尼任命国会议员珍妮特·穆塞维尼为掌管卡拉莫家地区的国务部长。

我们通过选取的这四家报纸：乌干达的《箴言报》和《新景报》，美国的《纽约每日新闻》和《纽约时报》来关注两种文化完全不同的国家对于两名地位显赫的第一夫人候选人的报道修辞框架。在两种不同的民主制度中，报纸怎样塑造了第一夫人的竞选？他们使用了什么样的修辞框架来描述珍妮特·穆塞维尼和希拉里·克林顿这两位以男性为对手的第一夫人候选人？在乌干达的过渡性民主和美国的巩固民主制度中，媒体是怎样把第一夫人候选人呈现给公众的？媒体怎样塑造与候选人领导能力有关的捍卫和平、维护安全和解决冲突方面的竞选纲领？这些都是很有研究价值的问题。

修辞框架分析

我们在四家媒体报道中所发现的新闻框架是基于对于性别平等和政治主流的修辞属性的评价，这种评价是通过定义和描述政治候选人特征的信息塑造的(Wander，1984)。这些信息都是记者做出的判断隐喻，记者通过对所选元素的聚焦，呈现了对于第一夫人的主观描述(Ott & Aoki，2002)。

我们分析的媒体是乌干达和美国两家地铁报与两家全国性的报纸。无论是在新闻报道还是发行渠道上，地铁报都主要迎合一个目标区域或特定人口群体。全国性报纸则无论是在新闻采编还是发行上都覆盖了整个国家。文中采用的乌干达的地铁报(或者称为地区报)为《箴言报》，全国性报纸为《新景报》，而两家美国报纸是《纽约每日新闻》和《纽约时报》。所有四家报纸都是从 LexisNexis 新闻研究数据库中提取出来的。我们认为《箴言报》和《纽约每日新闻》的社论内容可能有所类似，因为它们都是高度政治化的小报。

所有的分析样本都选自选举前 120 天内这四家报纸关于两位第一夫人作为候选人身份的报道。我们预计，在选举前的 90 到 120 天中，政治报道的密度将会相当大。我们最终从《箴言报》和《新景报》中抽取了 92 篇关于珍妮特·穆塞维尼的报道，时间跨度为从 2005 年 10 月 25 日到 2006 年 2 月 23 日；从《纽约每日新闻》和《纽约时报》中抽取了 129 篇关于希拉里·克林顿的报道，时间跨度为 2007 年 7 月 9 日到 11 月 7 日。

本研究使用定性的方法来评估每一篇竞选报道。我们的数据收集包括以下步骤。从 2005 年 10 月 25 日到 2006 年 2 月 23 日，在《箴言报》和《新景报》中一共有 92 篇关于珍妮特·穆塞维尼的候选人身份的报道，包括新闻简报、硬新闻、社论和特稿。从 2000 年 8 月 23 日到 11 月 7 日,在《纽约每日新闻》和《纽约时报》中一共有 129 篇关于希拉里·克林顿竞选的报道,包括硬新闻、社论以及特写。我们选择了篇幅在 300 字以上的新闻报道、社论和特写。选择的结果是,在两家乌干达报纸上的 92 篇文章中,有 54 篇符合要求;在两家美国报纸上的 129 篇文章中,有 61 篇符合要求。在这 61 篇样本中,我们再从每个美国报纸中选取 10 篇新闻文章,5 篇社论和 5 篇特写,一共是 40 篇文章。同样,也从乌干达报纸的 54 篇新闻中按标准选取 10 篇新闻文章,5 篇社论和 5 篇特写。这样,我们从每家报纸中选取了 20 篇新闻作为分析样本,样本总量是 80 篇新闻报道。

应该强调的是,正如报道该新闻的记者一样,一个研究者的解读也是经由个体的经验和经历过滤的(Kellner,2003)。正如 Gavrilos (2002)所说,质化分析要求通过对于文本的序列性和多重性的解读来解码信息框架。本文作者对于所有的新闻报道进行了三轮分析。首先,通读了所选的新闻报道,以求对议题和背景有所了解,同时也对文章的内容作了描述性的记录。第二轮和第三轮是关键探索,这个层面的分析涉及到对框架中所包含的修辞的更深层次的理解,比如文化意义,暗指的含义以及立场。在每个阶段的分析中,都有另外一名分析员对修辞框架进行评价,以建立相互一致性的分析。

比如,性别平等框架的特性是,在对第一夫人的报道中灌输结构性不平等,比如说她具有坚韧不拔的精神或是生理上的缺陷导致她无法履行某些传统上男候选人独有的职责。强调候选人的政治伴侣角色而不是她的竞选政策议题也被认为是性别平等框架的特征。其他的带有贬低意涵的框架特征则暗示,候选人是一名政治伴侣,所以她作为一个领导者是不能胜任的、不可行的或者脆弱的。另外还有,频繁使用仅仅因为第一夫人是女人就对她们的领导潜力表示怀疑和不信任的新闻来源。其他的框架包括:居家母亲,白宫/国会女主人,宴会举办者,丈夫陪同者,以及其他仅因为性别原因就将她们描绘得比其他政治候选人低一等的做法。

其他政治主流化的例子包括:所有候选人所提出的政治议程和在竞选旅行中采取的行动,在任何广泛或具体的意义层面上,都不去挑战候选人的女性身份。另外,对于政治意识形态的包容和慎重也是政治主流化的特征。其他特征还有:对候选人是否具备政治手段和组织效能的新闻报道中,不传播对女性的刻板印象。

珍妮特·穆塞维尼的竞选

总体来说,在《新景报》和《箴言报》对于珍妮特·穆塞维尼的竞选报道中,性别权利失衡十分显著。在政治主流化之外，新闻报道中关于穆塞维尼竞选策略的内容很少，这与乌干达媒体在报道男性候选人时的通常表现大相径庭。穆塞维尼在竞选中所使用的政治宣言明确表示，如果她当选，她会游说议会，促使政府为鲁哈马女性创造更多就业机会，并致力于强化西南地区的和平和安全。同时，在竞选过程中，她自始至终都在宣言中承诺为贫困学生建造医疗场所和学校以及在选区推行农业发展规划。然而，报纸并没有向读者提及珍妮特·穆塞维尼在竞选中一再提到的这些值得注意的规划和政策措施。这两家乌干达媒体也没有提供有关她以前所做出的成就的背景信息，相比之下，这些媒体对于她的男性对手奥古斯丁·达纳(Augustine Ruzindana)的报道则涉及了他的政治观点和背景。

40篇文章中的23篇都出现了性别平等的框架。这些报道把穆塞维尼描述成了一个政治配偶的形象，认为参与竞选议会席位使她失去了作为第一夫人的地位和尊严。《箴言报》(2006年1月30日)写道:

> 珍妮特从未当选过哪怕是村民委员会委员。她怎么能够胜任执掌国家政权呢？丈夫处于统治的顶层，并且希望妻子在底层统治。他们想要从上至下的统治我们；这是一个家庭内部的问题。(4版)

另外，《新景报》没有把珍妮特·穆塞维尼的候选人资格描述成是合法的，主要是因为她的丈夫是现任总统，并且还在谋求连任。这两家媒体都对穆塞维尼成为议会候选人充满了怀疑，并指出，考虑到她的地位是第一夫人，缺乏经验使她不会成为一个"在国会为她的选区争取利益"的好议员。珍妮特·穆塞维尼花了相当大的时间和努力在竞选中极力宣扬她先前在卫生保健，幼儿教育，维护和平和妇女权利这几方面所做出的推进政策议程的成就。然而，《新景报》只发布过一篇不足150字的新闻报道是关于她谈及妇女权利的竞选演讲。《箴言报》则没有单独报道她关于和平倡议、安全和医疗健康方面的演讲的新闻。

尽管缺乏性别观点主流化，描述她的候选人身份所使用的修辞依然强调所谓的传统意义上的女性角色，即一个支持丈夫和家庭的以养育为主要职能的时尚女性。乌干达媒体似乎支持穆塞维尼的参选，在这种很少出现的情况中，这两家媒体依然倡导传统性别角色的复苏，并且使用了一种轻视的框架。比如《新景报》(2006年2月16日)写道:

> 珍妮特·穆塞维尼作为一个母亲，一个祖母，一个企业家和一个第一夫人是十分称职的。她本可以选择仅仅陪伴她的丈夫而不是参与国事，就像以前的第一夫人那样。她参与政治的决定应该会受到乌干达人民特别是鲁哈马人民的热情欢迎。(11 版)

在媒体报道中，珍妮特·穆塞维尼的候选人角色是排在她的第一夫人的角色之后的。除了少有的几处例外，40 篇报道中有 19 篇认为候选人的执政纲领没有明确把政策立场、个人信念、文化道德和信仰区分开来。珍妮特·穆塞维尼通常被塑造为一个再生的基督徒，她对于国家唯一的使命将是“代表上帝”。这是来自于她的一次演讲，她有一次宣称，她从上帝那得到确认，她参与政治是为了拯救鲁哈马的人民。“上帝派我这样做，我必须服从”，她的这番言论被广泛引用，直到选举日。这两家乌干达报纸都多次重述她在 2005 年 12 月 2 日的这个发言。她的多重任务角色也在 11 篇新闻报道中被强调：“穆塞维尼夫人尽管积极参与政治，她仍旧会抽出时间来扮演第一夫人的角色。她坚持认为竞选鲁哈马议会的席位和作为总统夫人并不冲突，”一位《新景报》的记者如是说（2006 年 2 月 27 日）。

在关于她的竞选的新闻中，对于她作为一个时尚女人的才能的修辞也是一个主要的报道框架。《箴言报》（2005 年 12 月 13 日）强调了她的外貌：

> 她的容貌引人注目，她有着洁白的牙齿和乌黑的头发。她在上世纪 90 年代给人们留下的印象是一位美丽动人的第一夫人。在一个妇女们流行烫发的年代，她去了非洲，从而保留了她头发的自然状态。现在，她的发型成为了流行的风向标，并且受到乌干达权力界女性的追捧——珍妮特发型。这逐渐成为了妇女解放的标志。(2 版)

在所有的 40 篇新闻报道中，有 19 篇包含了对于穆塞维尼的时尚风格的修辞。但是，这种“时尚与风格”的框架却没有出现在对于她的男性竞选对手的报道中。在一定程度上，她的政治对手的尖刻攻击主要与两性平等有关，这在新闻报道中有所体现。例如，两家报纸都报道了奥古斯丁·达纳的政治攻击：穆塞维尼是没有候选资格的，因为她是第一夫人（9 篇），她是脆弱的（6 篇），“一个被丈夫推向前台的第一夫人”(14 篇)。“在竞选中，有一个有名的丈夫是很有作用的，更何况是一个总统丈夫，”这些就是对于她的竞选人资格的描述。

当穆塞维尼的反对派，前任民主党主席，[1]保罗·塞莫格雷雷（Paul Ssemogerer）建议穆塞维尼放弃她的政治野心，去照顾她的家庭，《新景报》和《箴言报》都发表文章强调了他的建议，并且将此议题持续了两周多的时间。保罗·塞莫格雷雷说道，“我建议她回去为她的丈夫做饭，照料他们的孩子”(《新景报》，2006年1月24日)。这种在她的第一夫人角色和她的议会候选人角色之间的冲突一直存在于《箴言报》(2005年12月6日）的修辞框架中。

讽刺的是，在关于她的竞选议题的报道中，这两家媒体都主要强调了穆塞维尼在性别平等方面的政策提议。这些议题在《箴言报》出现了13次，在《新景报》出现了11次。《箴言报》始终如一地报道穆塞维尼关于艾滋病的言论的争议，而没有其他的支持她的报道框架。《箴言报》(2006年1月16日）报道称她想要通过全国人口普查来断定多少年轻人是处女或处男。报道中引用她的话说，安全套推行者是种族歧视者，因为他们相信“非洲人无法控制自己的性欲”。

一位《箴言报》的专栏作家暗示，总统本应该把议会的妇女席位之一授权于他的妻子，而不是让她遭受当前政治竞选的暴风骤雨。三篇《箴言报》的社论不约而同地建议珍妮特·穆塞维尼去谋求一个“妇女专属职位”，而不是在普通选举中不得不和男性对手竞逐。

除了提及她在推动医疗保健，普及免费教育，产前护理，妇女农民的经济赋权以及和平倡议的政治热情，珍妮特·穆塞维尼并没有被塑造成一个可行的候选人。反而，媒体把她塑造成了一个用纳税人的钱来赢得选举的政治伴侣。当乌干达媒体试图肯定她时，都会讲到她的外貌（11篇)，发型（3篇)，时尚风格(4篇)，宗教倾向（13)，培育角色（6篇)，以及她关于性行为的饱受争议的言论(9篇)。

希拉里·克林顿的参议员竞选

在关于希拉里·克林顿2000年竞选纽约州联邦参议员的40篇报道中，有29篇性别观点主流化框架非常明显。《纽约时报》报道了纽约选民对于希拉里·克林顿的大力支持：“纽约人民能够指望她来坚持不懈地与种族歧视作斗争，来争取原则，来做正确的事。”(2000年12月16日)并且，当希拉里·克林顿对选民阐释她的政治议程时，《纽约时报》和《纽约每日新闻》都直接引用了她的原话。这些在乌干达对于珍妮特·穆塞维尼的报道中并未出现。与政治主流一致，《纽

---

[1] 民主党是乌干达的主要政党之一，该党的现任领袖是 Ssebaana Kizito。

约每日新闻》(2000 年 10 月 18 日)是这样引用希拉里的话的:

> 无论我们是否准备好了,我们都站在今日世界的前端——军事上,政治上和文化上。如果我们的孩子是未受教育的,如果种族清洗使社区分裂,如果妇女们像在阿富汗那样被残忍的对待,我们将会失去可供投资的强大市场,我们也不会有民主盟友可供依靠。(32 版)

在她竞选参议员的过程中,希拉里·克林顿关于国家安全与世界和平的施政纲领,都被两家报纸明显地报道了。与对于乌干达第一夫人的报道不同,美国报纸例行公事地通过把希拉里·克林顿的政治议程融入他们的故事来显露出政治主流化。比如,她是在保护自然资源方面被看好的候选人。引用塞拉俱乐部(The Sierra Club)的赞誉之词说道:"她在关于国家和民族问题上显示出无与伦比的知识深度"(《纽约时报》,2000 年 9 月 6 日,B 叠 6 版)。

在 40 篇报道中,有 27 篇都表示出了对于希拉里·克林顿成为一个有能力的纽约州参议员候选人的包容性和合法性。《纽约每日新闻》(2000 年 11 月 7 日)写道:

> 通过选举第一夫人希拉里·克林顿为他们的参议员,纽约人不仅仅是创造了历史,他们还选择了一个致力于规范财政纪律和引导社会进步的领袖,并且决意为本州争取公平正义。她已经证明了她不仅仅是一个靠形势谋利的人,这是一个似乎不同于拉齐奥的言论的事实。(17 版)

性别权利失衡在《纽约时报》(13 篇),《纽约每日新闻》(12 篇)的报道中也屡见不鲜。《纽约时报》写到,女性候选人通常需要证明她们在面对男性候选人时是足够强硬的,但是"希拉里·克林顿则刚好相反,她需要证明自己足够温和"(2000 年 12 月 20 日,A 叠,27 版)。《纽约时报》也在社论中声明,在本次竞逐中,"美国政治从未如此充满着性别大扭转"。

当性别平等成为中心话题时,希拉里·克林顿的婚姻问题成为话语的主导,40 篇文章中有 13 篇都提到了这个话题。在《纽约时报》一篇题为《已婚就要付出代价》的文章中写到"对于克林顿夫人依然留在比尔·克林顿身边的质疑来自于所有政治派别的人们,但是,右派对此怀疑是令人感觉奇怪的,因为他们通常吹捧婚姻的神圣性"(2000 年 10 月 12 日,A 叠,29 版)。《纽约每日新闻》(2000 年 10 月 20 日) 写道:

> 关于比尔和希拉里的婚姻,仍有很多地方是不解之谜。但是不容置疑的是,他们养育了一个优秀的女儿——据大家所说她脚踏实地并且正如一个普通女孩那样正常,但是当她家庭的隐私问题被暴露在刺眼的公众聚光灯下,她却有一种非凡的内在力量去承受这一切。(4 版)

与乌干达报纸类似,美国报纸把希拉里塑造成一个政治伴侣,是她丈夫赋予了她候选人资格 (9 篇) 以及她的第一夫人位置。报纸总是把她塑造成利用局势谋利的人(5 篇); 她的对手众议员里克·拉齐奥带有刻板印象的修辞,《纽约每日新闻》写道,在她丈夫的帮助下,希拉里显然是一位募资强人,《纽约时报》(2000 年 12 月 17 日,4 版)也谈到了比尔·克林顿的帮助:

> 甚至当克林顿太太谈到她丈夫使她遭受的那段"非常痛苦的时间",她仍然是更多地要靠他的政治意见和筹款威望,更多地采用他的策划。她已经成立了自己的团队并且吞并了不受法律监管的选举捐款。并且她已经在白宫招待她的竞选出资人。(19 版)

为了明确地阐述乌干达与美国媒体报道的差异与相似之处,表 1 显示了一个报道频率的比较,从而表现出在完全不同的政治文化中,四家媒体怎样描述这两位第一夫人的竞选。

表 1　报道两位第一夫人竞选的媒体修辞框架

乌干达——珍妮特·穆塞维尼 《箴言报》和《新景报》的框架 2005 年 10 月 25 日—2006 年 2 月 23 日	频率	美国——希拉里·克林顿 《纽约时报》和《纽约每日新闻》的框架 2000 年 7 月 9 日—2000 年 11 月 7 日	频率
致力于国际和平	0	致力于国际和平	5
不可行的候选人	9	不可行的候选人	2
借助丈夫的知名度	14	借助丈夫的知名度	9
不可能被选上的第一夫人 (缺乏领导力)	9	不可能被选上的第一夫人 (缺乏领导力)	2
支持与养育角色	6	支持与养育角色	7
多重任务(政治/第一夫人)	11	多重任务(政治/第一夫人)	7
竞选宣言没有明确	19	施政纲领没有明确	1

续表

乌干达——珍妮特·穆塞维尼 《箴言报》和《新景报》的框架 2005 年 10 月 25 日—2006 年 2 月 23 日	频率	美国——希拉里·克林顿 《纽约时报》和《纽约每日新闻》的框架 2000 年 7 月 9 日—2000 年 11 月 7 日	频率
时尚的发型（美貌）	19	时尚的发型（美貌）	5
* 脆弱并且缺乏经验	11	* 利用局势谋利的人	5
* 性别平等	23	* 政治主流	29
* 被乱性，贞洁的话题困扰	9	* 对候选人的怀疑/不信任	13
* 为妇女争取权利	8	* 委屈的妻子（因为丈夫）	9
* 上帝派她来参与政治	13	* 必须证明她是温和的	15

注：
- 表 1 显示了包含修辞框架的新闻的数量。
- 一篇新闻可能含有一种以上的修辞框架。
- 星号（*）表示该框架只在一位候选人的报道中出现。

以上分析显示，希拉里·克林顿的 2000 年参议员竞选主要是在政治主流的基础上被框架，并且极少提及她的第一夫人角色。她的政治议程和白宫影响是促成这两家媒体塑造她所使用的修辞框架的重要原因。

讨论

本研究阐明了在两个新闻标准和性别平等尺度迥异的政治文化背景下，媒体塑造作为候选人身份的第一夫人时所使用的修辞。在来自两个有着完全不同的文化的国家的四家媒体中，报道希拉里·克林顿和珍妮特·穆塞维尼时所使用的修辞是不同的，无论在新闻标准还是使用性别的因素来框架她们的政治竞选。一方面，希拉里·克林顿被塑造成了一个可行的候选人，她被认为致力于立法和促进国际和平、第三世界国家食品安全，以及制止全球核扩散；另一方面，穆塞维尼却没有被塑造成一位切实可行的候选人，除了她在促进赋予妇女经济权力、儿童福利以及使乌干达从民族政治冲突和战争中和解的和平倡议等方面的政治热情。

这种评价提供了这样一种观点：这两个国家的四家报纸都把政治伴侣塑造成不可行的候选人，并且有不同程度的轻视。特别是在乌干达，他们强化了一种不符合时代潮流的公众认知，就是穆塞维尼在感情上是脆弱的，不适合担任既定社会角色之外的其他角色。此外，作为男权社会的代理，媒体在修辞上把乌干达的穆塞维尼和美国的希拉里塑造成这样一种候选人，即似乎如果没有知名度，第一夫人绝不会竞选政治职务。

无论如何，乌干达媒体的报道强调了与一个可行的候选人无关的其他的女性特征。研究中发现的框架显示,来自美国和乌干达的四家媒体都把它们的政治候选人当作仅仅是由于她们的丈夫才具有政治家的亲和力。在乌干达,在《新景报》和《箴言报》报道穆塞维尼的竞选时提到关于妇女在政治中的角色,过渡性民主的政治文化起到了主要作用。

在乌干达的竞选中,两家媒体把穆塞维尼构造成了与她的男性竞争者相比,她是一个不合格的领导,一个不合法的和一个政治上不称职的候选人。尽管珍妮特·穆塞维尼竞逐议会席位是在普选权范围之内的,一些报道仍然强调了她的女性气质,把她纳入重男轻女的传统思维模式。尽管珍妮特·穆塞维尼在任何场合都提及她的政治宣言,与此相矛盾的是,关于她的报道仍把她描述成没有政治议程的政治伴侣。特别是《箴言报》,该报从来没把珍妮特·穆塞维尼当作一个提出了施政纲领的认真严肃的政治候选人。

在所有的四家媒体的框架中,第一夫人都没有突破其女性化的角色:一个支持和养育的政治伴侣。希拉里·克林顿没有像珍妮特·穆塞维尼那样被构造成一个丈夫的陪同者或一个时尚潮流的引导者,但是,她被构造成了一个不符合要求的妻子。强调希拉里·克林顿的独立自主和关注她的外表已经是一个陈腐的话题。在两个完全不同的政治文化中的发现证明了温菲尔德(Winfield,2003)和安德森(Anderson,2002)关于美国媒体对美国第一夫人参加竞选的报道的研究。

对珍妮特·穆塞维尼凭借她第一夫人的地位的报道证明了这样一个观点:在乌干达这样一个有着强烈的性别轻视和刻板印象的地方,从政治配偶开始职业生涯的女政治家,通常会面对媒体的偏见。乌干达的这两家媒体显而易见强调了珍妮特·穆塞维尼作为第一夫人的养育角色以及她的慈善活动,从而遮蔽了她的政治宣言。在她的竞选过程中,她为了帮助在乌干达北部饱受战火蹂躏的妇女和儿童所做出的建设和平的努力都没有被这两家报纸突出强调。

我们对于乌干达和美国政治主流的分析强调了以往研究中没有被重点关注的问题。乌干达的两家媒体没有把性别平等看作是担任领导职务代表的条件,但是他们通过突显第一夫人的政治伴侣角色强化了文化话语霸权。这暗示了政治主流化潜在于乌干达的新闻标准中,甚至当候选人在谈论经济,免费普及教育,和平以及国家安全时,报纸仍在强调家庭问题。他们为现存的候选人刻板性别化和女性化修辞提供了一个出口,而不是通过政治话语来传播候选人的竞选议题。

该研究发现了在以往对于单一国家的研究中所没有发现的问题,在一个像乌干达这样的过渡性民主制度中，尽管缺乏对于政治主流的覆盖性报道，但是赢得选举的女性仍然在数量上多于在竞选双方的政治思想被平等报道的巩固民主的国家。当希拉里·克林顿2000年赢得参议院席位时，女性仅在美国参议院中占据13%的席位，在2006年这个数据是17%。在乌干达，2006年国会/议会有39%为女性，包括穆塞维尼在内，被选进地区委员会的更有超过50%的都为女性。在政治主流比较弱的地方，女性政治家可以通过性别平等的宪法权利执掌政治影响力，并且在国家行政和立法部门获得一席之地。这使过渡性民主和巩固性民主在妇女的政治参与和论争层面处于相对平衡的地位。

尽管乌干达处于专制统治之下，并且是处于过渡性民主制度中，美国是一个巩固性民主，妇女都介入了主流整治活动。本研究显示，乌干达仍然需要加强民主进程。当立法机关，行政机关和司法机关以及公民社会在社会生活和制度上高度内在化，即使在政治和经济风暴中也在民主制度的保护之下时，民主的强化才算完整(Dahl，1989)。

结论

考察乌干达和美国的两位第一夫人的政治竞选对于丰富此类研究文献具有很有意义的贡献，也能帮助我们了解第一夫人在她们的丈夫帮助之外，试图为她们的国家服务时所面临的挑战。

本研究的启示之一是，虽然乌干达仍然是民主制度不稳定的国家，美国是一个民主制度相对健全的国家，来自这两个国家的四家报纸都把第一夫人候选人塑造为传统女性伴侣形象的破坏者。她们都面临着突破传统社会规范的批评。这种含有轻蔑感情色彩的修辞框架在两家乌干达报纸的报道中更为显著。

另外，乌干达媒体使用的修辞具有明显的宗法封建性的特征——两家乌干达报纸都多次强调作为一个行为得当的妻子的传统标准。同时，新闻报道把珍妮特·穆塞维尼描绘成精神和宗教层面的第一夫人，并且认为这对于她丈夫的公众形象是有价值和益处的。美国媒体着重报道了希拉里·克林顿的关于国际和平倡议和国家安全的演说及执政纲领，但是，乌干达媒体没有强调穆塞维尼关于那些问题的竞选宣言。除了强调她的对于结束民族政治冲突和战争的政治热情，穆塞维尼被塑造为一个软弱的、容易被击败的候选人，然而希拉里·克林顿被塑造成了一个可行的候选人，甚至是将来可能的总统竞逐者。

值得注意的是，由于性别平等在乌干达是一项法定的政治权利，并且，对于女性政治家来说,政治代表性是更有利和宽松的。因此,在乌干达比在美国有更多女性作为法律代表的掌权者。在某种意义上,这就使乌干达和美国在政治性别化和政治代表性方面处于同样的政治地位。尽管如此,在乌干达的新闻标准中,缺乏怎样才能帮助他们的选民在选出代表时做出明智的选择的条款。另外,分析还表明,在对待第一夫人候选人的态度上,乌干达媒体的轻视比美国媒体更为明显。

后续的研究应该考察,在 2008 年美国总统竞选中,希拉里·克林顿的候选人身份在这两家和其他媒体上是否被使用相类似的修辞框架报道。今后的研究还应该考量,在那些经历着国内和国际战乱的国家,当女性政治家升至包括总统的职位在内的最高政治领导层,媒体是否重视她们,这方面值得注意的探索不是本研究所要关注的范围。从本研究的分析来看,很难想象在这种不平衡的报道中,不出名但是有能力的女性能被当作可行的候选人并得到媒体应有的重视和认真的对待。同时,当女性候选人在这种政治文化中被新闻报道曲解时,公众也难以对于候选人在战争时期和其他危机时期的统治和领导能力做出合理的选择。本研究无意怪罪于报纸,但结论是,他们确实传播了削弱第一夫人候选人能成为有能力的国家领导人的言论。这种行为模式可能会慢慢改变,这一准则的变化可能是缓慢的,但是,仍应该引起报纸和其他媒体的警觉。

参考文献

Anderson,K. (2002). From spouses to candidates: Hillary Rodham Clinton, Elizabeth Dole, and the gendered office of U. S. President. *Rhetoric & Public Affairs*, 5(1), 105-132.

Dahl,R. (1989). *Democracy and its critics*. New Haven, CT: Yale University Press.

Gavrilos,D. (2002). Arab Americans in a nation's imagined community: How news constructed Arab American reactions to the Gulf War. *Journal of Communication Inquiry* ,26(4),426-445.

Kellner,D. (2003). Cultural studies, multiculturalism, and media culture. In G. Dines & J. Humex (Eds.), *Gender, race, and class in media: A text-reader* (pp. 9-20). Thousand Oaks, CA: Sage.

Ott,B. & Aoki,E. (2002). The politics of negotiating public tragedy: Media framing of the Matthew Shepard murder. *Rhetoric & Public Affairs*, 5(3),483-505.

Wander, P. (1984). The rhetoric of American foreign policy. *Quarterly Journal of Speech*, 70, 339-361.

Winfield, B. H., & Barbara, F. (2003). Gender politics: News coverage of the candidates'wives in campaign 2000. *Journalism & Mass Communication Quarterly*, 80(3), 548-566.

作为媒介者的鲁迅对受众的分析批评

Lu Xun As a Media Specialist: His Analysis and Critique to Audience

宋双峰[①]

中文摘要： 对于现代中国的知识分子而言，媒介作为一种现代社会的制度性设置，为他们提供了以言报国的广阔舞台。现代知识分子与媒介空间的共舞，加速了公共舆论空间的形成。如果从这个角度来审视，作为文学家、思想家的鲁迅，更多地是扮演了一个媒介者的角色。他一生与媒介关系密切，无论是报刊出版，还是电影广告，抑或是书报审查制度，这位新文化运动的扛鼎者，利用媒介作为阵地，指陈时弊，评判得失，同时，也在丰富的媒介实践中，提出自己对受众的独特看法和犀利的批评。本文从鲁迅对电影、华文外报受众以及媒介对受众的效果影响分析等方面进行了深入探讨。

关键词： 鲁迅　受众　媒介批评

Abstract: As a means of institutional device of modern society, media provide the modern Chinese intellectuals an extensive stage to serve their motherland with opinions. Modern Chinese intellectuals fight together with media space, accelerating the formation of the public opinion sphere. From this perspective, we can see that Lu Xun played a role of a media specialist rather than a great writer or a thinker. He was closely related to the media, from the press to movie advertisement or the censorship. As the backbone of the New Chinese Cultural Movement, he made the media a frontier to criticize

① 宋双峰：博士，中国青年政治学院新闻与传播系讲师。

current social maladies and judge the gain or lost, meanwhile, presented his unique view and trenchant criticism towards the audience. This paper analyzes Lu Xun's thoughts about movies, the audience of oversea Chinese newspapers, and the effect the media exerted to the audience.

Key Words: Lu Xun, audience, media criticism

现代中国，国土遭受列强凌侵，民族危机空前，西学东渐。在中西文化急剧冲击与交融的大潮下，现代成为中国文化发展上承前启后的时代，也是中国传统文化转型的时期，出现了一批星河璀璨的思想大家。他们鲜明的学术个性和颇具魅力的文章，广开风气之先。鲁迅(1881—1936)就是其中独具特色的一位。

对于现代中国的知识分子而言，媒介作为一种现代社会的制度性设置，为他们提供了以言报国的广阔舞台。现代知识分子与媒介空间的共舞，加速了公共舆论空间的形成。他们对媒介的关注、分析，同样通过报刊、书籍等媒介载体出现在民众的视野中。

如果从这个角度来审视，作为文学家、思想家的鲁迅，更多地是扮演了一个媒介者的角色。他一生与媒介关系密切，无论是报刊出版，还是电影广告，抑或是书报审查制度，这位新文化运动的扛鼎者，利用媒介作为阵地，指陈时弊，评判得失，同时，也在丰富的媒介实践中，提出自己对受众的独特看法和犀利的评判。

电影受众内蕴的奴性

在很多人的眼里，鲁迅是一个严肃的文学家，一个拿着标枪的奋勇的战士。但是，如果让我们去走近他，你会发现：他还是一个不折不扣的老影迷。他可以为了看好一场电影花大价钱打的去、买最贵的一排的好位置坐；也会同一天连看几场；如果没有看到想看的电影，他还会再接再厉，直到如愿以偿才善罢甘休。鲁迅晚年对电影的迷恋，实在不亚于他的书瘾和烟瘾。许广平曾说，他一生最奢华的事情，就是坐汽车、看电影。

正如夏衍所说，田汉、洪深等人对电影事业的贡献众人皆知，但是“作为宣传煽动手段的电影”的关心者——鲁迅，就很少有人知道。其实，是鲁迅在中国首次传播了列宁关于电影的重要论述；他翻译了日本左翼电影评论家岩崎昶的《现代电影与有产阶级》，并撰写长达千余言的《译者附记》，是20世纪30年代左翼电影运动最早的理论文献。

在对电影观众的分析中,鲁迅用影院纪实的笔调批评了受众崇洋媚外的心理,认为正是这种畸形的社会心理扭曲了电影欣赏中的联想,自卑和自大纠结下的奴性心态,成为外国电影文化渗透的社会基础。

鲁迅分析说,当时的好莱坞电影,多流于"发财结婚片"模式。在那些电影中,女主角因为嫁得好而得享荣华富贵。他以自己的观影经历为例指出:"看了什么电影呢?现在已经丝毫也记不起。总之,大约不外乎一个英国人,为着祖国,征服了印度的残酷的酋长,或者一个美国人,到亚非利加去,发了大财,和绝世的美人结婚之类罢。"①这样的电影所造成的后果,是在早期的中国电影业中造就了一种鲁迅称之为"才子+流氓"的模式。这固然有中国传统流弊的影响,但好莱坞式类型电影的影响也不容忽视。在《上海文艺之一瞥》中,鲁迅对国产电影的这种现象有着详尽的论述。

而对于民众来说,正如李欧梵所述:"对当时的中国电影观众来说,花几小时看场好莱坞的电影,即意味着双重享受:一边让自己沉浸在奇幻的异域世界里,一边也觉得合乎自己的口味,这口味是被无数流行的浪漫传奇和豪侠故事(包括那些被译成文言的读本)培养出来,经电影这种新的传媒而得到强化的。"②美国电影的倾销,让美国人的价值观和行为规范潜移默化,深入到社会生活的各个方面。20 世纪 20 年代初,上海曾发生轰动一时的"阎瑞生风流命案"。主犯阎瑞生在审讯时交代谋杀的动机和细节竟都是从美国侦探片看来的。可见,美国侦探片曲折的情节对中国的影响已经超越了电影本身。及至 30 年代,中国电影女演员黎灼灼同男朋友张翼分手,对报界说张不及洋人浪漫。这说明一种新的恋爱观和性道德准则已经在中国获得相当广泛的接受,否则她不可能这样来为其行为辩护。而美国电影在传播这些道德观和行为方式的过程中则起到了关键性的作用。

鲁迅在剖析当时那些欧美的恋爱冒险影片时指出:尽管大多数中国观众对于这些影片的见解,"当然也和他们的本国人两样",但是这些影片借以吸引人的"风情,浪漫,香艳(或哀艳),肉感……"背后,"冥冥中也还有功效在,看见他们'勇壮武侠'的战事巨片,不意中也会觉得主人如此英武,自己只好做奴才;看见他们'非常风情浪漫'的爱情巨片,便觉得太太如此'肉感',真没有法子办——自惭形秽,虽然嫖白俄妓女以自慰,现在是还可以做到的。非洲土人顶喜欢白人的洋枪,美洲黑人常要强奸白人的妇女,虽遭火刑,也不能吓绝,就因看了他们的实

① 鲁迅:《鲁迅全集》,第 6 卷,505 页,北京,人民文学出版社,2005。

② 李欧梵:《上海摩登》,95 页,剑桥大学出版社,2000。

际上的'巨片'的缘故。然而文野不同,中国人是古文明国人,大约只是心折而不至于实做的了"。①

语言结构中以不易察觉和不可分离的方式将其能指和所指"胶合"在一起的现象被称为"同构"。电影语言是一种独立的元语言,其艺术特质决定了本身就具有隐喻性,并与隐喻对象同构。鲁迅早就看出电影的形式"对于看客力量的伟大",对其传播功效有清醒的认识,所以,内心深处的危机感更加深重。因为,"中国人倘被别人用钢刀来割,是觉得痛的,还有法子想;倘是软刀子,那可真是'割头不觉死',一定要完"。②

在这里,鲁迅抓住了电影由"冥冥中"产生社会作用于观众的影响方式,并进而把电影与当时社会心态联系起来,把握其实际影响。欧美的这些电影并非是专为教化中国观众而拍的,它们说到底还是属于娱乐片一类。中国观众也并非有意识地要接受一些什么教化而去看这些影片,根本上也还是为了娱乐消闲。但鲁迅从当时社会上一种较普遍的崇洋心理,揭示了这些影片在实际上所产生的"奴化"中国观众的作用。可以说,是畸形的社会心理扭曲了电影欣赏中的联想,但欧美这些电影在强化这些畸形的社会心理上也起了一定的作用。

按照鲁迅的分析,这种奴性是中国人传统中所固有的,电影潜意识的渗透让观众的这种奴性更为内化。鲁迅在《电影的教训》一文中,首先分析了中国旧戏中对这种奴性的灌输。"当我在家乡的村子里看中国旧戏的时候,是还未被教育成'读书人'的时候,小朋友大抵是农民……但还记得有一出给了感动的戏,好像是叫作《斩木诚》。一个大官蒙了不白之冤,非被杀不可了,他家里有一个老家丁,面貌非常相像,便代他去'伏法'。那悲壮的动作和歌声,真打动了看客的心,使他们发现了自己的好模范。因为我的家乡的农人,农忙一过,有些是给大户去帮忙的。为要做得像,临刑时候,主母照例的必须去'抱头大哭',然而被他踢开了,虽在此时,名分也得严守,这是忠仆,义士,好人"③。我们注意到,这个旧戏还是他未被教育成"读书人"时所看,这意味着,从农民到后来被"四书五经"之类教育成的"读书人"都在受着奴性的驾驭。而家丁代大官伏法,主母的被踢开,都彰显了名分、等级的"严守"。

接着,他笔锋一转,从旧戏说到电影,以"影院纪实"式的笔调写道:"但到我在上海看电影的时候,却早是成为'下等华人'的了,看楼上坐着白人和阔人,楼

① 《鲁迅全集》第4卷,419页,北京,人民文学出版社,2005。
② 《鲁迅全集》第7卷,第325页,北京,人民文学出版社,2005。
③ 《鲁迅全集》第5卷,309页,北京,人民文学出版社,2005。

下排着中等和下等的'华胄',银幕上现出白色兵们打仗,白色老爷发财,白色小姐结婚,白色英雄探险,令看客佩服,羡慕,恐怖,自己觉得做不到。但当白色英雄探险非洲时,却常有黑色的忠仆来给他开路,服役,拼命,替死,使主子安然的回家;待到他预备第二次探险时,忠仆不可再得,便又记起了死者,脸色一沉,银幕上就现出一个他记忆上的黑色的面貌。黄脸的看客也大抵在微光中把脸色一沉:他们被感动了"①。影片里的镜头是推行殖民文化的真实写照,闪回和倒叙/预叙的电影表现手段被用来服务于意识形态规约下的策略性的"煽情"。观众潜意识中得到的"满足",使意识形态中的奴役他者成为合理的、伪艺术化的需要。在这里,鲁迅通过自己观影的亲身经历,让人们自己去细细品味不同文化传播中的撞击与冲突、融合。笔法堪称含蓄幽默,笔力可谓入木三分,揭示出受众本性中潜在的奴性的存在。

电影受众彰显的市侩性

在指出受众潜在奴性的背后,鲁迅还指出了其彰显的市侩性。因为"鼻子生得平而小,没有欧洲人那么高峻,那是没有法子的,然而倘使我们身边有几角钱,却一样的可以看电影。侦探片子演厌了,爱情片子烂熟了,战争片子看腻了,滑稽片子无聊了,于是乎有《人猿泰山》,有《兽林怪人》,有《斐洲探险》等等,要野兽和野蛮登场。然而在蛮地中,也还一定要穿插一点蛮婆子的蛮曲线。如果我们也还爱看,那就可见无论怎样奚落,也还是有些恋恋不舍的了,'性'之于市侩,是很要紧的"②。这段对电影受众的描述,颇有阿 Q 的神韵。

《现代汉语词典》对"小市民"的解释是这样的:"1. 城市中占有少量生产资料或财产的居民,一般是小资产阶级,如手工业者、小商人、小房东等。2. 指格调不高、喜欢斤斤计较的人。"③老上海的小市民精明、工于算计,比之中国其他城市的同类型形象,有着更为鲜明的地域特征,可以说是集上述两种解释为一体。这样的观众以他者的身份去接受西方意识的冲击,却以主体者的身份去品评审视外来文明,令自己无形中处于高人一等的地位,恰恰符合了一直以来除中国外皆为蛮荒文明的"大中华"观念。凝视的角度令排斥感相对减小,从而心理上更易接受。接受的同时,又可以随时进行批判,满足心态平衡的要求。

1934 年 3 月下旬,上海大戏院放映一部德、法、美等国裸体运动纪录片《回到

---

① 《鲁迅全集》第 5 卷,309 页。北京,人民文学出版社,2005。

② 《鲁迅全集》第 5 卷,443 页。北京,人民文学出版社,2005。

③ 《现代汉语词典》,1387 页,1998。

自然》。影院曾为此大肆宣传，大讲什么“裸体运动大写真”，什么“人体美与健康美的表现”等等，宣传上还有这样的文字——

“一个绝顶聪明的孩子说：她们怎不回过身子来呢?”

“一位十足严正的爸爸说：怪不得戏院对孩子们要挡驾了！”

这跟现在有些影片标榜“少儿不宜”来吸引观众眼球又有什么不同呢？而这样的标榜，也暴露出所迎合的某些受众的心态。这样的宣传，自然让有些观众趋之若鹜。鲁迅特地撰写的《“小童挡驾”》一文中说道：

“近五六年来的外国电影，是先给我们看了一通洋侠客的勇敢，于是而野蛮人的陋劣，又于是而洋小姐的曲线美。但是，眼界是要大起来的，终于几条腿不够了，于是一大丛；又不够了，于是赤条条。这就是‘裸体运动大写真’，虽然是正正堂堂的‘人体美与健康美的表现’，然而又是‘小童挡驾’的，他们不配看这些‘美’。”①

看看影院广告招揽观众“风情，浪漫，香艳(或哀艳)，肉感……”的广告，就可看出国人的复杂心态。电影需要黑暗，而“性”的活动也离不开黑暗。电影院是黑暗的场所，银幕上所映现的又是那些助长黑暗中人们所从事的行为的各种场景。小市民需要“性”的刺激，需要追求异性的场所，而好莱坞式的电影和影院恰恰能够完成上面这些任务。鲁迅的这一观点与许美埙、唐纳认为中国电影观众的成分大多数是“小市民层”的观点不谋而合。② 茅盾也在《封建小市民文艺》一文中界定“小市民”为“小资产阶级”。他还列举了至少两类“小市民”观众，即《火烧红莲寺》的看客——“小市民层的青年(小学生和店员)”，以及《啼笑姻缘》的看客——“小市民层中的成年人”。③

在《论人言可畏》中，鲁迅在评判新闻界弊端的同时，也对受众的市侩性进行了犀利的评判，将受众这种市侩心理分析的惟妙惟肖：“小市民总爱听人们的丑闻，尤其是有些熟识的人的丑闻。上海的街头巷尾的老虔婆，一知道近邻的阿二嫂家有野男人出入，津津乐道，但如果对她讲甘肃的谁在偷汉，新疆的谁在再嫁，她就不要听了。阮玲玉正在现身银幕，是一个大家认识的人，因此她更是给报章凑热闹的好材料，至少也可以增加一点销场。”④

接着，在谈到阮玲玉之死时，鲁迅写道，“读者看了这些，有的想：‘我虽然没

---

① 《鲁迅全集》第5卷，469页。

② 参见许美埙：《弗洛伊特主义与电影》，《现代电影》第3期，1933年5月；唐纳：《小市民层与中国电影》，《申报》“电影专刊”，1934-05-27、28。

③ 茅盾：《封建的小市民文艺》，《东方杂志》第30卷，1933。

④ 《鲁迅全集》第6卷，344页。

有阮玲玉那么漂亮，却比她正经'；有的想：'我虽然不及阮玲玉的有本领，却比她出身高'，连自杀了之后，也还可以给人想：'我虽然没有阮玲玉的技艺，却比她有勇气，因为我没有自杀'。花几个铜元就发现了自己的优胜，那当然是很上算的。但靠演艺为生的人，一遇到公众发生了上述的前两种感想，她就够走到末路了"①。观众对明星的这种复杂态度，在鲁迅笔下表现得淋漓尽致。这种市侩的心态，在现如今也没有根本的改变。

于是，"这轰动一时的事件，经过了一通空论，已经渐渐冷落了，只要《玲玉香销记》一停演，就如去年的艾霞自杀事件一样，完全烟消火灭。她们的死，不过像在无边的人海里添了几粒盐，虽然使扯淡的嘴巴们觉得有些味道，但不久也还是淡，淡，淡"②。

尽管从一开始，为了适应严酷的市场竞争，影院和电影创作者就非常注重迎合观众的欣赏口味，"但真正从电影观众的角度出发，对观众欣赏电影时的特殊心态进行较为深入细致的分析研究，是在1932年以后才得以起步的"③。鲁迅对电影受众的分析批评，在中国电影史上，还是较早的一种批评尝试。他在1930年初在《〈现代电影与有产阶级〉译者附记》中便对电影受众的奴性与市侩性开始进行的这些探讨颇有价值。

华文外报受众的"不争气"

中国的近代报刊是在外国人手中兴办和发展起来的。正如戈公振所说："我国现代报纸之产生，均出自外人之手"④。1933年，外国人在华所办报刊共达105家。在各外报中，以日本人办的报纸数量最多，达30家以上。如在北平发行的《顺天时报》就是能左右一方的大报。在这些外报中，尤以华文外报的影响为大。对于外国人在华创办的华文报刊，鲁迅敏锐地指出他们是"学了中国人的口气"办给中国人看的。这点，正切合了媒介在跨文化传播中的特性所在。

《顺天时报》是日本人在华出版的中文报纸，创刊者为日本东亚同文会前福州支部长中岛真雄。⑤《顺天时报》用华文发行作为向中国进行舆论宣传的工具，对于20世纪初文化程度不高的中国民众来说，非常具有蛊惑、误导和欺骗性。

---

① 《鲁迅全集》第6卷，344页。

② 《鲁迅全集》第6卷，343页。

③ 李道新：《中国电影批评史》，105页，北京：北京大学出版社，2007。

④ 戈公振：《中国报学史》，73页，上海，上海古籍出版社，2003。

⑤ 2005年版《鲁迅全集》误为"中岛美雄"，见第1卷，269页。

据许羡苏记录的鲁迅北平寓宅家用收支账，鲁迅母亲就订阅有《世界日报》和《顺天时报》。鲁母是个思想开明的乡下人，没有什么文化。成舍我创办的《世界日报》是当时华北地区颇有影响力的民营报纸。《顺天时报》能和《世界日报》一起走进鲁宅，可见当时《顺天时报》在京的风行程度。

《顺天时报》的跨文化传播技巧可谓十分巧妙。它的报头最初首列是明治年号，1905年该报"出让于日本公使馆"后开始了它的"本土化"进程，报头的年号换成了大清或中华民国的纪年。1916年，《顺天时报》在反袁运动中声势浩大，报社社长龟井陆良不无得意地在报上宣称："（本报）以不偏不党之见地，扶植方兴未艾之势力，而反对倒行逆施之旧势力，拥护中国已成之共和，使政治渐趋于正轨，庶不至内乱频仍，而导国家于危亡之域。"

而实际上，《顺天时报》从旁观到反袁的姿态调整与日本政府对华政策的变动直接相关。"报上又声声口口亲热地叫'吾国'，而其观点则完全是日本人的……"①随着欧战的深入，日本政府也不愿意继续加深中国民众对日本的恶感，从而将中国推向敌对的立场。自从提出"二十一条"的大隈内阁倒台以后，继任的寺内内阁改变策略，希望能与中国加强经济和军事合作，进而将中国拉入协约国集团。《顺天时报》秉承这一态度发表言论，效果正如台湾学者黄福庆指出的："该报的反袁言论固然与本国政府的政策相配合，而又能巧妙地对当时中外主客观情势，作有效运用，其堂皇之言论，使中国人都感到《顺天时报》的言论才是真正关心中国的前途而仗义执言，因此国人也刮目相看。"②

日本满铁东亚经济调查局发行的调查资料也从反面证实了这一点，资料里认为在中国用华文报纸进行宣传工作方面，日本是最成功的。《顺天时报》巧妙地抓住了中国人的心理，从内容到形式均采取适应华人的方式编辑，甚至华人自身往往没有察觉到自己购阅的是外国人经营的报纸。所以，尽管《顺天时报》的报道有恶意的渲染，但读者多少知道些战局变化，因此，《晨报》等每天至多发行六七千份，《顺天时报》则在1万份以上。

在《中国报学史》中，戈公振也指出："近二十余年来，日人所办之华字报，如《顺天时报》、《盛京时报》等，因军人压制言论之关系，乃与彼等以绝大推销之机会。借外交之后盾，为离间我国人之手段。"③

---

① 周作人：《谈虎集》，318页，石家庄，河北教育出版社，2002。

② 黄福庆：《近代日本在华文化及社会事业之研究》，296页，台北"中央"研究院近代史研究所，1982。

③ 戈公振：《中国报学史》，137页，上海，上海古籍出版社，2003。

因此，鲁迅认为《顺天时报》非常善于学中国人口气造谣惑众。但"我们也只得自责国人之不争气，竟任这样的报纸跳梁！"[①]"跳梁"一词乃指上蹿下跳、兴风作浪的卑劣小人。鲁迅在这里悲愤地提醒国人认清该报的真面目，面对受众，鲁迅只能怒其"不争气"。因为，"对于这样一种报纸，当时的中国人尤其是平津一带的中下层及官僚还争看不已"[②]。这其中，也包括鲁迅的母亲。

鲁迅的这声棒喝是非常让人警醒的。但是，鲁迅也注意到，"而且也无须掩饰了，外国人的知道我们，常比我们自己知道得更清楚。试举一个极近便的例，则中国人自编的〈北京指南〉，还是日本人做的〈北京〉精确！"[③]《顺天时报》偶尔"也间有很确，为中国人自己不肯说的话"[④]。

1923 年 1 月，北京大学学生因旅顺、大连租借期将满，向当时的国会请愿，要求收回旅、大。北洋政府在舆论压力下，于 3 月 10 日向日本帝国主义提出收回旅顺、大连和废除"二十一条"的要求，14 日遭到拒绝后，即爆发了规模波及全国各大城市的反日爱国运动。4 月 4 日《顺天时报》发表社论《爱国的两说与爱国的两派》。其中说："凡一国中兴之际。照例发生充实民力论及伸张国权论两派。试就中国之现状而论。亦明明有此二说可观。……国权论者常多为感情所支配……民力论者多具理智之头脑……故国权论者，可以投好广漠之爱国心。民力论者，必为多数人所不悦。于是高倡国权论容易，主张民力论甚难。"

鲁迅对这篇社论中所提到的"国权论"和"民力论"的观点还是肯定的，因为它说出了"中国人自己不肯说的话"。该报最后的编辑长佐佐木忠战后接受采访时也承认："关于两国事件的报道，的确有颠倒黑白之处。但……关于军阀混战的报道准确而受到好评"[⑤]。

这种状况的出现，跟当时中国报纸言论的不自由与外国报纸的"治外法权"有很大关系。"当军阀拥权自重，相互混战之时，本国所有的报纸，对于国内一切关于政治军事的最近新闻，都很难迅速准确报道，这样，给日本的通讯社和报纸一种机会，把持国内新闻界凡十余年之久"[⑥]。而且，中国的报业是在生死边缘中求生存，新闻业者无不在惶惶不可终日的情况下发行报纸。而与此相反，中国报纸愈受到取缔，日本人的报纸则相对兴隆发展，纵然他们的言论涉及中国内政，

---

① 《鲁迅全集》第 3 卷，177 页。

② 张静庐：《中国新闻记者和新闻纸》，17 页，上海，现代书局，1932。

③ 《鲁迅全集》第 3 卷，99 页。

④ 《鲁迅全集》第 3 卷，96 页。

⑤ 刘爱君：《20 世纪在华日本报人与中日关系》，《贵州民族学院学报》，2006(2)，38。

⑥ 胡道静：《中国近代报刊发展概况》，601 页，北京，新华出版社，1986。

因有治外法权的保护，中国政府及各军阀对它也无可奈何。同样的日办华文报纸《盛京时报》，“以张作霖取缔中国报纸颇严，而该报独肆言中国内政，无所顾忌，故华人多读之，东三省日人报纸之领袖也”①。

在这样复杂的政治环境下，媒介的面貌时常变幻，而受众看到的常常是虚伪的幻影。因此，鲁迅在《伪自由书》前记中意味深长地说：“其时讳言时事而我的文字却常不免涉及时事。”②这句话至少有两重含义：一、“其时讳言时事”，说明在当时严酷的政治氛围下，媒介环境的复杂性、言论自由的虚幻性，揭示出媒介批评的艰难性。二、“我的文字却常不免涉及时事”，时事即新闻之一种，也由此表明其批评的韧性。

媒介对受众的效果影响分析

鲁迅不仅对媒介受众有所分析批评，而且，他还关注不同媒介对受众的效果影响。在对官报和帮闲报刊利用制造舆论热点的方法，来转移受众对重大政治事件注意力的手法分析时，鲁迅指出他们的手法不外如下：一是插科打诨，把受众的注意力从国家的生死存亡这些重要的话题转引到恋爱、色情等庸俗之事上；二是以道德家的身份捣鬼，让告诫受众的警世者也化为丑角，让受众的希望化为乌有；三是当没有这样的事件时，那就七日一报，十日一谈，收罗废料，装进读者的脑子里去，用阔人、明星的琐事来填充受众的头脑。“开心是自然也开心的。但是，人世却也要完结在这些欢迎开心的人们之中的罢”③。鲁迅这样的分析和西方的议程设置理论颇有异曲同工之妙。

在《萧伯纳在上海》的序言中，鲁迅还借花献佛，巧借了一则英国路透社对中国报纸大幅报道萧伯纳访华一事的批评报道。1933年2月20日，萧伯纳由上海到北平，同日路透社发出电讯，认为“政府机关报④今晨载有大规模之战事正在发展中之消息，而仍以广大之篇幅，载萧伯纳抵北事，闻此足证华人传统的不感觉痛苦性”⑤。其实，这并非是“华人传统的不感觉痛苦性”，而是“王顾左右而言它”，以对文艺、娱乐等次要新闻的烘托来消解受众对重要政治事件的关注。西方的议程设置理论里曾详述了这其中的奥妙，鲁迅有丰富的媒介经验，他对于媒

---

① 黄福庆：《近代日本在华文化及社会事业之研究》，219页，台北，“中央”研究院近代史研究所，1982。

② 《鲁迅全集》第5卷，5页。

③ 《鲁迅全集》第5卷，290页。

④ 指国民党政府的报纸。

⑤ 《鲁迅全集》第4卷，516页。

介的这一做法有着敏锐的认识。

但在媒介对受众的效果影响上，鲁迅并不是媒介的魔弹理论者，而接近于有限效果论者。鲁迅劝朋友少看无聊新闻，因为“我觉得你所从朋友和报上得来的，多是些无关大体的无聊事，这是堕落文人的搬弄是非，只能令人变小，如果旅沪四五年，满脑不过装了这样的新闻，便只能成为像他们一样的人物，甚不值得”[①]。但鲁迅认为，现在的报章“还没有到达如记者先生所自谦，竟至一钱不值，毫无责任的时候。因为它对于更弱者如阮玲玉一流人，也还有左右她命运的若干力量的，这也就是说，它还能为恶，自然也还能为善”[②]。因此，他并不同意文字无用之说，反驳道：“假如文字真的毫无什么力，那文人真是废物一枚，寄生虫一条了。他的文学观，就是废物或寄生虫的文学观。”[③]

在媒介这样的议程设置下，受众也慢慢变得如鲁迅所怒的“不争气”起来。1925年2月20日在京创刊的《第一小报》，为普及科学知识，自创刊日起就连载译自日文的《常识基础》一书，却受到读者冷落。鲁迅用反讽的口气评论道：“民众要看皇帝何在，太妃安否？而《第一小报》却向他们去讲‘常识’，岂非驳谬。”所以，《第一小报》与《群强报》之类的消闲小报相比，“即知道实与民意相去太远，要收获失败无疑”。《群强报》是当时北京出名的小报，刊登的政治新闻纯是旧闻，而对社会新闻则周咨博访，力求详尽。如庙会情形、天桥动态、剧界演出等特别注重。尤其是对戏院的演出非常重视，每天刊登广告。凡是有戏癖的人清早起来，即花铜子二枚买一张，因此报纸销路日增，日销七八万份。在当时这类小报的确成了供应北京社会底层大众的精神食粮。因此，鲁迅跟时任北京大学哲学系教授、《猛进》周刊主编徐炳昶谈到办“通俗的小日报”一事时，只能无奈地说：“现在没奈何，也只好从智识阶级……一面先行设法，民众俟将来再谈。而且他们也不是区区文字所能改革的。”[④]

来到上海后，鲁迅更发现，“上海的市侩们更不需要这些，他们感到兴趣的只是今天开奖，邻右争风；眼光远大的也不过要知道名公如何游山，阔人和谁要好之类；高尚的就看什么学界琐闻，文坛消息。总之，是已将生命割得零零碎碎了”[⑤]。

斯洛伐克学者玛利安·高利克曾说：“文学艺术在中国现代社会中基本上带

① 《鲁迅全集》第14卷，123页。
② 《鲁迅全集》第6卷，345页。
③ 《鲁迅全集》第8卷，425页。
④ 《鲁迅全集》第3卷，25～26页。
⑤ 《鲁迅全集》第4卷，576页。

有社会政治目标，如：变革中国社会，对实现这种变革的人的教育。"[①]但正如鲁迅曾感叹的："一方面是庄严的工作，另一方面却是荒淫与无耻！"[②]先驱者的引导，被受众冷落一旁，家长里短的丑闻却让这些扯淡的嘴巴觉得有些味道。对读者来说，"恐怕义军的消息，未必能及鞭毙土匪，蒸骨验尸，阮玲玉自杀，姚锦屏化男的能够耸动大家的耳目罢？"[③]这正如鲁迅的小说《药》中，革命者的牺牲，只换来愚民手中作药引的一个血馒头。

因此，对于这样"不争气"的读者，鲁迅非常希望能通过展示新闻事实的各个侧面，使受众成为明白的读者。这样，在面对这些无聊或流言新闻时能有正确的认识："明白的读者们并不相信它，因为比起这种纸上的新闻来，他们却更切实地在事实上看见只有从帝国主义国家运到杀戮无产者的枪炮。"[④]这是鲁迅在对受众媒介素养思想方面的一点萌芽。

1933 年，鲁迅和瞿秋白共同编著出版了《萧伯纳在上海》一书，这本书编著的最主要的目的，就在于要把当天报刊的捧与骂，冷与热，把各方态度的文章剪辑下来，出成一书，以见同是一人，因立场不同则好坏随之而异地写照一番，使读者识鉴自明。这本书很薄，只有短短的 6 万 8 千字，收录了上海中外报刊对萧伯纳在上海停留期间的报道和评论。从这本书问世至今，治中国出版史、新闻史者很少有人关注到它背后隐藏的媒介批评意蕴，此书的价值在学术界长期以来很少受到正确而充分地评价。无论是鲁迅研究还是瞿秋白研究，大多在叙述他们的生平活动时讲故事一般地顺带提及此事，原因就在于人们很少从媒介批评学的角度来审察该书的出版过程和意义。吴海民曾认为这是鲁迅对新闻失实的揭露。这个观点发现了鲁迅对媒介不良现象的批评，但只点到为止，没有进一步地去深入探讨。

真正开始认识到此书在媒介批评史上有价值的是胡正强，他盛赞此书乃"中国新闻媒介批评史上的第一部专著"。目前为止，就笔者资料所及，也就仅此一篇谈到此书与媒介批评的关系。在目前对中国现代媒介批评史研究慢慢起步的情况下，"第一"的说法尚有待商榷。但无论如何，《萧伯纳在上海》一书在中国现代媒介批评史上的确具有开拓性的意义。鲁迅对此书非常重视，在出版前后多次于日记和书信中提及此书，并亲自为此书撰写广告，自许为"一部未曾有过先

---

① 玛利安·高利克，《中国现代文学批评发生史》，306 页，北京，社会科学文献出版社，1997。
② 《鲁迅全集》第 6 卷，297 页。
③ 《鲁迅全集》第 6 卷，296 页。
④ 《鲁迅全集》第 4 卷，292 页。

例的书籍”，因为编者用了剪刀和笔墨，将有关萧伯纳来上海这一新闻事件的报道都择要汇集起来，又一一加以解剖和比较，“说明了萧是一面平面的镜子，而一向在凹凸镜里见得平正的脸相的人物，这回却露出了他们的歪脸来”。[①] 也就是说，摘要“剪报”只是一种手段，重点是要“一一加以解剖和比较”，即对媒介材料进行批评、分析，让受众们看到这些平日“见得平正”的媒体在这面大镜子前露出的歪脸。鲁迅对媒介的批评，有时直而露，有时却隐而微。《萧伯纳在上海》可以看作是他“隐而微”的媒介批评专著。

作为一个全方位的媒介者的鲁迅，常常为研究者所忽视。其实，鲁迅的一生和媒介有着非常紧密的关系，从报刊、出版到电影、广告，鲁迅都曾亲身参与其中。他在媒介形成的公共舆论空间里，传播着新文化的信念，实现着自己以笔报国的理想。与此同时，他又常常以批评家的视角去审视媒介和受众，作为媒介者的切实体验让他对受众的分析批评，显露出与众不同的色彩。

---

① 《鲁迅全集》第8卷，510页。

媒介批评死了?

Does Media Criticism Die?

李　幸[1]

中文摘要: 本文作者作为一名资深媒介批评家,认为当前的媒介环境已发生重大变化:网络上的媒介批评雄起,而传统大众传媒上的媒介批评堕落。作者指出职业批评的声音被记者批评的声浪所淹没的事实,分析了这一现象背后的原因,并表示了对可能产生的不良后果的担忧。

关键词: 媒介批评　媒体　记者

Abstract: As a senior media critic, the author oberserves a significant change of the currant media ecology. While abundant critical texts towards media emerge on Internet, the media criticism in the traditional mass media is descending. The author analyzes the reasons why the professional criticism is overpowered by the criticism from the journalists and expresses the concern for the possible undesirable results.

Key Words: media critics, media, journalist

在我印象里,中国有少许学者一直倡导媒介批评理论。认识的人里,先是刘建明、王君超等人[2](其中王最持久,十年不懈[3]),续则欧阳宏生、陈龙诸位[4]。我接触此题也晚,并且不是从理论研究角度,仅因自己多年写作电视与其他一些媒

---

① 李幸:华南理工大学新闻与传播学院院长、教授。

② 2001年,刘、王二君分别出版《媒介批评通论》(中国人民大学出版社)、《媒介批评——起源、标准与方法》(北京广播学院出版社),当为大陆最早的两本专著。

③ 王君超新著《第三只眼睛看传媒——媒介批评热点文选》(清华大学出版社,2009)乃其十年研究文章结集。

④ 欧阳与陈分别有著作《电视批评学》(四川大学出版社,2005)、《媒介批评论》(苏州大学出版社,2005),两位作者此前亦有多篇媒介批评文章发布。

介批评文章，想看看学术圈是如何看待的。

我的媒介批评实务文章，开始被认可的是 1997 年写的《中国电视四大病》，蒙《艺术世界》编辑张翔青睐，在该刊发表[①]，不久被《新周刊》注意，遂有《弱智的中国电视》[②]专题出世。2000 年，我将此前五年批评媒介（主要是电视）的文章结集为《告别弱智》[③]，2005 年，再结一本《大众立场》[④]。而今又是五年过去，却难结集了。原因一乃江郎才尽，二则致命——媒介环境已发生重大变化。

首先是网络上的媒介批评雄起——大珠小珠，嘈嘈切切，众声喧哗，蔚为壮观。我在 2005 年末应约为《中国广播电视学刊》写作当年电视批评状况的文章[⑤]，不得不把网络作为重要的总结对象，然大海捞针，难乎其难，仅选了薛宝海[⑥]一人评价，结果自然是挂一而漏万。比起网络上那些对媒介的批评，我当年的文章实属小菜一碟。不过，网络上的媒介批评，除了专家的，我曾认为，"其中大部分批评或者太随意，或者太简单，尚未形成势力"[⑦]，于今，这个评价似乎还能成立吧？

其次是传统大众传媒上的媒介批评堕落。这个问题复杂一点，先借传媒人自己的言说——"在批评的大合唱中，记者批评的声音一直是非常重要而有力量的声部。特别是 20 世纪 90 年代以来，报纸娱乐版面的增加，星期刊、周末版的兴起，给娱乐新闻报道提供了新的空间，也使得它在媒体中的地位迅速提高，而作为一种文体的文艺批评，却几乎从所有非专业的媒体上消失了，没有媒体愿意为它提供必要的版面。结果是，职业批评的声音被记者批评的喧嚣声浪所淹没，

---

① 见《艺术世界》，1997(6)。

② 见《新周刊》，1998(8)。

③ 《告别弱智》，南京，江苏文艺出版社，2000。

④ 《大众立场》，北京，中国社会科学出版社，2005（该书批判力度严重减弱，从"破坏"转向"建设"了）。

⑤ 《说说电视批评》，《中国广播电视学刊》，2006(2)。

⑥ 从 2004 年 3 月到 2005 年 10 月，薛宝海在"中华传媒网"上的"传媒人视点"有媒介电视批评文章 56 篇，其中 2005 年 16 篇。据该网个人资料：薛宝海，男，1971 年 6 月生于哈尔滨。中文系毕业。电视策划人，原"下岗"主持人。1994 年大学毕业后在黑龙江广播电台做记者、主持人。1998 年短期解说黑龙江电视台转播的 NHL 冰球赛。1998 年底辞职去北京。在刚成立的《幸运 52》节目组做编导助理，负责题库、选手、宣传。1999 年底被指责"把《幸运 52》引向俗的方向"、且屡教不改，遂被"革职"。2000 年初到大连电视台。不久在当地的大型娱乐节目《大赢家》做编导、现场导演（有一年还兼职做制片主任）。中间兼职做一档谈话节目的主持人，由于精力不够，主动下岗。2003 年开始做一档新闻评论节目的编导、撰稿人。

⑦ 《说说电视批评》，《中国广播电视学刊》，2006(2)。

多声部的批评大合唱变成了记者们的独奏或独唱。"①

说此话的解玺璋乃资深报人且以批评见长，他先知而睿智。传统大众传媒上的批评，"变成了记者们的独奏或独唱"，是何原因呢？我尝笑云，教会学生饿死师傅。自从记者编辑们明白高校教师不过就那两把刷子(亦有圈外人士不谙媒介特性，文字和时效都不能令传媒满意之因)，遂越俎代庖，自说自话去了。包括《南方周末》这样的名报，我印象中近年来也没有多少专家说话的地方，或因名报的记者编辑更有水准而更加当仁不让。而其恶果，亦为老解言中——"记者批评有成为话语霸权的危险，这绝非危言耸听。实际上，一部作品问世后——无论戏剧、电影、电视剧，还是小说——我们已经很难看到或听到理性的、经过深思熟虑的批评，而更多的，还是记者们即时的感受、即兴的发言或记录下来的专家们的只言片语。认为现在的读者不需要职业的批评，只是一种托词，说到底，这是媒介本身的垄断性所带来的严重后果之一。而另一种现象可能更严重也更危险，也就是说，一些广告策划公司正在成为操纵记者批评的幕后黑手，以记者名义发表的很多文章，其实是这些公司生产的，公司的商业化炒作已经缴了记者批评的械，他们不可能再有自己的声音，而只能做某些公司的商业代言人。这样的记者批评，其公正性是非常可疑的。"②——老解言后，我要补充和强调的是，记者编辑们所有的批评基本属于业余水平。传媒如此，长此以往，全民水平的下挫也就可以想象了。

以上所引，均为传统大众传媒上艺术批评的现状。非我概念混乱，把媒介批评与艺术、社会等批评混为一谈，而是因为媒介批评在传统大众传媒上几乎没有一席之地，根本无从谈起，只好借用别的批评而说明其表层的原因。

深层的原因是，媒介中人怎么可能批评自己或同行呢？作为专业术语的批评包括褒扬和批判——褒扬自己或同行，显得格调太低；批判别人呢，你还混不混啦？当年《新周刊》批判电视的个例，属于先进纸媒忍无可忍之作，且是在学者专家的首倡与全面参与下才成功的。

---

① 解玺璋：《媒介批评的过与不及》，见《中国艺术报》，403期(2003年5月2日出版，此文所云"媒介批评"，指在媒介上发布的批评)。

② 解玺璋：《媒介批评的过与不及》，见《中国艺术报》，403期(2003年5月2日出版，此文所云"媒介批评"，指在媒介上发布的批评)。

于是,媒介批评死了。[①]

不过,行文至此,发现批评实务完了,理论倒很热闹。[②]

咄咄怪事。

---

① 专业学术期刊上的媒介批评文章较多,如可参见董天策教授的研究《当前媒介批评实践的议题分析——以新闻专业期刊"媒介批评"专栏文章为样本》,该文选取其中三家做了综述与分析,但我以为,大众传媒上的媒介批评才是主流。

② 除上述著作外,还有如下(含文集):

李岩:《媒介批评——立场范畴命题方式》,杭洲,浙江大学出版社,2005;

谢静:《建构权威·协商规范——美国新闻媒介批评解读》,上海,复旦大学出版社,2005;

蒋原伦,张柠主编:《媒介批评》,桂林,广西师范大学出版社,2005年第一辑,2006年第二辑;

南方报业传媒集团新闻研究所主编:《南方传媒研究·第三辑:媒介批评》,广州,南方日报出版社,2006;

雷跃捷:《媒介批评》,北京,北京大学出版社,2007年;

董天策主编:《中外媒介批评》,广州,暨南大学出版社,2008年总第一辑;

郝雨:《媒介批评与理论原创》,上海,上海三联书店,2010年。

新媒体研究

文化产业的工业化与商业化

——中国网络游戏业的探讨

The Industrilization and Commercialization of Cultural Industry: A Discussion of Chinese Online Game Industry

陈莱姬①

中文摘要: 该研究主要是以产业的生产与运作模式,来分析目前在中国高速发展的游戏产业。研究发现中国游戏产业其实与其他媒体产业一样,受到市场力量的高度制约。首先,这个产业的发展趋向复杂化,必须雇用包括设计、软件、企划、营销等多方面专业人才,但由于游戏的运营过度强调市场扩张,设计人才的独立性也受到约制;其次,由于产业竞争激烈,小型开发商必须仰赖大型游戏商才能生存;再次,为了降低市场的风险性,游戏商不断透过商业手法刺激消费者、复制获利模式。因此中国的游戏产业,至少呈现由内而外三层的组织制约关系:组织内部、企业间以及媒体产业与市场之间。

关键词: 网络游戏　生产与运作模式　商业化

Abstract: This study mainly analyzes game industry which is developing in China at a incredible speed with a industry produce and operate model. This research finds that as other media industry, Chinese game industry is highly constrained by market power. First of all, the development of this industry tends to be complicated. People expertise in design, software, public relations and marketing must be hired. But as the development of game emphasizes market expansion, the independence of design is constrained.

① 陈莱姬:英国威斯敏斯特大学博士,现为台湾交通大学传播科技系博士后。

Second, because of fierce competition of the industry, small developers have to depend on big developers to survive. Third, to bring down risk, the game companies have to emphasize on customer to gain profit. Therefore, Chinese game industry shows three layers of relationships: inside organization, among enterprise and between media and market.

Key Words: Chinese game industry, produce and operate model, commercialization

前言

中国的网络游戏市场一直呈现高速成长的趋势。根据艾瑞咨询发布的数据,2009 年网络游戏销售收入达 256.2 亿元、年增率 39.4%,如今中国在线游戏的玩家已经超过 5 000 万人(中时新闻网,2010 年 1 月)。值得注意的是,中国游戏商从营运开始,何以能在短短几年间,逐步培养了游戏研发的能力,并拥有与全球对手相抗衡的操作技术和商业模式?因此这个研究的问题即在于,中国的游戏公司如何快速的发展这个高度复杂的产业,并有效经营如此庞大的消费市场及其经营特色为何?

研究的理论架构建立在西方学者对文化产业发展的探讨之上,尤其是对文化产业的商品化发展后,在产制过程、劳工的工作形态与在组织中的地位、媒体组织间的关系以及媒体与经济、社会等外在力量间相互作用等相关讨论,其中特别讨论了文化产业组织结构的复杂化发展,运作模式的改变。因为从纯手工的创作转换为高度资本主义发展形态后,创作必须与市场取得平衡,也因此除了原有的技艺劳工外,文化产业在现代经济中有更多的市场营销或服务人员加入这个行业,而为了有效统合文化产业的组织运作、确保产品的特殊性与市场性,西方的文化产业中特别强调组织中连接内、外的"中介者"角色。

对照中国游戏产业的发展,本研究将对网易、完美时空以及上海巨人三家本土的游戏开发商进行案例分析,主要是因为这三家公司在游戏的开发与市场操作的模式上,有极为成功的经验,值得讨论。而针对中国游戏产业在经营上所呈现的特质所进行的分析,足以反映文化产业在中国已形成的发展模式。

文化产业的研究

文化产业的研究,主要是在界定文化产业在创作生产的文化产品特性,以及区分和其他产业不同的地方,另外,文化产业在现代经济中的变化性与延续性也是值得关注的议题,除此之外,文化产业的研究还应该着眼于文化产品在生产模式的运作与管理上的特性，而这些应该是文化产品在制造业过程中最重要的部分。

阿多诺和霍克海默(1944)指出，当文化产业渐趋资本化，文化转换成商品的同时，也失去了原有的乌托邦式的批判能力。两位学者认为，由于商业化模式的市场化供需运作，文化产业已经背离原来真正属于艺术家的创作精神，在当今市场机制的控制下，艺术家的原创转换成为标准化的生产模式，也因此，文化产品在历史上拥有的独特价值不见了。取而代之的是，文化产品因为趋附在大众文化下，被视为满足消费者需要的商品，而为了进一步扩大商品的市场价值，企业也不断强化了广告的效应，为的是增加消费者的影响力（Adorno and Horkheimer，1944，48-51）。英国研究文化产业的学者戴维·赫斯蒙德霍(David Hesmondhalgh，2007）论及两位学者前瞻的看法，认为他们点出了文化产业趋向高度资本主义的复杂运作模式，而这些论点在当今仍不显得过时。

英国学者雷蒙·威廉斯（1981）将西方文化产业的发展划分成四个历史阶段，依照创作者与文化产品的生产机构的社会关系以及更广义的社会的组织关系等不同发展阶段分为：手工时代、后手工时代（包括艺术创作获外来资助)、专业市场化(类似 19 世纪时国家领域的概念)以及专业企业化。最后的这个阶段从 20 世纪起算，但却在近半个世纪中有显著的强化趋势（Hesmondhalgh，2006，219)，这实在是因为目前的文化产业从产品的创作生产到市场的销售与营销，十分需要聚集资金、科技和具专业知识的劳工等的投入，也因此同时被视为高投资的产业。

赫斯蒙德霍(Hesmondhalgh，2002）对于“文化产业”的定义，认为不应只视为产业性的活动，而应该提升到传统对于所谓活动的思考层面。事实上，文化产业应该从文化与经济、文本与产业以及意义与功能等之间的关系作探讨(2002，14；34)。今天文化产业的核心不应局限于设计和科技等技术层面，更应该延伸至商业化与市场性的考虑，这是因为文化产品的制作只是整个产业的一部分，文化产品的生产最终还是在商业价值的考虑，如今文化产业的重心在于将文化创作者的工作与消费者的日常生活相连接，因此有更多人在这个产业的工作更偏向商业领域，事实上，当文化转化成一种资本，商业和创造已相互融合在文化产业中，与现代经济密不可分(Negus and Pickering，2004，47)。

米耶热对文化产品的分类

法国学者贝尔纳·米耶热(Bernard Miège，1979）对文化产品的形态以及与生产劳工的关系提出定义，他的研究价值在于以政治经济学的研究角度，探讨文化产品、产业架构，并讨论技术性与非技术性劳工的需求之间的关系，并进一步对于文化产业中的劳力商品化的情形提出分类与详细的说明（Mosco，1996，160）。米耶热将文化商品的制作分为三种类型：第一类型的产品主要是电视或录放机等产品，劳工只是从事单纯的劳动，很少涉及创造力劳动的介入；第二类型的产品的特征在于很容易被复制，程度上需要涉及技艺的介入；第三类型的产品像是艺术画作，需要某种程度技艺的投入，同时产品是不容易被复制的。其中第二类型的产品最容易被垄断控制，生产过程也比较容易引发劳资之间的冲突，然而这三种形态的差异渐渐减少，这是因为企业发展集中化，生产的过程标准化，尤其是使得第三类型的产品生产方式的特性与第一类型渐趋一致（Miège，1979，301；Mosco，1996，160-161）。

米耶热进一步讨论文化商品制造过程劳工的三种形态：非资本性质的生产，如手工的创作或是公共文化；资本主义形式的生产，这是指制造剩余价值；整体性的文化产品，透过流通的过程体现价值，像是表演形式。在米耶热的定义中，第一类型的工作是不具生产力的，与第二类型恰好相反，而第三类型工作的性质虽然不能直接归为生产性，但艺术性的演出可视为商业活动的一部分。另外，值得注意的是第二类型的工作，可以清楚看出劳工在生产组织的地位以及具技艺工作者的价值（Miège，1979，301）。这个理论的价值，即在于早在 30 年前，米耶热归纳的模式即预见了文化产业在现代经济的体制下，也不可避免地走上剥削之路，如今还有愈演愈烈的趋势（Hesmondhalgh，2007，62）。

生产组织运作的力量

当现今文化产品在市场上成为商品的同时，这一切过程需要高度组织化的运作。文化产业的领域事实上包括报纸、期刊、书本的出版，音乐的制作发行以及商业化的体育活动等，这些都已纳入商业化体系的运作，以商品化的方式呈现。英国学者尼古拉斯·加纳姆（Nicholas Garnham）指出所谓的“文化产业”，是指这些组织运用具特性的生产方式以及产业企业化的形式来制造和营销这些以文化形式呈现的商品和服务（1990，156）。

“文化产业”一词点出了文化制品的生产方式的蜕变，从原先的手工制造业到今天成为高度工业化和商品化的产业，其中涉及的集体性的创作活动，需要复杂的运作过程才能完成，如今文化产品制作过程的发展更为深远和复杂，同时也更具争议性，引发了学者们的讨论。不可否认的所谓创作力指的是连接创作与概念直觉，但这些创新意念如何融合入组织化的制作过程中，而如今文化产品的创作更涉及转换成商品化的过程（Negus and Pickering，2004，17-18）。值得注意的是，如今创意在技术上的执行不仅限于上述所讨论的现象，这是因为内部的组织有更多的考虑与掌控，当文化走上产业化，文化产品的制作趋向由具专业知识的团队负责，取代了过去只是艺术家个人循着传统的创作形态（Hesmondhalgh，2007，65）。

同时，当有更多具特殊技艺的劳工被纳入文化产品商业化的制作过程中，组织的"阶层化"也随之产生，这可以从以下两个方面来讨论：一是组织内部的阶层化，二是媒体组织也趋附在一个市场机制之下。首先，即使是创作人才，事实上也是受雇于企业的，也因此他在组织的地位可能在业主、决策者、部门经理和营销人员之后，而在他之后的可能还有技术人员、半技术人员，以及非技术性劳工等。尽管核心的创作人应该是文化产业中的要角，但不可否认的，只有业主和决策者有人事权，并设定公司发展方针，因此他们同时对文化产品的设定与制作有发言与决策权。其次，文化产业的劳工并不如想象中具有"自主权"，相反的，他们常常只是重复的执行日常生产工作，这是因为一旦媒体公司确立获利模式，他们会想尽办法持续剥削，以不同的形式重复获利模式，以扩大利润。今天的文化产业，事实上可视为将文化资本以不同的商品形式呈现，以达到重复利用的目的。在商品化过程中，即使是专业的劳工，也只需要了解他们的分工的部分即可（Hesmondhalgh，2007，65）。

也因此，赫斯蒙德霍（Hesmondhalgh，2007）对媒体产业从业者宣称所拥有的"自主权"提出质疑，这实在是因为市场的经济因素和来自社会的意识观念，对文化产品的创作产生相当的影响。不可否认的，创意人才常受限于媒体组织内部的运作，而这些都受到外在社会和经济力的影响，同时文化产品的制作必须符合外在的市场价值判断，社会对于文化创造力的同化现象，显示了文化产品的制作不再视为独立的过程。也因此文化产品的创作，事实上受到层层的组织影响，包括资本、社会意识、经济以及文化等因素。

中介者的角色

文化产业在今天被归为高风险性的投资，除了需要高度投资外，米耶热即指出风险也同时来自消费者对文化产品喜好的变动性，对于媒体产业而言，制作人在媒体组织中的工作即在于掌控、介入文化产品的产制过程，以降低投资的风险性，这实在是因为文化产品的投资不断提升，媒体组织发展趋复杂化，而市场的喜好同时也变得更不可测。

市场的不确定性以及文化产品价值可能的变动性，凸显了制作人和发行商角色的重要，因为他们的职责就在抓紧产品的内部制作，他们的重要性在于介入的层面具决定性，包括找出具有独特文化价值和同时也具市场性的产品（Miège，1979，394）。值得注意的是，在文化产品初期构思的阶段，制作人就必须参与，而他的介入程度，会随着制作的过程中更多人力的投入而越来越高。另外，发行商对于文化产品的市场也有一定的灵敏度，在英国一本新书的出版，点子通常是来自专业的编辑或发行商，因为他们才贴近市场需求，而不是那些他们请来参与写书的作者。同时，对中小型的公司或是独立工作室而言，发行商的角色尤其重要，特别是它们的产品通常具有革命性，上市尤其仰赖发行商为他们铺点。英国学者威廉斯（1981）曾经讨论发行人在图书出版的编辑方针的重要性，这是因为越来越多的发行商也走向资本主义式的企业经营，但出版业的情形对其他文化产业而言，并不是绝无仅有的。

事实上，文化产业的生产者对产品的创作不再保有自主权，如今产品的整体构思，是由名单上挂名导演或制作人所负责，他们必须整合大批的人力，投入已形成组织化的生产过程，而他们的这些工作，其实就是为了降低投资的风险性（Miège，1979，394）。同时，制作人和发行商的重要性即在于他们的中介角色，除了联结文化产品与消费市场外，更重要的是，让这个产业值得投入资金，让文化产品成为可以被大量制作并具市场性的商品，因此他们可被定义为“内容转换者”。

布迪厄对文化场域的探讨

接下来要讨论的是，文化创作者与外在环境间的关系。法国学者布迪厄对文化创作者在所置身的机构化的地位，以及与他们政治经济社会权力之间的关系有独到的观察。布迪厄认为他们身处的文化场域（包含文学艺术等）：其中又可分为小规模的生产（限量生产）以及大规模的生产（大量生产）。而这个场域同时是被另一个权力的场域所支配的，他们的合法性来自于拥有经济或政治的权力，相对于此，布迪厄以阶级原则进一步划分文化场域，成为一个二元的结构——也就是自主性与他律性的对立结构。换而言之，这个被定义为大规模生产的次场域，需要销售和更多的经济资本的介入，也因此与提供资金来源的权力场域的关系较紧密，相对而言，小规模的文艺创作需要较低的经济资本，却拥有较高的符号资本（Bourdieu，1993，Hesmondhalgh，2006，214-215；219）。

值得注意的是，创作空间的自由或是专业的自主性不是绝对的，因为生产的本身就受限于严格控制的流程，而这些都是在媒体机构内进行的，如今创作的空间进一步被压缩，还要加上市场性的考虑，因为媒体产业中生产与消费间相互作用的是不能被忽略的（Hesmondhalgh,2006,75-78）。不可否认，市场的力量在媒体产制的过程有相当的影响性，学者威廉斯（1981）针对所谓市场的力量提出他的见解，他认为市场性的考虑，应包含社会与文化之间的关系变化，进一步分析所谓的文化市场，其实相当程度的受到社会变迁的影响，这包括新阶级与新的年龄群的形成，以及新的少数群体的出现等（106-107）。尽管如此，我们仍须了解，所谓的市场考虑其实还是利之所趋，不管所生产包含的概念是高雅文化还是多元文化，这些价值的实现其实最后连接的都是市场的需求，也因此媒体产业必须靠密集的广告与营销不断创造市场对商品的需求性（Miège,1979,299）。这也是为什么当企业想尽办法将文化产品与消费者的生活接轨时，同时有更多人也受雇从事营销、公关等工作。

当我们讨论当今媒体的发展状况时，其实也不能忽略企业在垂直与水平不同方面的垄断现象，也因此想要一窥文化产业的全貌，还必须考虑在高度的市场竞争下，企业的垄断与合并的现象、新技术的出现以及全球化的影响等不同层面的因素（Cottle,2003,6）。但这篇报告只是单纯从媒体的产制过程与劳工之间的关系作讨论，主要是想了解西方的文献中对符号创作者在内部工作所面对的束缚，同时上述的讨论也帮助我们深入了解，这个需要许多专业人士的投入商品化生产的机制，正是当今媒体产业组织结构的核心。

游戏产业同样属于文化产业，对于游戏开发商而言，游戏的开发制作也被视为高度风险性的投资，这是因为游戏的研发制作需要时间技术以及技术劳力的投入，基本上在西方市场，大型的游戏 像是万人在线角色扮演游戏，通常都是出自专精于计算机游戏的公司里的研发小组，而游戏的制作，除了构思设计的前置作业外，还有制作、量产、发行、销售与营运等多个步骤。而西方游戏开发商通常也是运营商，不同于中国市场上，游戏的开发商不一定是运营商，这是因为中国的游戏产业是始于游戏的运营，像是九城和盛大，尔后中国的网游公司才慢慢发展出研发的实力。接下来的部分即是讨论中国的游戏开发商如何开发本土的游戏，并在市场上累积竞争实力，而他们的发展模式与西方对文化产业的探讨有什么相同或相异之处，这都是研究中要讨论的问题。

中国的网游产业

中国网游产业的蓬勃发展，始于 2002 年盛大引进韩国网游《传奇》，不同于西方游戏业者透过商场销售的方式，盛大以新的经营模式迅速在中国市场崛起：一方面与 ISP 服务器业者合作拓展市场、一方面通过网吧营销。2002 年是韩国游戏大红大紫的一年，甚至成了网络游戏的代名词，而盛大也从此开启了营运游戏的霸业（新财富，2004 年 2 月）。

2004 年中国政府开始筑起保护墙，减少了进口游戏的版号数量，并加强审查力度，中国自主开发的网游业开始登场，并迅速掌握发展本土市场。而外来游戏受限于不能深入了解中国市场，已经很难与国产游戏业者竞争，韩国网游逐渐失去了独占的地位。根据 IDG 调查显示，2005 年中国从事游戏研发的团队有 120 多家，较前一年增长 37%；开发的大中型网游达 192 款，较 2004 年增长 76%，游戏研发从业人员人数达 12 600 人，增长幅度超过 200%。2008 年，中国的网络游戏市场产值为 183.8 亿元，较 2007 年大幅增加了 76.6%（艾瑞市场咨询，2005 年；2007 年）。而中国大陆自制研发的网络游戏收入更达到 110.1 亿元，较 2007 年增加 60%。至 2008 年 10 月止，网游研发公司数量已有 131 家，研发从业人员高达 24 768 人，自制研发网络游戏达 286 款。据调研显示，2008 年中国自主研发的民族网络游戏市场，销售收入达 110.1 亿元，占中国网游市场实际销售收入的 59.9%（艾瑞市场咨询，2008 年；DoNews，2009 年 1 月 17 日）。

中国大陆的网游市场，虽然一开始是外来游戏的天下，但在短时间内，自制的国产网络游戏即可与之分庭抗礼，国产游戏的成功，除了游戏开发商有在地的优势，可以在内容的设计上抓住中国玩家的喜好外，还有哪些特点值得讨论？以下将分析三家成功的本土游戏开发商成功的例子。

网易

网易的成功奠基在自制的《西游》系列游戏。2003 年推出的《大话西游 II》，尽管游戏对网络设备要求不高，但内容极具亲和力，尤其是社交、任务和宠物系统的设计，随后的《梦幻西游》掀起了 Q 版的网络热潮。热潮从 2003 年持续到 2005 年底，特别是 2004 年下半年到 2005 年夏天，掀起了上线人数的高潮，也引起其他业者的跟风。在 2005 年 2 月这两款游戏就已占据国内游戏市场超过 20% 的份额。事实上，网易以门户和社区服务起家，在开发游戏上没有坚强的实力，《大话》原是外购自独立工作室的产品。尽管游戏的原始设计不算成功，但网易有在地的优势，可以不断修正运营模式，再加上策划贴近玩家，取得了市场的成功。

但是网易也面临后继无力的困境，除了梦幻系列的策划人员的流动对游戏的改版可能造成影响外，根据网易 2006 年一季度财报，《梦幻西游》和《大话西游》最高同时上线人数分别达到 128 万和 58 万，其中《大话西游》在面市四年后曾一度出现收入下滑的现象（基本上，一款网络游戏的运营寿命一般是 3 到 5 年）。为了维系人气不坠，网易全力展开《梦幻西游》内容升级和内置广告营销。以网易 2008 年收入的比例为例，在线游戏业绩占全部收入的 85%，其中有七成的利润来自《西游》系列。2009 年 8 月《梦幻西游》因为全力的促销方式，创造了在线人数的新高纪录——第二季度的 8 月最高同时在线人数为 256 万（Seeking Alpha，2009）。

值得注意的是，网易后续推出的自制网游都难以在市场站稳脚步。2007 年网易推出新作《大唐豪侠》，这款游戏的开发团队，来自金山西山居《剑侠情缘》3D 项目组，在 2003 年加入网易组建方舟工作室，先后设计制作了大型 3D 网络游戏《大唐豪侠》与《大唐豪侠 2》。不过，《大唐》系列游戏运营情况不佳，为网易贡献的营收甚少。2007 年网易第三季网络游戏营收显示：《梦幻西游》78%，《大话西游 2》19%，《大话西游 3》1.5%，《大唐》仅为 1.3%。在 2006 年网易推出新作《天下贰》，这是 2003 年开始制作的作品，但经过了公测、回炉修改，在反复运算开发、内测期间，又经历了百余次的修改，历时 6 年有余，耗掉上亿资金，才在 2009 年 9 月再度面市（新浪科技讯，2007 年 11 月）。

由于网易始终无法推出可以取代《西游》系列游戏，为了稳住市占率，网易不惜代价，在 2009 年从九城手中拿走《魔兽世界》的营运权，走上代理之路，另外为了进一步解决后续产品在质量上的无虞，不同于其他游戏公司采取并购的方式，2007 年网易斥资三亿在杭州高新技术开发区建研发中心，这个基地可以容纳 3 000 到 4 000 名研发人才。网易表示这项计划是着眼于附近丰沛的人力资源，因为附近的学校如浙江大学、南京大学、上海交大和杭州中国美院等，可以提供游戏产业所需的研发人才（网易，2008 年 1 月）。

上海巨人

2007 年 5 月，《征途》成为在中国同时在线突破 100 万的第三款网游。三个月之后，整个大陆市场开始向免费模式倾斜，《征途》这款游戏是上海巨人在 2005 年推出的自制产品，这个游戏的设计，抓住玩家对竞争和地位的需求，首先以免费旗号招徕玩家：在游戏里，从注册账号到进入游戏都是免费的，但越深入游戏各种付费让人越陷越深。例如，游戏中有“银币”和“金币”两种游戏币，前者是玩家在正常游戏中可以获得的，但后者是玩家必须购买点卡、进行充值才能拥有，游戏后期，甚至完成许多任务都需要用到金币，而且游戏中最高级的装备武器，只能通过由金币买来的材料才能合成，不想花钱的玩家，在游戏中完全没有立足之地。

《征途》的游戏设计，颠覆传统的游戏规则，以往要透过练功打怪才能升级，《征途》彻底颠覆这个概念，扩大现实世界中金钱的概念，玩家完全可以透过付费取得先机。另外，这款游戏把外挂合法化，极尽可能推出虚拟道具，使得玩家很难不掏钱。值得注意的是，不同于西方的游戏业者，《征途》的企划者史玉柱本身没有开发游戏的背景，他的经验来自本身对网络游戏的体验。他曾是金山封神榜的玩家，在半年内付了五六百块玩游戏，但是为了快速取得在虚拟世界的晋级，他另外又花了两三万包括买道具或找人代练功。《征途》的成功，就在于史玉柱看到了网游世界的商机：中国玩家求胜的心理，有极大的商业操作空间。

2004 年史玉柱挖来盛大《英雄年代》的研发团队，根据这个 20 人的团队不同的特点，史玉柱亲自分派不同的工作。当时《征途》网络游戏的开发主要分为创意策划和程序设计两部分，史玉柱主导创意策划，从整体游戏的设计：包括所有活动和功能设置都必须经史玉柱同意，程序设计和游戏测试则交给研发团队负责。由于网络游戏的研发人员年龄普遍较小、不受拘束，常造成管理上的问题。在管理上，史玉柱显然要比其他网络游戏公司老板更有优势，他直接将在经营脑白金时的企业管理规范，运用到这个 20 人研发团队上，史玉柱与研发团队一起玩游戏，一旦在游戏中发现问题，即使是凌晨三四点，也直接打电话给研发团队要求修改。就是在这样的融合过程中，史玉柱与研发人员达到了有效沟通，史玉柱充分掌控整个研发团队的创造性，同时又确保研发进度的高效率（JLM，2009 年 4 月）。

《征途》的成功在于背后有个高明的游戏策划者，然而，上海巨人也同样面临后继无力的问题，以新开发的《巨人》为例，其实没有跳脱《征途》的影子，但目前看来上海巨人后续推出的作品，一时很难再创《征途》曾有的佳绩。为了扩大产品的多元性与强化竞争力，上海巨人也积极寻求其他的游戏公司合作，与台湾雷爵的合作开发《万王之王》就是一个例子。上海巨人表示选择与台湾的公司合作，主要是因为双方因文化背景相同、沟通容易，同时想借着台湾游戏者累积的经验，持续扩张在网游市场的影响力。

北京完美时空

2005 年北京完美时空（简称完美）推出《完美世界》，整个游戏虽然有模仿《魔兽》的痕迹，但游戏制作融合西方的设计与东方的文化，抓住了消费者的喜好，成为该公司打下游戏市场的奠基之作。尽管只有软件技术而没有游戏开发的经验，但完美的开发团队却能够吸收其他游戏的成功模式，融入自制游戏中，并表现新意，同时还可以紧盯使用者需要作出反应，例如《完美世界》的时装系统，就抓住了中国玩家对时尚元素的迫切需求。

另外完美所开发的游戏，都能敏捷的捕捉中国游戏娱乐的热点，成为该公司另一个优势：像《武林外传》是取材自卖座的连续剧；《诛仙》则取材自 2006 年中国最著名网络小说；《赤壁》则搭上吴宇森导的同名电影推出的热潮。这些游戏基本上具备市场知名度，因此可以在一上市便吸引基本的玩家群。值得注意的是，这些题材也同时吸引大中华市场的玩家。完美在 2006 年开始对外输出其自制游戏。目前《完美世界》外销国家地区达 60 多个，甚至在游戏市场极为发达的日本也有佳绩。完美手上有多款自制游戏，5 年中快速推出 9 款，目前市值高达 21.7 亿美元，成为中国游戏出口的最大厂商。2008 年中国游戏出口产值为 7 000 万美元，完美就占了四成左右，其中台湾是最大市场(中时新闻网，2009 年 9 月)。

这家北京游戏开发商在国内被认为是开发单机游戏技术最强的公司之一，尤其是三维的技术和自主研发的游戏引擎，因此创意可以透过强大的技术团队实现。对于完美而言，由于先前开发的成功经验，新游戏的开发时间和成本都大幅下降。目前，北京完美时空有员工 1 200 多人，研发人员即占一半，预计在未来一年内可推出 4～6 款自制游戏，然而完美擅长打造中华元素的游戏，也使该公司在游戏内容的开发无法多元化。

也因此完美积极通过并购，进一步扩大研发实力。2009 年完美推出《神鬼传奇》，该款游戏风格不同于以往，以西方的探险故事为背景，画面呈现丰富的层次效果，其中的智能地表图素生成系统，能够让玩家产生临场感。这款 2.5D 的新游戏吸引了二线以下城市的年轻男性玩家，开拓了新的市场。事实上《神鬼传奇》并非出自北京的研发团队，而是由并购的上海工作室制作的。对于完美而言，《神鬼》所呈现的视觉效果，是过去北京所欠缺的技术。同年，完美以 2 300 万美元并购了台湾昱泉在上海及成都两个游戏制作中心，并取得该公司所开发的游戏《流星》以及其 3D 图形引擎技术。对完美而言，台湾公司所具备的国际化经验，也同时是该公司尝试进军西方市场所需要的(中金在线，2008 年 7 月)。

分析与讨论

上述的例子只是反映了中国的网游产业在短短数年内崛起的事实，中国曾一度仰赖外来的游戏产品，而如今自制的产品还能向外输出。也由于这个产业的高速发展，吸引大批的技术劳工和专业人员投入，他们参与的工作包括设计、制作、营销等。而为了不断扩大利润、扩张市场，中国游戏产业的发展模式不可避免的强调商业导向，这些专业技术人员，也不可避免的被迫放弃自主权，成为这个以高度资本化方式的体制下的一部分，而他们与整个产业的互动关系，以下将进一步讨论。

首先，在线游戏从研发、制作、销售到营运，需要大批人力的投入，尤其是制作端，需要美术、程序设计、测试等各方面的技术人员参与。即使是在分工下各自有不同的工作，但他们面对的是一项集体创作，也因此在西方市场上，特别突显制作人的角色，他的责任即在统合整体工作，使得游戏的制作不因为复杂的制作流程而拖延，同时又能看出市场趋势，随时在内容上做调整。因此网络游戏的制作形态，应该属于米耶热的第二类模式：这种文化产品容易被大量复制，但某些层面需要技艺的投入。然而，在中国所发展的形态，却趋向第一类型，这是因为大陆的游戏商过于强调网络游戏的商业价值，而忽略了游戏本身的创作性，也因此在网络游戏商品化的过程中，许多专业的劳工也成了其中的一部分，只是扮演生产工具的角色。中国内地的游戏开发商过度强调分工，虽然可以节省时间，降低流程的复杂化，但相对而言，使得这些技术人员无法透过集体创作整合专业知识、累积经验；另一方面，在中国内地游戏开发公司中，阶级制度明显，业主主导产品的权力过大，创作者往往只能听命行事。

其次，在线游戏在中国的经营太看重市场；也因此中国的运营模式更趋向服务业，而非单纯的文化产业。对中国的游戏商而言，市场的不断拓展与维持上线人数的热度才是重心，也因此许多人员的投入不在于设计研发上，而是在产品的营销和在线服务。例如，网易就不断通过强力促销以维持《西游》系列在市场上的支持度。另外值得一提的是，推销员成了推升这个产业的重要角色。大陆的市场幅员广大，游戏的推广不能全靠媒体，往往要靠地面部队。网易就派出大批推广人员，把网吧作为游戏的主要推销场所，造就了《西游》系列的销售成功。而《征途》的成功，部分也要归因于以点数卡作铺点。这家后起的游戏开发、运营商，透过原先已建立的健康食品“脑白金”的营销管道，以两万人做人对人的地面推广，因此 2005 年《征途》可以迅速的在市场中窜起。《征途》和《西游》系列的例子都反映出，许多中国内地自制游戏的成功，市场的操作是必要因素。是游戏公司铺天盖地的促销、推广，推升了一个年年高速增长的内需市场，以及一个快速成长的民族网络游戏产业。

以上的例子说明，中国的游戏产业已经成功掌握了获利模式，在产品的制作、营销和营运的运作上，甚至是内部都形成了阶层化的管控模式，同时这种阶层化不只产生在组织内部，也存在于大、小游戏公司间。目前这个文化产业的发展也进入大者恒大的趋势：那就是20%的游戏商控制了80%的市场。如今像九城、盛大属于代理商，网易、腾讯则属于大型开发商，但还有更多的中小型工作室存在。后者的规模由20多人到5人不等，尽管资金的取得不算困难，但市场竞争激烈，这些工作室通常一边制作游戏，一边寻求买主、联系营运商以取得资金。在这样的态势下，即使是独立工作室也必须受到大型游戏商的牵制。运营商考虑市场因素，势必对游戏内容有主导或修改的权力，在商业利益抬头的趋势下，即使是独立的工作室，也被纳入整个产业商业化的运作体系，大小公司之间形成了阶层化的运作模式。这说明了游戏产业不但呈现资本化的运作模式，企业间企业的垄断与合并的趋势也在加剧。

另外，由于中国的游戏产品商品化的特质明显。在迁就商业利益的情况下，游戏设计的出发点在于获利空间而非娱乐效果，例如《征途》就靠增值服务，让玩家不断掏钱。另外，为了达到市场的普及率，游戏的难度不断降低，以《西游》系列为例，游戏配备不高、系统要求低，而这些二维回合制网游，每回推出资料片，就降低游戏的复杂度，使游戏可以普及三级、四级城市。这使得游戏的开发上难见好的原创作品。以取材来看，中国游戏业者偏好开发以大中华文化为题材的游戏，举例来说：《西游》系列取材历史小说和香港同名电影，《诛仙》和《武林外传》改编自当时流行的连续剧和网络小说，这些游戏的制作都是先考虑中国玩家的接受度。也因此，尽管中国的民族网游对外输出的数字不断升高，但大多中国内地游戏公司始终无法突破“游戏主题中国化”的问题，难以获得西方市场的普遍认同，中国游戏厂商要把自己的产品推向西方市场，可能面临更多的挑战。而反观游戏产业发达的韩国，他们所开发的游戏基本上具有“混融性”的特色，游戏多半改编自西方的形式，并加入东方文化元素，因此也可以跨越地域，被不同文化背景的玩家所普遍接受(中时新闻网，2010年1月)。

这个研究，主要将米耶热对文化产品的生产形态以及与生产劳工的关系的分析，应用在中国的游戏产业。研究发现，对照这个分类模式，中国从事游戏业的劳工在组织中的地位与企业发展呈现出的特性值得讨论：

第一，营运和营销部门明显受到重视，创意人才的地位被矮化，也因此产品的研发和制作都必须配合市场的需求。这可能是因为大陆的游戏产业以代理运营开始，特别强调网游的商品特性，看重产品的营销数字与在线服务。而西方游戏产业则始于研发,强调产品内容设计与技术的突破。因此在西方市场中受到重视的制作人,在中国的游戏产业中,并没有显著的地位。在中国游戏的设计中,没有创意与市场间平衡的问题。相对而言,市场的企划人员的主导权反而要高些。但从另一个角度来看,即使国产的游戏能在技术层面有大幅的进步,由于大陆游戏开发商在经营上无法跳脱获利与市场占有率的迷思,因此即使新的产品也只是成功模式的复制,或取材有市场认同度的故事,或改编国外的知名游戏,也因此在游戏题材的开发与设计上始终无法呈现创新。

第二,当文化产业迈向工业化,其中涉及的集体性的创作活动需要复杂的运作过程才能完成,当这些劳工受雇从事制造剩余价值的商品制造的同时,不可避免地也呈现了在资本主义体系下的阶级制度,这些都反应在中国的游戏产业中。由于游戏产业投入的资金较高,需要的技术趋于复杂,进入门槛相对升高,因此拥有经济权力的人,包括投资者或是控制了营销管道的大型游戏商,因拥有资金或市场控制权,而对产品的内容制作有相当的支配权。即使是独立工作室,其拥有的自主权都不高。这说明了在做文化产业的研究时,除了生产的形式、流程、组织内劳工的地位外,企业之间的关系也必须考虑进来。游戏产业实属资本集中的投资,为了确保获利、降低风险性,大的游戏公司为了确保市场,对自制游戏的内容多有控制,中小型企业也必须倚靠大型的发行商以确保产品的出路,因此在激烈的竞争下,游戏商之间的关系趋于复杂化。

除了上述的讨论外,接下来要进一步探讨中国游戏产业可能面临的问题。问题在于发展基础薄弱,导致核心人才难觅。西方有发展成熟的游戏市场,游戏开发商在游戏的设计与制作上已具相当基础,同时也累积了人才的培训经验。而大陆的游戏开发商,因为原先多半没有其他游戏的开发经验,所以并不是循着西方的模式发展,为了能快速推出自制产品,挖墙角通常成了首先考虑的方法。尽管中国游戏产业迅速成长,吸引了大量的专业技术劳工投入,但目前面临的最大问题是人才缺口。据业内人士统计,中国网络游戏玩家目前超过 3 000 万人,而真正处于研发核心环节的人才不足 3 000 人。预计今后几年网络游戏的研发人才需求约 2 万人,目前缺口超过 1.5 万人(新华网,2008 年 9 月)。为什么有这么高的缺口,追根究底是因为,中国网络游戏产业挖角成风,无法进一步培养人才。很多企业无奈地表示:目前大陆大部分的人才,往往只有单方面的专业技术,而缺乏完整的经验,不能满足目前网络游戏研发的迫切需要,因此很难研发出好的原创作品,而开发出的产品也必须经过不断的修正,才能符合市场要求。值得注意的是,真正的网游人才的不足,可能直接导致原创作品匮乏,这可以解释为什么许多中国的开发商无法推陈出新，这个瓶颈可能对中国游戏产业的持续发展造成严重制约。

结语

本研究主要是针对中国游戏公司做的案例分析，研究的目的是指出要了解中国游戏产业的发展状态，只凭市场的规模以及产业的市值所每年所发布的讯息，并不足以反映该产业的状况。要深入了解这个产业，应该把游戏产销流程中的发展模式，以及不同专业技术人员在组织内部的地位等因素考虑进来。研究发现：首先，中国的游戏商强调运营，重视产品的在线服务，因此游戏推出后，会借着不断的改版或营销深入市场，被更多的玩家所接受；同时，在中国的市场中有更多营销上的专业人员被招募进来，许多游戏产品藉由密集的广告和营销联结消费者，这也是为什么这个消费市场得以火速成长；另外，中国游戏业者太强调市场性，成功的游戏模式一再被复制，难以推出具创意的自制作品。同时也由于游戏的开发，太强调市场接受度，外在的经济力量与组织内的制约双重压制了创意人才，这就使得中国自制的产品呈现很高的同构型。

其实这个产业所呈现的状况，也只是反映了目前高度发展的文化产业中的一个普遍现象。值得注意的是，中国的网络游戏产业发展不到十年，然而产业发展商品化与市场化的现象却与西方学者在半个世纪前所提出的预测不谋而合。不可否认的是，企业投入资金，一旦确立了获利模式，就可以从市场上不断的剥削利润，文化性的产品一旦转换成商品，其经营模式与其他的制造工业没有什么不同。当今的游戏产业，因为产品制作困难度的提升，必须投入大量资金、时间与人力，当进入门槛确立，资本家较容易取得优势的地位，独立工作室生存空间被压缩，这同时也可以看出，中国的游戏产业已不可避免走向集中与垄断。

研究中国的游戏产业，也许不能从上述几个例子得到全面的了解，这个研究只是针对产制层面的现象，尤其是专业性劳工的分工形态和营销间的关系等提出讨论。后续进一步的研究应该包括对中国市场结构的深入分析、游戏产品形态对产制的影响以及政策的扶植等，这是因为要从政治、经济、文化、社会等多方面展开讨论，才能厘清这个产业在发展中与外部力量的相互作用，才能做出具体性的结论。

参考文献

艾瑞市场咨询：《中国网络游戏研究报告》，上海，艾瑞咨询，2005

艾瑞市场咨询:《iResearch-17173 第七届中国网络游戏市场调查报告》,上海,艾瑞咨询,2007

艾瑞市场咨询:《iResearch-17173 第八届中国网络游戏产业使用者调研报告》,上海: 艾瑞咨询,2008

严侃:《网络游戏"虚拟世界"产业链》,载《新财富》,2004(2)

Bourdieu, P. (1993) *TheField of Cutlural Production*, Cambridge/Oxford: Poilty.

Cottle, S. (ed) (2003) *Media Organization and Production*, London: Sage

Garnham, N. (1990) *Capitalism and Communication: Global Culture and the Economics of Information*, London: Sage

Hesmondhalgh, D. (2004) *The Cybercities Reader*, London: Routledge

Hesmondhalgh, D. (2002) *The Cultural Studies*, London: Sage

Hesmondhalgh, D. (2006) 'Bourdieu, the media and cultural production', *Media, Culture and Society*, 28 (2) pp. 211-231

Hesmondhalgh, D. (ed) (2006) *Media Production*, Maidenhead: Open University Press

Hesmondhalgh, D. (2007) *The Cultural Studies* (2nd edition), London: Sage

Horkheimer, M. & Asorno T. W. (1944) 'The Cultural Industry: Enlightment as Mass Decption', in M. G. Durham & D. M. Kellner (eds.), *Media and cultural studies keyworks*, Oxford: Blackwell, pp. 41-72

Miège, B. (1979) 'The Cultural Commodity, *Media*', *Culture and Society*, 1: 297-311

Miège, B. (1987) 'The Logics at Work in the New Cultural Industries', *Media, Culture and Society*, 9: 273-289

Miège, B. (1989) *The Capitalization of Cultural Production*, New York: International General

Mosco, V. (1996) *The Political Economy of Communication: Rethinking and renewal*, London: Sage

Negus, K, (1998). 'Cultural Production and the Corporation: Musical Genres and the Strategic Management of Creativity in the US Recording Industry', *Media, Culture and Society*, 20: 359-379

Negus, K. & Pickering, M. (2004) *Creative, Communication and Cultural*

Value, London: Sage

Negus, K. (2006). Rethinking Creative Production Away From the Cultural Industries, in Curran J. & Morley D. (eds.) *Media and Cultural Theory*, Abingdon: Routledge, pp. 197-208

Williams, R. (1974) *Television: Technology and Cultural form*, Abingdon: Routledge

Williams, R. (1981) *Culture*, London: Fontana Press

王乐:《新闻出版署:2008 年中国网游产值 183 亿元》, DoNews, http://www.chinaz.com/News/Game/011L29342009.html, 2009-01-17

《新闻出版总署将加强对进口网络游戏审批管理》, 搜狐网 http://news.sohu.com/20090721/n265384346.shtml, 2009-07-21

《经济日报:国产网络游戏已成主流》, 光明网 http://www.gmw.cn/content/2006-02/23/content_378572.htm, 2006-02-23

李宽宽:《网易斥 3 亿力拓研发基地 加入长三角游戏人才之争》, 网易网 http://tech.163.com/08/0104/09/41BS4F5C000915BF.html, 2008-01-04

《大陆游戏产业 海外获利可期》, 中时新闻网 http://news.chinatimes.com/2007Cti/2007Cti-News/2007Cti-News-Content/0,4521,50502636+122010012500260,00.html, 2010-01-25

《从史玉柱挖走盛大 20 人开始》, 中国文化产业网

http://220.231.180.86:1980/gate/big5/www.cnci.gov.cn/news/comic/2007919/news_8835_p3.htm., 2007-09-19

何英炜:《完美时空 年内来台设公司》, 中时新闻网 http://tech.chinatimes.com/2007Cti/2007Cti-News/Inc/2007cti-news-Tech-inc/Tech-Content/0, 4703, 12050903+122009092200249,00.html, 2009-09-22

林丰蕾:《完美时空将展开并购 不考虑社区》, 中金在线 http://news.cnfol.com/080718/101,1587,4455219,00.shtml, 2008-07-18

陆琼琼:《网易大唐豪侠玩家流失 本土网游软肋突显》, 新浪网 http://gb.financenews.sina.com/sinacn/304-000-106-109/2006-08-14/2049197835.html, 2006-08-14

马城:《蓝港在线 CEO 证实网易核心游戏研发团队加盟》, 新浪科技 http://www.enet.com.cn/article/2007/1121/A20071121920035.shtml, 2007-11-21

现代教育报:《新职场人气排行动漫游戏高烧不退》, 新华网 http://big5.xinhuanet.com/gate/big5/www.yn.xinhuanet.com/employment/2008-09/10/

content_14367408. htm,2008-09-10

《2005 年游戏出版版署落实十二项政策》,新浪网 http: //games. sina. com. cn/y/n/2005-04-19/97712. shtml,2005-04-19

廖庆升:《网易走上代理之路 能否重回网游老大位子?》,新华网 http://big5. xinhuanet. com/gate/big5/news. xinhuanet. com/internet/2008-08/20/content_9537422. htm,2008-08-20

《完美时空游戏出口 09CJ 揭示其全球化战略》,Gamespot,http: //www. gamespot. com. cn/news/2009/0810/107810. shtml,2009-08-10

Hefflinger,M. (2007) 'Chinese Online Games Firm Giant Interactive IPO Nets $887M', *digital Media Wire*, 1st Nov, available at

http://www. dmwmedia. com/news/2007/11/01/chinese-online-games-firm-giant-interactive-ipo-nets-887m#. (accessed Oct 2009)

JLM (2009) 'Giant CEO Discusses Game Pipeline', 27th Apr, available at

http://www. jlmpacificepoch. com/newsstories? id = 146738_0_5_0_M. (accessed Oct 2009)

Redline China (2008) 'Perfect World Acquires InterServ's Shanghai and Chengdu Locations', 8th Dec, available at

http://www. redlinechina. com/main/? q=node/1161 (accessed Oct 2009)

Zhang X. (2009) 'NetEase: Three Thoughts on Flagship Game FWWJ', Seeking Alpha, 10th Aug, available at

http://seekingalpha. com/article/155037-netease-three-thoughts-on-flagship-game-fwwj (accessed Oct 2009)

人人网中不同类型主体的“友谊维持”

——一个实证研究

Friendship Maintaining of Different Types of Users in Renren: An Empirical Study

庞云黠[1]

中文摘要： 社交网站建立之初就是希望能够为朋友的沟通提供方便、有效的途径，所谓的社交也是以朋友、社区的名义提出的，可见这种友谊的沟通是社交网站的一个亮点以及核心竞争力。友谊沟通可以分为两类，一种是拓展新友谊，一种是维持旧友谊，本文集中研究了后者，即友谊维持。以人人网为例，通过深度访谈的方法对友谊关系的维持进行了质化分析，对社交网络中两种类型的主体：主动型和浏览型在友谊维持过程中不同的特点、形成原因进行提炼总结，最后从文化角度给出了这种成因的可能性解释。作为一个质化研究，本文也希望能够为未来的量化研究提供一些借鉴与参考。

关键词： SNS　友谊维持　主动型　浏览型　沟通欲望

Abstract: The original purpose of setting up SNS is to facilitate communication among friends. So the friendship building upon communication is the core element in SNS. There are two types of friendship communication, one is friendship expanding and the other is friendship maintaining. This article focuses on the latter one, taking Renren. com as an example. In-depth interviews are taken as the main research method. After analyzing the characteristics of two types of users-active and browsing ones, I sums up the

① 庞云黠：清华大学新闻与传播学院博士研究生。

reasons why these two types of people come into being and explains the reasons from a cultural perspective. As a qualitative research, I hope it can contribute to the future quantitative analysis.

Key Words: SNS, friendship maintaining, active user, browsing user, communication desire

第一部分：研究的基础问题

研究界定

本文对校内网的使用测量，主要从它的四大功能：日志、相册、状态、分享来进行分析。因为校内网与开心网的一个很重要的不同在于游戏的使用比例相对较低，更容易看到主要的四大功能在友谊沟通所产生的作用。

友谊维持：英文为 friendship maintaining，区别于友谊的建立。社交网站对友谊的主要作用是维持而非建立，能够成为好友的人通常都是已经在现实生活中了解、或者至少认识的人，新结识的朋友占少数(Boyd,2006)。

其中，Friendship 是在好友栏中的好友，不是生活中的友谊，因为在 SNS 的网站中，所有的联系人都被归入好友栏中。

不同类型的主体：使用社交网站的人通常有几种行为主动维护、浏览(browsing)、潜入者(stalking)(Lewis,2009)，最后一种人可以在隐名的状态下浏览他人的主页，我国现在还不支持这种使用方式。本文据此行为类型把校内网的使用者类型分为两种：主动型，浏览型。

主动型主体能够主动的管理自己的主页，积极地发表内容，包括积极地使用四大功能：日志、相册、状态、分享。

浏览型则是主要关注他人的动态，不太在意进行自己主页的构建。

研究问题

本文的研究焦点在于社交网站对友谊维持所起到的作用。暂时不关注好友的选择与收集(collecting)。

在阅读以往研究文献的基础上，本文提出的主要问题是：社交网站在重视简便、快捷的沟通的同时，网上交流进行友谊维持的形式本身的可持续性有多少？不同主体之间维持友谊沟通的状况是否有所不同？这种影响出现的原因是什么。

这里引出的——

友谊维持的操作定义：以两人的互动频率，或者单方面浏览的频率来确定是否维持，既可以是双向的维持，也可以是单向维持。

即本文把友谊维持缩小到了网络上的友谊维持感觉，也不再涉及对线下感情的影响，因为通过预访谈已经发现，大家都觉得校内这种 SNS 是一种非常浅层次的沟通，不会替代其他的友谊沟通工具，比如电话、MSN 等及时沟通工具，面对面交流等。因此它对线下情感的影响一方面比较弱，另一方面也不易测量。

研究方法

本文采访 9 位使用校内网时间在 2 年及以上的使用者，另有两名使用时间为 1 年的，包含一直的主动型使用者以及从主动型转为被动型、浏览型的。本文对他们进行了深度访谈。

11 位使用者的年龄跨度大概为 18～31 岁，均值 24.6 岁，中值 24 岁。男女比例为 4∶7，8 名在校生，3 名已经工作。访谈的方式是面对面访谈、电话访谈、语音访谈和书面采访，书面采访的使用者除了一名浏览型用户没有补充采访外，其他都用 QQ 进行了补充采访。

校内网成立于 2005 年，2009 年 8 月 4 日更名为人人网。2007 年 11 月 20 日正式开通了白领和高中生网络。本文因为表述方便，以及采访方便的原因，在文中仍然使用校内网代替人人网。

第二部分：研究综述

国外研究 SNS 的理论与量化的研究都很丰富，美国学者的著述较多，也多数为量化研究，质化研究较少（Lewis，2009）。总体来说有三种倾向，首先是与商业相关的量化研究，其次是人类学研究，最后是从技术的角度带有技术决定论色彩的研究。

人类学研究方面，加州大学的 Danah boyd（2006，2007，2008）是一位著述颇丰的学者，她一直坚持用民族志的研究方法从事 SNS 相关研究，多数为质化研究，其成果被广为引用。在上述的三篇文章中，Boyd 主要从交友（friending），身份认同（identity）以及青少年在社交网络中的社会化问题进行研究。

技术的角度，有研究从网站结构的角度探讨了 Facebook 等三个网站因结构的不同造成了三者在隐私政策、使用者的自我塑造在成员之间建立强、弱关系的不同（Zizi Papacharissi，2009）

现在关于 SNS 网络对友谊的建立与维持的直接研究并不多，代表的有两篇，一篇为 Boyd 在 2006 年的文章："*Friends, Friendsters, and MySpace Top 8: Writing Community into Being on Social Network Sites*"，作者提出，我们必须通过写才能让我们的社区存在，社交网络的特别之处就这种写是基于友谊的基础之上的。她也认为友谊的沟通对社交网站是至关重要的，友谊是他们交流中共同的语境。当然她也谈到这种语境的塑造嵌入了深深的文化印记，这种文化的嵌入一方面带来线上友谊管理与线下友谊管理可能会出现的差异；另一方面，各国的文化对朋友群体的形成、维持也可能会产生不同的影响。

另一篇研究 SNS 中朋友关系的文章是 Lewis 在 2009 年的一篇，"*Friending: London-based undergraduates' experience of Facebook*"，本文主要研究了英国大学生在使用 facebook 中与好友关系的选择与维持状况，作者认为 facebook 现在已经成为大学生社交中必不可少的一种工具，它提供了一种能够付出很小，又维持大量"好友"的沟通方式。作者提及的与本文有关的有两点：首先，在文中的深访中很多人都谈到这里与朋友之间的交流无需付出(no commitment)，其次，访谈中的大部分学生都花大量的时间去浏览非好友的主页，这两个问题在中国的语境下有着不同的状况。因此在作者看来，facebook 提供的是一种肤浅的，简单的沟通方式，大量的时间被用来"潜入"他人的空间来满足自己的窥视欲。

但是两篇文章都没有对这两种主体的不同行为方式进行进一步的研究，本文希望通过深度访谈的方式进一步了解，是什么原因造成了两种主体不同的行为方式，他们在长期的使用过程中与自己的好友形成了怎样的联系。

第三部分：访谈分析与探讨

在深访的群体中，均表示自己主要的好友都是在生活中就已经认识的，对这种基于现实生活的线上生活的探讨如下。我们将分别了解校内网这四种功能对于友谊维持的影响，之后再进行原因的梳理。

I 校内功能使用及友谊维持

1. 校内网使用的主要目的与友谊有关

使用校内网的主要目的可以归纳为两点：

联系和沟通：了解好友的现状和动态是首要的使用需求，被所有的受访者都提到。如：

> LS：开始是娱乐的，后来完全是一种沟通的工具，看看同学的动态，分享的信息。挺杂的，恶搞的，有用的，文艺的。

YQ：登录的主要原因：自己登录就是看看朋友的新鲜事，平时不聊QQ，不一起上课，这还像是一个共同体。

互动与认同：

QM：像微博一样，我会很快地发自己的想法，和大家互动，互动很有意思。

FL：希望看到别人对我想法的回复和感想，也因为这里沟通真的很方便。

2. 日志和照片对友谊维持起到的积极作用

主要的日志使用者也是两名绝对的主动型使用者，使用时间都超过1年，而且四项功能都在使用，积极的与好友互动，好友的群体十分稳定。她们表示，了解好友的状态，同时也让他们了解自己很有意思。

认同对他们来说是一种原动力：

QM：好友对自己内容的反馈本身就是一种认可，很有满足感，我希望把自己的生活丰富的一面给大家看。

很享受互动的过程，她们也都表示如果有一天自己不再使用社交网站了，就是因为朋友们都不主动了：

XL：如果我不再写日志或者更新了，可能的原因应该是因为上面的好友都不写了，我也就不写了。

QM：我的帖子的关注度很高，和朋友的互动很好，在这里和朋友沟通很有满足感。

乐观有趣是重要的标志：

并不像一般人想象的那样，能够长期坚持沟通的人，其实都不是在抱怨或者唠叨心情：

QM：我不会把一些心情的东西拿出来写，这些东西没有什么人喜欢看，因此即使写郁闷的事情，我也会是用调侃的语气，把它写得很有趣。

XL：只有有新鲜的、值得分享的事情我才会发日志，比如一些出去玩的时候的新照片，总之应该是大家都能够认可的才会写或者贴。

强调个性化：

两个人都不玩游戏，而且不转帖，或者很少转帖，都认为玩游戏没意思，转帖也没有个性化内容。其中一个值得注意的回答是：

QM：因为不个性就没有人会注意并且喜欢看，所以我不会转帖。

她会觉得吸引别人的注意力来看自己的东西是她的诉求之一，所以有很强的目的性在维护自己表达的内容，塑造自我园地的意识比较强烈。

可以看出两位主动型的用户在友谊的维持上非常成功，因为与他们互动的群体量很大，而且稳定。注重个性、趣味化、能在互动中实现自我认同是这两位主动型使用者共同而突出的特点。

当然也有受访者对日志的使用提出了不同的意见：

FL：好友中大概一半用日志，日志太麻烦，大家都用博客。

YQ：不断写日志的人，我觉得他时间好多，感觉他在这里倾诉，要么是炫耀，要么是宣泄。反正感觉在校内上倾诉的人，基本上在现实中无法倾诉。由于有这个感觉，自己基本不发日志。

因此浏览型用户并不太喜欢日志作为和他人进行友谊沟通的渠道。综合来看，日志的友谊维持倾向于在主动型用户之间进行，对浏览型用户的吸引力相对有限，评价不一。

3. 书写状态以及状态的回复、照片

状态是后来校内才开发的一种新的功能，但是从使用的频率和满意度来说，都非常高，几乎所有的受访者都表示会通过状态来了解好友的动态，有时候也会回复。不少人表示虽然已经不怎么写日志和贴照片了，但还是会不停地更新自己的状态。

PF：我觉得现在大家主要使用的是状态和照片：如果大家都不改状态，也不发照片，我可能也不太喜欢上了。状态有个好处是可以随时回复。

WR：以前我主要是日志、状态和分享，现在主要用状态和照片。

YQ：过去主要浏览日志。现在主要看别人的状态栏，好玩的话就回复一下。

回复也会让关系更亲密：

JY：以前我对其他人的状态的了解可能很迟钝，但是如果两个人都经常更新的话，尤其是常常回复，会让我们的关系更亲近。

因此，状态以及照片现在是维持友谊互动最好的功能，浏览型用户和主动型用户的评价都很高，已经成为使用最广泛的两大功能。

4. 分享对男性和女性在友谊维持中的作用截然不同

分享功能与上述的三种功能不同，在主动型和浏览型用户之间的差别不大，但是却表现出了性别上的显著差异。

四位男性受访者对分享都报以非常积极的认同态度：

XZ：SNS不是人和人的沟通，而是兴趣点之间的沟通，应该能够找到话题，你和你的朋友之外的东西来沟通。车、天气、球，是一个载体。每个人的转帖正是一种主题。

YQ：觉得校内分享功能最好。

女生则无一例外地认为分享帖缺乏原创性，不太喜欢，即使关注了，也是因为内容恰好感兴趣，而不会关注分享者：

YX：当你不断的接受来自主动型的人的信息时，评价会有影响，感情不会有影响。但是太多的转帖会降低我对他的好感。

Ⅱ 校内沟通中的几个特点

1. 娱乐性在维持友谊沟通中的作用十分重要

几乎所有的人都谈到，“搞笑”会引起他们的注意。

LS：如果一直很有创意，也很搞笑，她就会持续的关注这个好友，访问她的页面。

WR：工作之后就会愿意分享开心的东西，郁闷的东西就不想发了。

2. SNS中的沟通不很深入

几乎所有的人都谈到，这种沟通方式对传统方式的替代性很小，它的沟通程度也很浅，基本不可能通过这里的沟通加深对现实关系的亲密感。

XL：这种SNS的方式的替代性很小，MSN上也会聊天。这里经常会交流一下，但是没有什么亲密的感觉。明显的例子：开心网上再怎么谈也很难谈出网恋的。因此社交网站本身是一种补充，不是别人是他的补充。在亲密关系的塑造上，远远不能达到一对一沟通的效果。

JY：不是主要的沟通方式。不能超越线下的沟通方式。

研究之初很关注这种线上的沟通方式对线下的友谊影响问题，但是在访谈中发现，尤其是主动型使用者很清楚这种方式沟通的局限性，沟通很难深入，因此对线下的亲密感或者友谊深度基本没有影响，如果是亲密的朋友，还是会使用其他的替代方式进一步沟通。

3. 沟通开始微博化

PF：我觉得现在大家主要使用的是状态和照片：如果大家都不改状态，也不发照片，我可能也不太喜欢上了——状态有个好处是可以随时回复。

很多使用者都表示开始逐渐放弃写日志，转向快速、频繁的更新状态，并回复大家的状态变化。

QM：我感觉这里更像是我的微博。

4. 线上表现与现实生活的一致性较高，开朗的人线上更多的成为主动型用户

以往对匿名环境下交友的研究表明，很多线下内向的人都倾向于积极的在线上发言以及进行朋友关系的拓展(零点调查报告，2007)，但是在实名环境下的表现好像与此相反，出现了线上、线下性格的一致性倾向。

QM：因为身边的朋友都很开朗，喜欢追求有趣的东西，乐于分享。所以他们也十分积极的更新自己的主页。

YQ：我觉得自己的校内跟自己现实生活中也像。看到好朋友就多说，陌生人就不说。因为不信任。看到别人的好友中有漂亮的也会关注一下。

FL：开朗的人自然在线上很活跃，但是我们在线上也能看到一些内向的人的内向世界，相同的多些吧。

这种一致性在量化的调查中也得到了证明(郑宇钧,林琳,2008),好友的数目可能对浏览的主动性产生重要的影响

有一位受访者现在主要的上线活动只是转帖,也可以每天登录三四次。因为活跃的好友十分多:现在好友人数 444 人。估计活跃用户 200 人左右。

访问中,只有一位的活跃好友人数大概为 7 位,他现在基本已经较少在使用校内了。

5. 隐私性并不成为大家更愿意浏览他人主页的理由

本研究开始时假设隐私内容会促进被动型使用者的浏览,甚至让他们成为主动型的发布者或者回复者。因为主观认为隐私内容容易激起大家的参与兴趣。但是,各位受访者基本都否认了这种假设的可能性。

当问及如果实现好友分层设置隐私的话,是否会发一些更隐私的话题时,大多数人的回答都是否定的。

> XL:只会发一些文章,大多数也都表达了对互联网本身的不信任,不会在上面分享太多隐私的东西。
>
> WR:如果网络有了问题的话,就不安全了,发更多的观点或者兴趣点。

6. 对自身隐蔽性要求

一个假设性的问题,即如果提供 QQ 一样的隐身登录的话,你是否会更愿意浏览他人的主页?大多数人都觉得不会,比如:

> MXL:没有隐身登录的困扰。基本都表示在熟悉的圈子中,这种特别的隐身功能已经不必要了。

其中年纪较小的学生提出一个别样的观点:

> FL:觉得没有这个必要,像 QQ 一样可以隐身的话人气很低,这样就不好玩了。

一个值得注意的现象是,采访中三个被动型的女生都表示:如果有了隐身的功能,会更愿意看别人的网页。可以说,不爱更新的人更重视自己的隐私,更愿意在匿名的环境下活跃。

Ⅲ　流失使用者原因探索

1. 失去兴趣再主动发日志或者退出的原因

作为以在校学生为主要使用群体的SNS网站，一个显著的特点是会出现好友的圈子瞬间改变的状况，即一毕业，很多人就会放弃使用。

> WR：主要是因为没有时间了，好友也开始因为工作退出了。而且以前最多是同班的，还有社团的，主要是有共同的生活。生活的状态不一样了，现在我就不感兴趣了，没有共同的兴趣点了，他们谈到的人我也不认识了。

2. 必须书写，如果不书写，你就会被忽略

与现实世界的以血缘、业缘等客观关系为基础的友谊不同，网络上的友谊维持必须依靠书写和沟通，不发言，你就会消失，不转帖你的兴趣没有办法传播。

第四部分：可能的结论延伸以及探讨

首先，总体看来，主动型用户之间的友谊维持倾向于正向的维持，而且具有持续的吸引力；主动型的使用者的意见或者生活状态的表达对于浏览型用户、被动型用户是一种吸引力，能够吸引他常常登录并且关注好友的动态，但是这种关注的持久性不能够得到保证，因为一位拥有二百多名活跃好友的用户表示：

> YX：现在更新较少，因为厌倦。仍然登录就是为了休息和打发时间。

	主动型	浏览型
主动型	√	—
浏览型	暂时？	×

表1　三种主体类型友谊维持效果图

主动型的使用者是“友谊维持”的核心要件。

其次，校内在学生群体中仍是一个较为封闭的空间，因此，和一般的研究认为的SNS提供了一种弱连带（格兰诺维特，1973）不同，在我看来校内在同学群体

中维持的强连带似乎更多，因为通过校内拓展或者维持不熟识的人的现象很少，基本都是已经认识的人，这种去功利性的现象也在另外的一些研究中得到了印证。在郑宇钧和林琳的调查中，在“校内网最大的好处”中，只有6.9%的人选择“更有目的地积累人脉资源”，在“选择新朋友认识的首要依据”中，只有1.7%的人选择“社群关系（学生会、社团等）”，而这是最带有等级性的选项。可见，校内网中的人际交往普遍远离现实中的功利性（郑宇钧、林琳，2008）。

再次，在本次调查中，很多地方体现了中美文化的不同。在文献的梳理过程中可以看到，美国使用者经常通过facebook进行八卦传播，和朋友之间开玩笑以及与喜欢的人打情骂俏，或者成为小群体表达政见的地方（boyd，2008）。而且美国的使用者渴望被看到（Tufekci，2008；Boyd，2008），在News Feeds推出之后，美国的使用者迅速的调整自己，让自己的行为更加具有独特性，以让他人能够注意到自己（Boyd，2007）。此外研究提出，facebook提供的是一种肤浅的，简单的沟通方式，大量的时间被用来“潜入”（stalking）他人的空间，包括认识的好友以及不相识的，来满足自己窥视欲（Leiws，2009）。这种现象对中国的使用者来说似乎并不多见，大多数人认为，在好友的群体中不需要隐去自己的痕迹去浏览特定的人，而且都表示不太喜欢关注好友以外的人，因为没有什么相关性。

而且在美国Facebook的使用群体要比中国广泛很多，很多学生会邀请老师成为自己的好友，亲戚、父母也常常会请求成为自己的好友。所以在美国好友的范围要广泛很多，在此我的研究仍然局限在朋友的范畴，不包括亲戚、老师等。美国学生会迫于压力而不得不选择使用SNS，而中国没有。这种整体的环境还十分的不同。

最后，提出一个关键的思考，就是从主动型用户看中国人的沟通欲望。

从好友人数以及活跃人数的比例来看，主动型用户的比例从10%～50%，唯一的一个例外是大一的学生。年龄可能会成为使用习惯上的一个关键的变量，此处先排除这个例外。一般来说，我们的主动型用户比例不高，这可能和中国人不善于沟通，缺乏沟通欲望有关。

从图1中可以看出，虽然是中国和印度的比较，但是中国人的沟通意识、沟通能力和沟通效果都是显著低于印度的，只有媒体使用等沟通行为方面领先印度。

在零点报告中的另一个图表图2对于SNS的借鉴意义其实也很大，他们认为与50～60人交往，情感沟通最愉悦：在情感沟通方面，交往人数越广并不意味能够使情绪更加愉悦和获得更多的认同感，数据分析表明，当交往半径在56～60

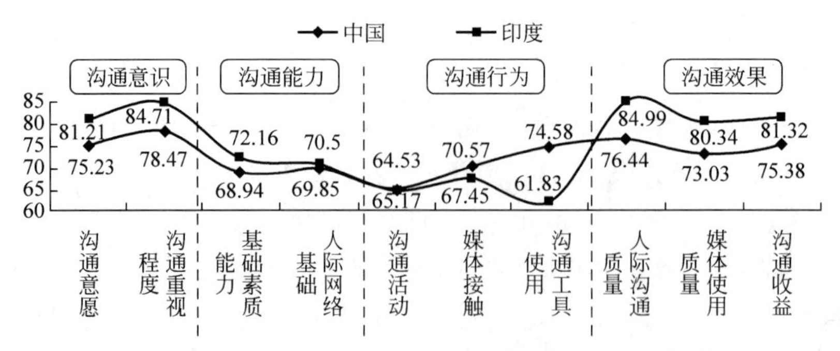

资料来源：零点研究咨询集团编制发布的《2007年零点中印居民沟通指数报告》。

图 1　中国和印度城市居民沟通指数二级指标得分比较

人时，人们的愉悦程度和社会认同感达到峰值，而之后逐渐下滑，因此，这种交往的人数可以反过来促进人们的沟通欲望，让群体的交流更为积极。

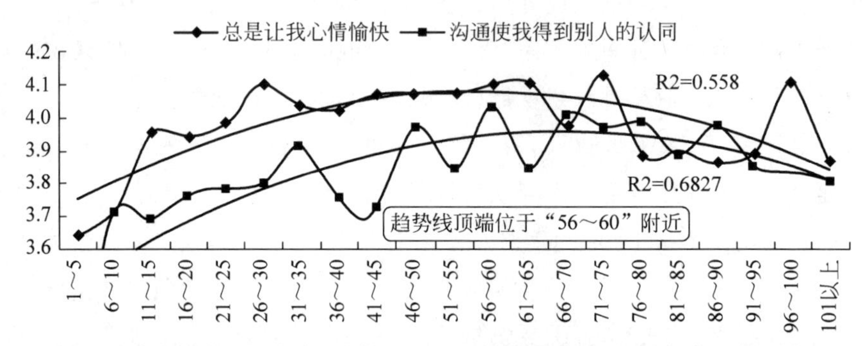

注：本题采取5分制量表，5分代表非常符合，1分代表非常不符合。资料来源：零点研究咨询集团编制发布的《2007年零点中印居民沟通指数报告》。

图 2　不同社交半径人群情感沟通和社会认同收益（分）

参考文献

零点调查 & 指标数据编制：《2007 年中国居民沟通指数报告》

郑宇钧，林琳：《当校园 SNS 照进现实——校内网的人际传播模式探讨》，广东技术师范学院学报，2008 年第 3 期

[美]马克·格兰诺维特：《弱连带的优势》，载《镶嵌——社会网与经济行动(马克·格兰诺维特论文精选)》，社会科学文献出版社，2007 年

Danah Boyd, “*Friends, Friendsters, and MySpace Top 8: Writing Community into Being on Social Network Sites* ”. 2006

Danah Boyd, *None of this is Real: Identity and Participation in Friendster* , “Structures of Participation”, ed. Joe Karaganis, 2007

Danah Boyd, *Taken Out of Context: American Teen Sociality in Networked Publics*, dissertation of herPHD, 2008

Danah Boyd, "*Facebook's Privacy Trainwreck: Exposure, Invasion, and Social Convergence*", Convergence: the international Journal of research into New Media Technologies, 2008, 14; 13

Zeynep Tufekci, *Can You See Me Now? Audience and Disclosure Regulation in Online Social Network Sites*, Bulletin of Science, Technology & Society. 2008

Jane Lewis and Anne West, "*Friending: London-based undergraduates'experience of Facebook*", *New Media & Society*. 2008

Zizi Papacharissi, *The virtual geographies of social networks: a comparative analysis of Facebook, Linkedin and ASmallWorld*, New Media & Society, 2008 (11): 199-220

社会影响对采纳和使用社交网站的作用

——校内网的案例研究

Social Influence on Social Network Website Adoption and Use: A Case Study of www.xiaonei.com

崔　玺[1]

钟侃清[2]　译

中文摘要：这是关于中国一个社交网站的案例研究，旨在探索社会影响与采纳使用SNS(社会网络服务)之间的关系。为发现主观规范、临界大众与网站使用意图之间的关系，本研究进行了一项调查。采用技术接受模型中的变量以寻找社会影响的中介。研究发现主观规范和临界大众都直接影响使用意向，同时它们的影响也以感知效应为中介发挥作用。在本案例中，感知易用性不是中介因素。此外，本研究还讨论了社会因素对自愿互动媒体使用的影响以及社会影响机制。

关键词：社交网站　SNS　社会影响　采纳使用

Abstract: This is a case study of a Chinese social network website, exploring the relationship between social influence and SNS adoption and use. A survey was conducted to look for the relationship between subjective norm, critical mass and intention of using the website. Variables in Technology Acceptance

---

① 崔玺：美国德克萨斯农工大学传播系博士研究生。

② 钟侃清：清华大学新闻与传播学院硕士研究生。

Model were adopted to look for mediation of social influence. It is found that both subjective norm and critical mass exerted direct influence on intention of use. Their influences were also mediated by perceived usefulness. Perceived ease of use was not a mediator in this case. Implication of social influence on voluntary interactive media use and the mechanism of the social influence were discussed.

Key Words: social network website, SNS, social influence, adoption and use

社会网络服务(SNS)是一项发展迅猛的互联网应用服务。经历了前几年的爆炸式发展后,用户增长仍旧势头十足。从 2007 年 6 月到 2008 年 6 月,中东和非洲的 SNS 用户的增长率为 66%,随后欧洲的是 35%,拉丁美洲的是 33%,亚洲的是 23%。即使在最发达的北美市场,增长率也达到 9%,也就是大概 1 000 万用户(comScore, 2008a)。在某些国家,大多数互联网用户都访问社交网站。2008 年 9 月的一项调查显示,加拿大大于 15 岁的在家或工作时能上网的互联网用户中有 86.5%访问社交网站。其次巴西是 85.3%。俄罗斯的访问者去年从 24.4%增长到 60.7%(comScore,2008b)。

除了用户规模激增外,人们使用 SNS 的行为不仅忠诚而且频繁。英国用户平均每月在社交网站上花费 5.8 小时,每月浏览 837 个网页并访问 23.3 人。其中重度用户在同期内花费 22.1 小时,浏览 3 198 个网页和访问 71.1 人(comScore,2008c)。美国 80%的青少年每周至少访问 1 次社交网站,26%的青少年每天访问 1 次,22%的青少年每天访问多次(Lenhart & Madden,2007)。

在中国,社会网络应用服务在过去几年也经历了突飞猛进的发展。直至 2008 年 6 月,超过 15 岁的能在家或工作时上网的互联网用户中,有 50.3%的人使用 SNS(comScore,2008b)。根据中国互联网络信息中心(CNNIC)的调查,6 到 25 岁的用户中有 59%的人声称曾通过网络结识新朋友(CNNIC,2008b)。超过 1 亿互联网用户拥有博客或个人空间,他们中有 700 万是活跃用户(CNNIC, 2008b)。尽管这些报告并不直接涉及社交网站的使用,但它们表明社交和自我展示是使用互联网的重要动机。这些动机都能在使用 SNS 时得到满足(Clark, et al. 2007; Shelton, 2008; Joinson, 2008; Raacke & Bonds-Raacke, 2008; Lampe et. al, 2006)。

一个很受欢迎的社交网站 xiaonei. com(意思是"在校内")是 SNS 在中国迅速发展的一大例证。它创立于 2005 年,起初意图复制 Facebook. com 的成功。

它向所有人开放，尽管开始时只针对大学生(Beareyes，2008)。直至2008年末它已经吸引了2 200万用户，并且每天有几乎1 300万人登录(Xiaonei，2008)。

作者的研究问题受SNS的两个特征启发。一方面，SNS表明用户现存的社会关系网主要建立于线下(Lampe et al. 2006)。线下的朋友、同事和商业伙伴等，可能会影响用户使用SNS的意向。然而另一方面，这种影响也许不能解释用户的采纳和使用，因为SNS的用户是自主的，他们对SNS的使用也是自愿的，这与组织环境中的某些群组软件的应用有所不同。基于这两个特征，我们采用技术接受模型(Davis，1989；Venkatesh &Davis，2000；referred to as TAM hereafter)以探索社会影响与SNS使用意向之间的关系。

文献综述

现有几个理论尝试解释行为意向与社会影响之间的关系。理性行为理论(TRA)、计划行为理论(TpB)、规范社会行为理论(NSBT)、临界大众理论和技术接受模型(TAM)被社会心理学、传播学、健康科学以及信息管理各领域的学者广为运用。本文将以理论概念和实证研究为基础提出并检验社会影响与采纳使用SNS的关系。

理性行为理论和计划行为理论。理性行为理论(TRA，Fishbein& Ajzen，1975)是基于人们的信念、态度、行为意向和实际行为之间关系的理论概念而提出的。它假设人的行为可被其行为意向所预测。反过来，行为意向也可被对该行为的态度和主观规范所预测。主观规范是指个体决定是否采取某行为时所感受到的社会压力。它取决于个人所感觉到的重要参照对象对其从事某特定行为的预期和遵从的动力(p. 302)。换句话说，一个对我重要的人认为我“应该”采取某一行为和我采取该行为的意愿之间有相关性。TRA被广泛应用于各领域，例如教育(Becker& Gibson，1998)，避孕套的使用或艾滋病的预防(Barker，et. Al，1998；Treise& Weigold，2001)，以及消费者决策(Brewer，et. al 1999)。它也应用于预测技术的普及使用(e. g. Chung& Kim，2002)。

计划行为理论(TpB，Ajzen 1991)是TRA的延伸理论，它论述了行为意向与实际行为之间的分歧。在该理论模型中，行为态度、主观规范和感知自我控制共同预测行为意向。同样，感知主观规范反映出个体所感觉到的重要人物对其采取某一行为的预期。

TRA和TpB从概念上研究社会影响与人们使用SNS意向之间的关系。两种机制同时影响人们的感知主观规范。首先，人们使用SNS与现存的社交朋友保持联系(Lampe et al.,Joinson,2008)。研究也显示感知主观规范是根据人们在社交网络中的观察与日常交流所构建的(Miller & Prentice,1996)。已经使用 SNS 的重要参照对象通过日常交流或者潜在用户的主观观察,可能对潜在用户施加使用 SNS 的期望压力。其次,一些 SNS,包括我们的研究案例 xiaonei.com,以用户的名义向他们现存的社会联系人发送邀请,邀请邮件代表了当前用户的行为预期。如果发送方正好是被邀请者的重要联系人,受邀者的思维中会不可避免地形成一种感知主观规范。

因此,根据 TRA 和 TpB,我们提出以下假设:

假设 1:感知主观规范和使用校内网意向之间存在无中介的关系。

技术接受模型(TAM)及其发展理论。TAM 利用感知效用(PU)和感知易用性(PEU)预测使用新技术意向。正如 Davis(1989)所定义的,PU 是指个人相信使用某一信息技术能提高其工作绩效的程度,而 PEU 则是指"个人认为使用某一特定系统的容易程度"(p.320)。在最初的模型中,PU 和 PEU 都直接影响使用意向(IU),并且 PEU 的作用也部分以 PU 为中介。

关于不同信息技术的研究,已经证实了 PU 和 IU 的直接关系,以及以 PU 为中介的 PEU 与 IU 的关系。这些研究包括电脑软件(Chau,1996;Davis et al.,1989)和互联网应用(Park 2008;Hoff et al.,2005;Chung & Nam,2007)等。在组织环境的信息系统部署方面也有很多研究(Venkatesh,2000;Venkatsh & Davis,1996;Venkatesh & Davis,2000)。

大量采用 TAM 及其发展理论的研究都基于组织环境中的技术接受模式,而 SNS 是自愿的、非工作导向的,所以可能需要修改此模型。一些研究者(Igbaria et al.,1995;Chau 1996)认为当用户更熟悉电脑操作并且该技术更易于使用时,感知易用性(PEU)或许不能作为使用意向的重要预测因素(Luo et al.,2000)。首先,SNS 作为非工作导向的网络应用服务向所有互联网用户开放。校内网去除它的注册门槛并向所有互联网用户开放是在 2005。大多数受欢迎的 SNS 都向公众开放,当然也包括我们的研究对象校内网。这就要求网站必须进行用户友好型设计以适应不同电脑程度的用户。使用这些当红网站太容易了,以至于易用性或许不能成为影响用户使用意向的门槛。其次,本研究的主体虽然对公众开放,但主要针对的是大学生。我们进行在线调查的样本里大多数人都接受过良好教育,并且他们也认为使用该网站很方便。基于以上论据,我们假设感知易用性不会直接影响使用意向,也不作为中介发生作用。

假设 2:在校内网的案例中,PEU 和 IU 没有显著相关性。因为我们假设 PEU

不能预测 IU，所以本研究不会探究以 PEU 为中介的社会因素的影响。

理性行为理论（Fishbein & Ajzen，1975）并不属于 Davis 最初研究的 TAM 理论基础（1989）。在开创性研究中发现（1）对信息系统的主观评估，例如 TAM 中的 PU 和 PEU，并不完全通过态度起作用，而态度是理性行为理论（TRA）中的预测因素。（2）主观规范对行为意向的影响并不显著胜于 PU 和 PEU。所以最初的 TAM 省略了态度和主观规范。

TAM 出现 10 年后，文卡塔许和戴维斯（Venkatesh and Davis，2000）根据一个对信息接受模式的纵向研究的成果修正了最初的 TAM，它被作者称作 TAM2。修改版整合了社会影响过程变量：主观规范、自发性（voluntariness）和印象（image），以及认知促进过程变量（任务相关性、输出质量、结果可证性和感知易用性）。

该研究发现了主观规范影响使用意向的两条路径。一方面，主观规范与使用意向之间存在直接关系，这与我们提出假设 1 所根据的理性行为理论相一致；另一方面发现主观规范也通过感知效用为中介影响使用意向。TAM2 整个模型在不同的纵向状况下对使用意向的解释达到 60%。

基于上述理论和发现，我们提出以下假设：

假设 3：在校内网的案例中，主观规范和使用意向之间有相关性，但是以感知效用为中介。

临界大众理论。无论是从参与者心理方面看，还是从他们的理性经济计算方面看，临界大众都是集体行为的一个关键因素。社会学、经济学、心理学和传播学的文献都对它进行过讨论。

马库斯（Markus，1987）从临界大众的角度解释了互动媒体的普及。他强调互动媒体使用中的普遍可及性和互惠依赖性。首先，大众使用互动媒体所创造的普遍可及性将产生社会利益。任何人可以享受互动媒体的好处而无须对此作出贡献。从技术接受模型的角度看，这种可及性使用户获得感知易用性和感知效用。一方面，用户不需要很费劲就能获取该技术，这就提高了感知易用性；另一方面，在使用互动媒体如电话或社交网站时，临界大众所创造的普遍可及性意味着潜在用户可以找到其想要交流的同伴。这必然增强了潜在用户的感知效用。其次，马库斯（Markus，1987）也利用互动媒体的互惠依赖特征发展了对创新扩散的既有理解。创新扩散的范式认为早期使用者对晚期使用者的影响是单向的（Granovetter & Soong，1983）。然而，在互动媒体中，例如本研究中的社交网站，早期使用者的持续使用与乐趣享受也取决于后续使用者的增长。早期使用者要维持感知效用和使用意向也取决于晚期使用者的持续增长。

社会心理学者发现,相互依赖性对于由组员所构成的临界大众是必需的,它既规范地又全面地影响着其成员(Deutsch & Gerard,1995; Lou et al.,2000)。首先,当小组成员中一定比例的人采用了某项新技术,采用该技术就被认为是一个小组规范。这个小组规范会对小组中尚未采用该技术的成员直接施加压力。不论感知效用或感知易用性如何,这种压力都会直接强化成员的使用意向。这与社交网站的使用尤其相符。研究者发现虚拟社区和身份共享是SNS用户所寻求的重要满足感来源(Joinson 2008; Sheldon,2008)。Facebook用户组织和参加活动,加入群组,与观念相似的人交流以共享他们的身份特征。当相互依赖的小组成员所构成的临界大众在facebook上互相交流时,使用facebook本身就成为他们身份的一部分。因此,大众的规范压力可能会增强其他成员的使用意向。其次,潜在用户周边运用互动媒体的临界大众也会给他们带来全面的压力。社交网站作为互动媒体向用户提供大量信息。信息监视是一项重要的媒体满足感来源(McQuail,Blumler & Brown,1972),对互联网应用服务而言也一样(Lin 1999)。SNS用户经常通过状态描述、照片和各种活动新闻了解朋友的最新状况。当潜在用户或当前用户的同伴中使用某一社交网站的人达到临界数量,该网站上关于其朋友的信息就足够多地以驱使潜在用户采用它,或鼓励当前用户继续使用,因为SNS的效用是随着用户规模的增长而增长的。研究发现临界大众是预测集体技术使用的重要因素,比如电子邮件的使用(Hooff et al.,2005; Rice et. Al.,1990)。

基于以上从TAM研究所得出的原理和结论,我们提出以下假设:

假设4:在校内网的案例中,临界大众和使用意向直接相关。

假设5:在校内网的案例中,临界大众以感知效用为中介影响使用意向。

规范社会行为理论。规范社会行为理论由李默尔和利尔(Rimal and Real,2005)提出。它把重点放在感知社会规范对行为意向的影响上。该理论源于TRA中的概念——社会规范(Fishbein & Ajzen,1975)和规范性影响(Cialdini et al.,1990; Deutsch & Gerard 1955)。这一范式强调了指令性规范(injunctive norm)和描述性规范(descriptive norm)的区别。指令性规范是指重要他人赞成某一行为所带来的社会压力感。描述性规范是指源自于在个人社交网络中感觉到某一行为普遍流行所带来的社会压力感。

根据本德尔和思维斯塔克(Bendor and Swistak,2001)的研究,指令性规范和主观规范相似但不相同。这两种认知信念都基于所感觉到的重要他人的预期。

然而这两个概念对行为意向的影响机制是不同的。指令性规范的效力来自于破坏规范的惩罚威胁。而主观规范的效力则来自于参照对象的重要性和遵守的动力(Ajzen和Fishbein,1980)。无论内在机制如何,指令性规范来自所感觉到的重要参照对象的意见,对个人的行为意向施加压力。

描述性规范源于对某一特定行为的观察或所感觉到的流行度。这一概念与临界大众的概念部分重合。临界大众的概念强调在主体社会迷雾中所感知到的采取某一行为的人口比例。而描述性规范不仅可以来源于对采取该行为的人口比例的感觉,而且可以来源于对同伴中采取该行为的强度的感觉。该范式可被广泛运用于预防酗酒活动中。研究者经常要求回答者估计其同伴喝酒的数量和频率,目的在于测量描述性规范。李默尔和利尔发现这一范式对于喝酒意向有显著的预测作用。这与临界大众理论的概念化相一致。规范行为理论也提出了一个受指令性规范影响的适中版描述性规范。然而,这个不被他们的数据所支持。

基于上述理论和假设,我们提出了社会因素影响SNS使用意向的模型(图1)。

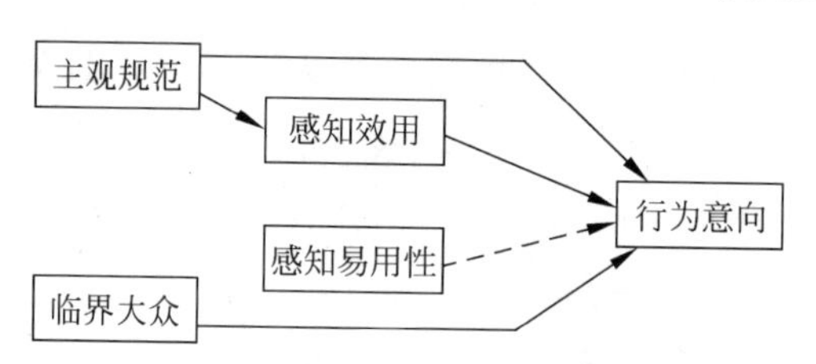

图1　社会因素影响SNS使用意向的建议模型

方法

本研究属于一个更大的项目,该项目进行了在线调查以检验图1所提出的变量之间的关系。为了解用户使用校内网的主要动机而特别设计了一份问卷。该问卷要求参与者评估他们的使用意向、感知效用、感知易用性、主观规范和临界大众。同时本研究也测量了人口统计学变量,并在分析中把它们作为控制变量。

程序与参与者

本研究使用了两种抽样方法选择参与者。首先使用滚雪球抽样法,从作者的校内网朋友开始寻找参与者。然后利用校内网的论坛征集自愿回应的访问者。这种滚雪球抽样法从11月4日开始直到11月20日结束,共有135名用户参与,完成率约50%。接着在11月20日,管理员把调查问卷的链接放到校内网论坛的首页上以征集自愿参与者。从11月20日到11月23日,回答者的数量达到628个,但完成率下降到约34%。总共获得628份问卷,然而其中只有207份是有效的。

统计207份问卷得出,回答者的平均年龄为21.7(SD=2.3)岁,年龄分布从18岁到31岁,73%的回答者是学生,19%已经工作,7%没有工作。共有80.4%的回答者拥有学士学位或是在读研究生。少于4%的回答者的教育水平低于大学本科。样本主要是男性(54.6%),但样本中男女差异不显著($x2=1.744$, $p>0.05$)。总的来说,样本主要是受过良好教育的年轻人,这与校内网的商业目标人群相一致。

测量

我们测量了最初的TAM变量。包括感知效用(PU)、感知易用性(PEU)和使用倾向(IU)。我们也测量了后来TAM研究所提出的最初变量的决定因素,包括印象、电脑熟练程度、电脑焦虑、电脑娱乐性、感知享乐主观规范(SN)和临界大众(CM)。我们在该研究中应用最初的TAM变量加上主观规范和临界大众。问卷的题目采用李科特量表,1表示十分同意,5表示十分不同意,中间分数是3,表示不确定。量表被均分以进行数据分析。

满足感寻求　问卷开头提出4种满足感。这4种满足感来自于先前一个预备性研究。该研究的设计纯粹是为了穷尽校内网用户所寻求的所有满足感。参与者从以下选项中选择一个作为使用该网站的最重要理由:习惯、娱乐、社交关系和自我展示。回答者被要求在回答感知效用时指出其所选择的满足感。

感知效用　感知效用(PU)是指用户相信使用该系统能增加其工作绩效的程度(Venkatesh et al.,2003)。最初的问卷上有6个问题(Venkatesh et al.,2003)。然而使用社交网站并不专门为了提高工作绩效,所以我们去掉了2个问题并修改了其他4个,使它们适应于本研究。

使用意向　使用意向(IU)测量的是在提供链接的情况下,用户想要采纳或持续使用社交网站的程度。我们修改了Venkatesh和Davis(2000)理论构想上的两个问题。

主观规范　主观规范是指个人基于所感觉到的重要他人赞成某一行为而形成的感知规范压力。主观规范的概念被用于TAM研究(e.g. Davis et al.,1989;Venkatesh et al.,2003),它来源于理性行为理论和计划行为理论。我们修改了问卷题目，有两个问题询问回答者其感觉重要联系人在多大程度上认为他们应该使用该网站。

临界大众　临界大众测量的是基于感受到的已使用该网站的社会联系人比例而产生的使用该网站的感知规范压力。Luo 等人(2000)用 2 个问题直接询问感知比例。然而我们并不是询问所感觉到的当前用户的比例，我们是尝试把影响行为意向的感知压力归纳入我们的问题中。与这个临界大众的概念相一致，我们采用了 Venkatesh 等人(2003)的理论视角。Venkatesh 等人(2003)把临界大众和工作地点中的支持性环境结合成一个社会因素的概念。我们挑选出一个关于临界大众的问题并重新措辞，要求回答者评估他们在多大程度上因为一定比例的社会联系人使用校内网而使用该网站。

人口统计学控制变量　本研究测量了性别、年龄、教育程度和职业，因为现存文献认为它们是潜在混杂的变量(Gefen & Straub，1997；Morris & Vendatesh，2000；Venkatesh et al.，2000；Vendatesh & Morris，2000)。

为了检验这些测量的单向性、信度和相关性，我们进行了主轴提取的探索性因子分析法，在每个概念上进行了 promax 旋转。表 1 显示项目负载量、问题和量表信度，表 2 显示因素间的相关性。

表 1　结构的纬度一致性和信度

因子	项目	负载量	问　　题
PU $\alpha=0.878$ 方差 = 73.8	PU3	0.899	使用校内网有效帮助我达到我刚才选择的目标
	PU2	0.876	使用校内网满足我刚才选择的动机
	PU4	0.751	就我选择的动机而言，校内网对我有用
	PU1	0.702	使用校内网改善了我对刚才选择的目标的完成
PEU $\alpha=0.777$ 方差 = 54.7%	PEU5	0.825	我认为校内网易于使用
	PEU4	0.757	我能轻易掌握使用校内网的技巧
	PEU1	0.595	对我而言开始采纳校内网很容易
SN $\alpha=0.877$ 方差 = 89.2%	Norm1	0.885	影响我行为的人认为我应该使用校内网
	Norm2	0.885	对我重要的人认为我应该使用校内网
IU $\alpha=0.792$ 方差 = 83.3%	IU1	0.816	如果我能连接校内网，我倾向于使用它
	IU2	0.816	如果我能连接校内网，我预期会使用它

提取方法：主轴因子法　旋转方法：方差极大斜交旋转

表 2 相关因素

	PU	PEU	SN	IU
PU	1.000			
PEU	0.343	1.000		
SN	0.506	0.339	1.000	
IU	0.307	0.255	0.367	1.000

可能因为我们的样本内部相似度很高，大部分是受过良好教育的年轻人。测量量表的描述性特征显示，相对正面的回答间存在较小差异。大多数人对使用意向的评估是不同程度的(M=2.06，SK=0.84)。这意味着在5分量表中，超过2/3的回答者对该概念的评估低于3分。感知效用(M=2.34，SD=0.70)显示相同的分布，表明大多数人肯定该网站的效用。感知易用性(PEU)的分布最集中(M=2.06，SD=0.56)，这意味着超过95%的回答者在不同程度上评估网站的易用性(低于3)。主观规范的平均值是2.7，标准差是0.85。人们受主观规范影响的分布比其他变量更为平衡。临界大众的平均分是2.24，标准方差是1.15。社会影响的两个因素相比较，人们普遍对临界大众影响作用的评估稍高。但标准方差显示临界大众比主观规范对用户的影响更加差异化。

结果

使用层级回归分析法检验在假设1和假设4中提出来的主观规范和临界大众对使用意向的直接影响。控制变量在第一部分，包括性别、年龄、教育和职业。为了显示社会影响因素对使用意向的不同作用，我们把主观规范(SN)和临界大众(CS)分别放到第3部分与第4部分。表3显示判定系数(R-squared)的变化值和预测因素的协同系数。

表 3 使用意向的层级回归分析

	自变量	B	Beta	Sig
第一部分 $\Delta R^2=0.095$ $p<0.01$	职业	−0.140	−0.099	0.084
	教育	0.056	0.063	0.235
	年龄	0.113	0.308	0.000
	性别	−0.120	−0.072	0.168
第三部分 $\Delta R^2=0.075$; $p<0.01$	主观规范	0.273	0.276	0.000
第四部分 $\Delta R^2=0.029$; $p<0.01$	临界大众	0.133	0.182	0.001

表 4 检验假设 3 的回归分析

	因变量	自变量	B	Beta	Sig
回归分析 1	PU	SN	0.337	0.412	0.000
回归分析 2	IU	SN	0.273	0.276	0.000
回归分析 3		SN	0.201	0.203	0.000
	IU	PU	0.213	0.176	0.001

第一部分显示，年龄是使用意向的显著预测因素($B=0.113, p<0.01$)。第二部分显示判定系数变化值显著($\Delta R^2=0.075, p<0.01$)。与假设 1 相一致，SN 和 IU 的关系显著($\beta=0.276, p<0.01, \Delta R^2=0.075$)。证实假设 4 时发现，临界大众($\beta=0.182, p<0.01, \Delta R^2=0.029$)也是使用意向的显著预测因素。所以结果支持假设 1 和假设 4。

为了检验假设 2，使用意向对感知易用性(PEU)和第一部分的控制变量进行了回归分析。结果显示年龄对 IU 有显著作用，而 PEU 没有显著预测作用($p>0.05$)。所以 PEU 对 IU 没有作用，假设 2 得到证实。

首先，使用巴隆和肯尼(Baron and Kenny，1986)测试中介关系。巴隆和肯尼认为应使用 3 个回归方程以检验中介关系：(1)中介物对自变量进行回归分析；(2)因变量对自变量进行回归分析；(3)因变量对自变量和中介物都进行回归分析。结果显示，首先，在回归分析 1 中，自变量和中介物之间必定存在显著关系。在回归分析 2 中，自变量和因变量之间必定存在显著关系。在回归分析 3 中，中介物和因变量之间必定有显著关系。其次，如果在回归分析 3 中自变量对因变量的作用比它在回归分析 2 中小，那么中介物的作用则与预期方向相符。如果在回归分析 3 中，自变量与因变量的关系不显著，那么则存在极好的中介关系。

使用两套回归分析法检验假设 3 和假设 5。根据巴隆和肯尼的理论，3 种层级回归分析法应用于假设 3。在每个回归分析的第一部分都放入年龄、性别、教育和职业之后，在回归分析 1 中 PU 对 SN 进行回归分析，在回归分析 2 中 IU 对 SN 进行回归分析，并且 IU 同时对 SN 和 PU 进行回归分析(表 5)。回归分析 1 发现性别是显著因素，回归分析 2 和分析 3 发现年龄是显著因素。主观规范在回归分析 1($\beta=0.412, p<0.01$)和回归分析 2($\beta=0.276, p<0.01$)上都是显著的预测因素。主观规范在回归分析 3($\beta=0.203, p<0.01$)上的作用比在回归分析 2 上的作用小，证实了主观规范以感知效用为中介影响使用意向，假设 3 成立。

表 5　检验假设 5 的回归分析

	因变量	自变量	B	Beta	Sig
回归分析 1	PU	Mass	0.257	0.425	0.000
回归分析 2	IU	Mass	0.182	0.250	0.000
回归分析 3		Mass	0.124	0.170	0.002
	IU	PU	0.229	0.189	0.001

把同样的数据分析法用于检验假设 5。在控制变量中，性别对 PU 有显著作用，年龄对 IU 有显著作用。在回归分析 1($\beta=0.425, p<0.01$)和回归分析 2($\beta=0.250, p<0.01$)中临界大众都是显著的预测因素。回归分析 3($\beta=0.170, p<0.01$)中临界大众的作用比它在回归分析 2 中小，证实了临界大众以感知效用为中介影响使用意向，假设 5 成立。

讨论

本研究试图探索社会影响对用户决定采纳或使用社交网站的作用。社会影响被划分为定量方面、临界大众、定性方面和社会规范。本研究使用调查和数据分析来研究社会影响因素和使用意向之间的关系，并探寻以感知效用为中介的关系路径。研究发现主观规范和临界大众直接或间接影响使用意向，但程度适中。

主观规范

主观规范对人们采纳或使用该网站的意向有直接或间接的作用。直接的路径关系与理性行为理论一致，也与假设 1 所根据的技术接受模型相一致。这种关系表明，当潜在用户的重要参照对象认为他/她应该使用这个网站时，潜在用户更可能采纳或持续使用该网站。在 SNS 的例子中，个人通常会收到已经加入某一 SNS 网站的重要社会联系人所发送的邀请邮件。主观规范会对受邀者同时施加规范的和全面的压力。一方面，潜在用户会因为社会规范或感情关系而被激起追随重要他人的意见去使用社交网站；另一方面，与其他技术应用不同，SNS 是一个交流工具。通过加入社交网络，人们可以及时获取他们所在乎的社会联系人的信息并与其交流。这一双面机制与临界大众理论相似，该理论讨论临界大众如何影响人们使用互动媒体的意向。

主观规范也通过感知效用影响使用意向(Venkatesh & Davis, 2000)。与 TAM 研究相一致，研究发现主观规范与感知效用间存在显著关系。然而该研究的结论与某些在组织环境中的研究含义不同。在电子系统的组织应用中，有时主观规范是指工作环境中的上级意见。而这些上级自己未必使用该电子系统，比如胡夫等(Hoof et al.,2005)就把老板的意见纳入到社会影响因素。下级的感知效用可能来自社会参照对象的权力。然而，当我们的重要他人向我们推荐社交网站时，通常他们已经成为用户一段时间了。该网站能让潜在用户与他们认为重要的联系人交流。这种感知效用可能来自于所感觉到的网站的功用性。

临界大众

临界大众直接或间接预测使用意向。假设 4 被支持，围绕用户或潜在用户的用户比例影响其采纳或持续使用 SNS 的意向。临界大众以感知效用为中介影响使用意向，假设 5 成立。

与主观规范($\Delta R^2=0.075$)相比较，临界大众($\Delta R^2=0.029$)对鼓励人们使用意向的作用没有那么重要。但是对互动媒体而言，这一小而显著的作用是独一无二的。根据临界大众理论(Markus,1987)，临界大众与使用意向之间的关系不仅可以解释非用户的采纳，也可以解释当前用户的持续使用。当前用户感受到在社交网站中他们周围的用户比例更高时，他们感觉更容易接近他们的社会联系人。这就提高了他们的感知效用并鼓励他们持续使用。这对于目的在于交流的互动媒体是独特的，与目的在于提高生产效率的企业应用服务有所不同。

感知易用性

与之前对非工作导向技术的研究一致，感知易用性对使用意向无显著影响。当个人有大比例的社会联系人使用被研究技术时，临界大众影响个人使用意向，TAM 的拓展研究对此进行了理论探索。然而，这对非工作导向的技术而言并不成立。在本案例中，感知易用性谈不上对行为意向的作用。PEU 与 IU 之间的关键不显著，也就否认了临界大众以 PEU 为中介影响行为意向。技术接受模型需要修改以符合非组织环境。

局限

该研究旨在探索社会因素对用户及潜在用户采纳或使用社交网站意向的影响。主观规范和临界大众直接影响使用意向或者以感知效用为中介影响使用意向。但仍有其他方面的考虑应该被纳入本课题中。

首先，现存证据不足以解释主观规范背后的机制。例如本德尔和思维斯塔克(Bendor and Swistak,2001)区分了指令性规范和主观规范。他们都指个人从重要他人意见中感受到的压力。指令性规范所施加的压力是基于个人所感觉到的万一违反社会规范而受到惩罚的威胁。而主观规范所施加压力仅是简单来源于社会参照者的重要性和遵从的乐意程度。在组织环境中所测量的主观规范应该来自对惩罚的恐惧。然而在自愿使用的环境中，例如社交网站、及时通信工具、在线健康信息，规范压力来自社会联系人的重要性和感情联系。当前问卷与主观规范的含义不一致。

其次，根据使用与满足理论，人们出于不同的理由而使用媒体。尽管在预备测试中已经发现了校内网用户所寻求的主要满足感，并且要求他们在回答感知效用时指出其所寻求的满足感，但我们不能在数据中区分出不同的满足感。对需要进行信息监管的用户而言，临界大众可能意味着能够获取社会联系人的最新消息；对于寻求娱乐的用户而言，临界大众可能意味着对大多数人易于使用的界面，从而增强使用意向；对于寻找自我身份的用户而言，SNS 上观念相似的临界大众更能增强使用意向。对于习惯性浏览的用户而言，PU 或 PEU 不能作为社会因素的中介对使用意向产生太大的影响，应该运用使用与满足的角度进行更深入的研究。

再次，这是一个一次性调查研究，不能探索行为意向的纵向改变。之前对技术接受模式的研究有时采用重复测量调查(e. g. Venkatesh& Davis, 2000; Venkatesh, et al., 2003)。在本文中，我们并未区分采纳意向与持续使用意向。我们的问卷回答者都是当前校内网用户，尽管他们的经验很不一样。在关于主观规范和临界大众的问题上，参与者被问到评估这两者对他们最初决定使用该网站的影响程度。在关于使用意向的问题上，他们被问到如果提供链接的话他们的当前的使用意向。所以，严格说来，我们检测的是社会因素对采纳意向的影响和它对持续使用意向的影响之间的关系。这有损我们结论的力度。应该尝试进一步的研究，包括进行纵向研究以更好地调查社会因素对互动媒体的影响。

参考文献

Ajzen, I., & Fishbein, M. (1980). *Understanding attitudes and predicting social behavior*. Englewood Cliffs, NJ: Prentice Hall.

Ajzen, I. (1991). The theory of planned behavior. Organ. Behavior *and Hutman Decision Processes*, 50, 179-211.

Barker, J. C., Battle, R. S., Cummings, G. L., & Bancroft, K. N. (1998). Condoms and consequences: HIV/AIDS education and African American women. Human Organization, 57(3), 273-283.

Baron, R. M., & Kenny, D. A. (1986). The moderator-mediator variable distinction in social psychological research: Conceptual, strategic and statistical considerations. *Journal of Personality and Social Psychology*, 51, 1173-1182.

Beareyes (2008). A Comparative Review of Four SNS Web sites. Retrieved on November 28, 2008, from Beareyes.com: http://www.beareyes.com.cn/2/lib/200808/15/20080815424_16.htm

Becker, E. A., & Gibson, C. C. (1998). Fishbein and Ajzen's theory of reasoned action: Accurate prediction of behavioral intentions for enrolling in distance education courses. *Adult Education Quarterly*, 49(1), 43-62.

Bendor, J., & Swistak, P. (2001). The evolution of norms. *American Journal of Sociology*, 106, 1493-1545.

Brewer, J., Blake, A. J., Rankin, S. A., & Douglass, L. W. (1999). Theory of reasoned action predicts milk consumption in women. *Journal of American Dietetic Association*, 99, 39-44.

Charney, T., & Greenberg, B. (2001). Uses and gratifications of the internet. In C. Lin & D. Atkin (Eds.), *Communication, technology and society: New media adoption and uses and gratifications* (pp. 383-406). Cresskill, NJ: Hampton.

Cialdini, R. B., Reno, R. R., & Kallgren, C. A. (1990). A focus theory of normative conduct: Recycling the concept of norms to reduce littering public places. *Journal of Personality and Social Psychology*, 58, 1015-1026.

Clark, N., Boyer, L. and Lee, S., (2007-05-24). A Place of Their Own: An Exploratory Study of College Students' Uses of Facebook. *Paper presented at the annual meeting of the International Communication Association, TBA, San Francisco, CA*. Retrieved on 2008-11-26 from http://www.allacademic.com/meta/p172779_index.html.

Chung, D., & Kim, C. H. (2002). *The Adoption of Online Newspaper in the United States and Korea: A comparison of self-construal and Theory of Reasoned Action*. Paper presented at the International Communication Association, Seoul.

Chung, D., & Nam C. S. (2007). An analysis of the variables predicting instant messenger use. *New Media & Society*, Vol. 9, No. 2, 212-234.

CNNIC (2008a). The 2007 Research Report of Chinese Youth Online Behavior. Retrieved November 28, 2008, from CNNIC Web site: http://www.cnnic.cn/uploadfiles/pdf/2008/4/25/172050.pdf

CNNIC (2008b). The Statistic Report of China's Internet Development

(22nd). Retrieved November, 28, 2008, from CNNIC Web site: http: //www.cnnic.cn/uploadfiles/pdf/2008/7/23/170516.pdf

comScore, (2008a). Social Networking Explodes Worldwide as Sites Increase their Focus on Cultural Relevance. Retrieved November 28, 2008, from comScore, Inc.—Measuring the Digital World Web site: http: //www.comscore.com/press/release.asp? press = 2396

comScore, (2008b). Eighty Five Percent of Brazilian Internet Users Visited a Social Networking Site in September 2008. Retrieved November 28, 2008, from comScore, Inc.—Measuring the Digital World Web site: http: //www.comscore.com/press/release.asp? press = 2592

comScore, (2008c). U. K. Social Networking Site Usage Highest in Europe. Retrieved November 28, 2008, from comScore, Inc.—Measuring the Digital World Web site: http: //www.comscore.com/press/release.asp? press = 1801

Chau, P. Y. K., (1996). An empirical assessment of a modified technology acceptance model. *Journal of Management Information Systems* 13 (2), 185-204.

Davis, F. D. (1989). Perceived usefulness, perceived ease of use, and user acceptance of information technology. *MIS Quarterly* , 13(3), 319-340.

Davis, F. D., Bagozzi, R. P., & Warshaw, P. R. (1989). User acceptance of computer technology: a comparison of two theoretical models. *Management Science* , 35(8), 982-1003.

Dominick, J. (1999). Who do You Think You Are? Personal Home Pages and Self-presentation on the World Wide Web, *Journalism and Mass Communication* Quarterly, 1999, 76: 646-658.

Fishbein, M., & Ajzen, I. (1975). *Belief, attitude, intention, and behavior: An introduction to theory and research* . Reading, MA: Addison-Wesley.

Flanagin, A. J., & Metzger, M. J. (2001). Internet use in the contemporary media environment. *Human Communication Research* , 27, 153-181.

Gefen, D., & D. Straub (1997). Gender differences in the perception and use of E-mail: an extension to the technology acceptance model. *MIS Quarterly* . Volume 21, Issue 4, 389-400.

Granovetter, M. & R. Soong, (1983). Threshold of diffusion and collective behavior. *Journal of Mathematical Society* , 9, 165-179.

Hoff,B. ,Groot,J. , & Jonge S. (2005). Situational influences on the use of communication technologies: A meta-analysis and exploratory study. *Journal of Business Communication* ,Volume 41,Number 2,January 2005,4-27.

Hooff,v. d. B,J. Groot , & S. d. Jonge (2005). Situational influences on the use of communication technologies: A meta-analysis and exploratory study. *Journal of Business Communication* ,Volume 41,Number 2,4-27.

Igbaria M,Guimaraes T, & Davis GB (1995). Testing the determinants of microcomputer usage via a structural equation model. *Journal of Management Information Systems* 11(4),87-114.

Joinson,A (2008). 'Looking at','Looking up' or 'Keeping up with' People? Motives and Uses of Facebook. *CHI 2008 Proceedings · Online Social Networks* (pp. 1027-1036). Florance,Italy: CHI.

Korgaonkar,P. K. & Wolin, L. D. (1999). A Multivariate Analysis of Web Usage. *Journal of Advertising Research* ,(March/April),pp. 53-68.

Lampe,C. ,Ellison,N. , & Steinfield,C. ,(2006). A Face(book) in the crowd: Social searching vs. social browsing. *Computer Supported Cooperative Work (CSCW) 2006* . pp. 167-170. Banff,Alberta,Canada.

LaRose, R. , Mastro, D. , & Eastin, M. S. (2001). Understanding internet usage: A social-cognitive approach to uses and gratifications. *Social Science Computer Review, 19* ,395-414.

LaRose & Eastin (2004). A social cognitive theory of internet uses and gratifications: Toward a new model of media attendance. *Journal of Broadcasting & Electronic Media,48(3),2004*, pp. 358-377

Lenhart,A. , & M. Madden (2007). Social Networking Websites and Teens: An Overview. Retrieved November 28,2008,from Pew Internet & American Life Project Web site: http: //www. pewinternet. org/pdfs/PIP_SNS_Data_Memo_Jan_2007. pdf

Lin,C. A. (1993). Exploring the role of the VCR use in the emerging home entertainment culture. Journalism Quarterly,70,833-842.

Lou,H. , W Luo, & D Strong (2000). Perceived critical mass effect on groupware acceptance. *European Journal of Information Systems* ,Vol. 9,91-103.

Markus,M. L. (1987). Toward a "critical mass" theory of interactive media:

universal access, interdependence, and diffusion. *Communication Research* , Vol. 14, No. 5, 491-511.

McQuail, D. , Blumler, J. G. , & Brown, J. R. (1972). The television audience: Revised perspective. In D. McQuail (Ed.), *Sociology of mass communications* (pp. 135-165). Harmondsworth, UK: Penguin.

Miller, D. T. & D. A. Prentice, 1996. The construction of social norms and standards. In: Higoins, E. T. & A. W. Kruglanski (Eds.) *Social Psychology: Handbook of Basic Principles* , New York: Guilford Press, 1996, pp. 799-829.

Morris, M. G. , & Venkatesh, V. (2000). Age Differences in Technology Adoption Decisions: Implications for a Changing Workforce, *Personnel Psychology*, *Vol.* 53, Issue 2, 375-403.

Papacharissi, Z. & Rubin, A. M. (2000). Predictors of Internet Use. *Journal of Broadcasting & Electronic Media* , 44(2), pp. 175-197.

Park, N. (2008). User Acceptance of e-Learning in Higher Education: An Application of Technology Acceptance Model. *Paper presented at the annual meeting of the International Communication Association, Sheraton New York, New York City, NY* .

Raacke, J. & Bonds-Raacke, J. , (2008). MySpace and Facebook: Applying the uses and Gratifications theory to exploring friend-networking sites. *CyberPsychology & Behavior* . Vol. 11, Number 2, pp. 169-174.

Rimal, R. N. & K. Real (2005). How behaviors are influenced by perceived norms: a test of the theory of normative social behavior. *Communication Research*, Vol. 32 No. 3, 389-414.

Rice, R. E. , Grant, A. E. , & Schmitz, J. (1990). Individual and network influences on the adoption and perceived outcomes of electronic messaging. *Social Networks* . 12 (1990) 27-55.

Shelton, P, 2008. The Relationship between Unwillingness-to-Communicate and Students Facebook Use. *Journal of Media Psychology* . Vol. 20(2): 67-75.

Song, I. , LaRose, R. , Eastin, M. S. , & Lin, C. A. (2004). Internet gratifications and internet addiction: On the uses and abuses of new media. *Cyberpsychology & Behavior* , 7, 384-393.

Treise, D. , & Weigold, M. F. (2001). AIDS public service announcements:

Effects of fear and repetition on predictors of condom use. *Health Marketing Quarterly* ,18,39-61.

Xiaonei (2008). About xiaonei. com. Retrieved November 28, 2008, from Xiaonei web site: http: //xiaonei. com/info/About. do

Venkatesh, V., & Davis, F. D. (1996). A model of the antecedents of perceived ease of use: development and test. Decision Sciences, 27 (3), 451-480.

Venkatesh, V. (2000). Determinants of Perceived Ease of Use: Integrating Perceived Behavioral Control, Computer Anxiety and Enjoyment into the Technology Acceptance Model," *Information Systems Research* , 11, 2000, 342-365.

Venkatesh, V., & Davis, F. D. (2000). A theoretical extension of the Technology Acceptance Model: Four longitudinal field studies. *Management Science* ,46(2),186-204.

Venkatesh,V., & Morris,M.G. (2000). Why Don't Men Ever Stop to Ask For Directions? Gender, Social Influence, and Their Role in Technology Acceptance and Usage Behavior,*MIS Quarterly* ,Vol.24,Issue 1,115-139.

Venkatesh,V.,Morris,M,Davis,G.,and Davis F. (2003). User acceptance of information technology: Toward a unified view.*MIS Quarterly* ; 27,3,426-478.

传媒法治

自由与稳定必须兼得[①]

Freedom and Stability are Both Needed

赵心树[②]

中文摘要: 本文是一次主题发言记录的修改与扩充。演讲首先从近期若干有关媒体与言论的案例出发,提出自由与稳定是难以兼得但又必须兼得的鱼与熊掌。接着,演讲分析了自由压倒一切或是稳定压倒一切的想法的缺陷,认为所有关注人民长远利益的人都必须摒弃这种黑白两分的思想方法。在剖析了一些相关的常见迷思后,演讲指出了一些我们可以做也应该努力的方向。

关键词: 自由　稳定　媒体　中国

Abstract: This article is based on the transcript of a keynote speech. After mentioning certain cases related to media and the freedom of speach, the speaker expresses the opinion that we want freedom and stability both, although the goal might be hard to achieve. Then the speaker analyzes the fallacy of overwhelming freedom or overwhelming stability. He believes that either extreme is not good for the long-term benefit of the people. Discecting some commom myths by both sids, the speaker points out the directions for us to follow.

Key Words: freedom, stability, media, China

我与会议的组织者杭敏教授都没有料到,在我们为地震死难者致哀后,第一

---

① 作者注:本文是作者于2009年4月21日上午10时05分至45分在清华大学"未来媒体运营与管理国际研讨会"主题发言记录的修改与扩充。本文的酝酿、准备与写作得益于清华大学新闻与传播学院杭敏、崔保国、李彬、金兼斌教授的回馈评论和香港浸会大学传理学院王宁女士的协助,谨此致谢!

② 赵心树:复旦大学新闻学院长江学者讲座教授,香港浸会大学传理学院讲座教授,美国北卡罗来纳大学传播学院研究教授。

个发言的会是我。[①] 我的名字是"心树",我想这是天意——上天之意:这个会场里的每个人,不管你是藏族还是汉族,中国人还是外国人,不管你是来自北京、香港、新加坡,还是欧洲、美洲、大洋洲,此时此刻,我们的心,都在玉树,和玉树人民在一起。

这个会议是关于未来媒体。在今日中国谈媒体,有一个题目绕不开,那就是自由与稳定。

自由与稳定,好比环境与能源。有人认为环境与能源的矛盾是平民百姓与能源公司的矛盾:百姓要保护环境,公司要增加利润。其实,环境与能源缺一不可。所有的民族,所有的国家,所有的家庭,都需要能源,因为我们需要衣食住行,需要舒适安康,需要发展进步;但我们同时也需要环境,因为我们需要干净的空气,清洁的饮水,合适的气候。环境与能源,是难以兼得,但又必须兼得的鱼与熊掌。于是,我们需要科学家和工程师,包括清华的科学家和工程师,因为只有科技的解决才能给我们清洁、高效、环保的能源,使我们兼得两者,使各方皆大欢喜。

类似地,自由与稳定,也是难以兼得,但又必须兼得的鱼与熊掌。

有人主张自由压倒一切。这些"自由主义者"不明白,没有稳定就没有长久的自由,更没有普遍的自由。曾经战乱饥荒和"文革"动乱的中国人,不怀念"红卫兵"和"造反派"曾经享有的"自由",不羡慕泰国黄衫军和红衫军正在享有的"自由",更不赞成拉萨、乌鲁木齐的抢掠纵火杀人者希望拥有的"自由"。足食、丰衣、安居、乐业、幼有教、老有养,是有史以来各国人民梦寐以求的最起码的自由;社会的稳定,是这些基本自由不可或缺的前提保障。可惜,生在稳定上,长在富足中的许多西方人,误以为稳定像新鲜空气一样与生俱来,到处弥漫,无须争取,无须捍卫。他们忘记了,是他们的先辈为他们创造的稳定,使他们享受今天的自由,其中包括言论自由与投票自由。

又有人主张稳定压倒一切。这些"稳定主义者"不明白,没有自由就没有长久的稳定。近三千年前的周朝人已经懂得"防民之口甚于防川"[②]。言论观念如江河之水,只能阻塞一时,不能阻塞长远,每一次防堵都蓄积能量,像堰塞湖一样孕育日后更大的不稳甚至灾难。经济有周期,会饱和,不可能永远高速增长,总会有减缓、停滞甚至倒退,只以高速增长为基础的政治架构,甚至没有能力承受

---

① 2010年4月21日是国务院规定的玉树地震遇难者哀悼日。上午十时,清华师生与访问者与青海人民一起默哀三分钟。

② 见《国语·周语上》中的《召公谏厉王弭谤》。

缓速增长,遑论停滞或倒退。更何况,30 年的高速增长,哺育了不曾见过粮票、不曾听过布票的七〇后、八〇后、九〇后。饱暖思淫欲,这个"淫",首先是对自由特别是言论信息自由的渴望;经济越发展,生活越好,这种渴望越强烈,对稳定的压力就越大。[①]

中华民族的勤劳,聪明,智慧,仁慈,博爱和勇敢,绝不亚于其他任何民族,中华民族数千年的发展是明证,中国社会这 30 年来的发展更是明证。我们中有愚钝落后也有不守规矩,其原因之一恰恰是自由民主法治的缺乏:若制度把人当坏人,好人会做坏事,坏事多做就成了坏人;若制度把人当好人,坏人会做好事,好事多做就成了好人。

有西方人说,承认稳定渐进,就中了当权者把持政权的奸计了。试问,不让当权者把持,难道让共和党、民主党来把持?目前,过于剧烈的变动会摧毁萌芽中的法治。没有法治,凭什么造就自由民主、凭什么维护自由民主?激进者的逻辑是,当权者反对自由民主,凡是当权者拥护的,我们就要反对。于是,追求自由民主的初衷,蜕变为反对政府的实践。

所有关注人民长远利益的人,要让中华民族自立于世界民族之林,乃至崛起,必须给中国人民以充分自由;而要实现自由,则必须维护稳定。自由与稳定必须兼得,但两者又难以兼得。我们需要社会科学家和政治家,包括清华的社会科学家和清华培养的政治家,像研究工程难题一样来研究这个问题:如何让中国既稳定进步,又实现自由民主?

有些西方人应该停止执行"人权外交",停止用强权、压力与傲慢推行自由——中国人对自由的追求,不晚于任何人,我们为自由民主所洒的血泪和汗水,不少于任何人,自由民主从来就是中华价值的核心。有朋友愿意帮忙,我们感谢,但请不要过于热心,太过热心必帮倒忙;请不要高举"美国价值"、"法国价值"或其他什么价值的大牌子来扮演英雄。中国的自由民主只能由中国人在中华价值的旗帜下实现。这个英雄,只能由中国人来当!

有些中国人不要把自由民主说成是西方价值。它们是地地道道的中华价值。公元零前 842 年[②]周召公谏弭谤[③],是人类最早的关于言论自由的理论解释,至少是"之一";周厉王纳谏停止弭谤,是人类最早的允许言论自由的政策实践,

① 参见赵心树:《选举的困境——民选制度及宪政改革批判》(增订版),42~59 页,成都,四川人民出版社,2008。

② 即公元前 843 年。关于"零前"的概念,见赵心树:《离开基督建公元》,载《文史哲》(山东大学),2002(4),125~130 页。

③ 见《国语·周语上》中的《召公谏厉王弭谤》。

至少是"之一"。公元零前547年齐太史"直书"被杀[①],是人类最早的为言论自由付出的鲜血生命,至少是"之一"。公元976年宋太祖《石刻遗训》规定不得因言论处死士大夫[②],是人类最早的保护言论自由的最高法律,至少是"之一",比美国宪法中的《人权法案》早了约800年。公元1000年左右北宋范仲淹写下"宁鸣而死,不默而生"[③],比美国人亨利的名句"不自由,毋宁死"[④]早了700多年。

有人说,苏格拉底给欧洲人送去西方哲学,耶稣给欧洲人送去基督教。在苏格拉底之前约一个世纪,耶稣之前五个多世纪,孔子已经给中国人送来了儒教。孔子编的《诗经》,在秦汉之交传到了毛亨、毛苌手中,他们编抄教授的《诗经》序言中出现"言之者无罪,闻之者足以戒"[⑤]。越千余年,北宋苏洵在《远虑》中写下"知无不言,言无不尽"。再越近千年,毛苌直系后裔毛泽东[⑥]说出了至今不绝于耳的名句"知无不言,言无不尽;言者无罪,闻者足戒"[⑦]。此外还有毛泽东说的"让人讲话,天不会塌下来"[⑧],有中国共产党和中国政府经常宣示的"百花齐放、百家争鸣"[⑨]的政策,有中华人民共和国国歌宣示自由的第一句"起来,不愿做奴隶的人们",更有《中华人民共和国宪法》第35条关于言论出版自由的规定。

美国人在美国说自由是美国价值;法国人在法国说自由是法国价值;英国人在英国说自由是英国价值。这不难理解:自由是个好东西,好东西必须说成是自己的,以鼓励爱国的美国人、法国人、英国人捍卫自由。这是爱国,地地道道的爱国——美国人爱美国、法国人爱法国、英国人爱英国。

有些中国人在中国说自由不是中国价值,是西方价值、美国价值,则为当今世界一大奇观:把好东西说成是别人的,把爱国与自由民主对立起来,反对包括

---

① 见上海广益书局校印,长洲韩慕庐重订:《绘图增批左传句解》。原书木版印刷,无出版年,但显然出版于1949年以前。

② 〖维基百科·赵匡胤〗:http://zh.wikipedia.org/wiki/%E8%B5%B5%E5%8C%A1%E8%83%A4,赵心树2008年7月10日下载。

③ 范仲淹:《灵乌赋》。

④ 原文 Give me liberty or give me death.

⑤ 《诗经·大序》,又作《毛诗序》,《诗经·周南·关雎·序》。

⑥ 据清光绪七年(1881年)湖南韶山毛氏二修族谱《源流记》及江西吉水龙城铎塘村1919年所修《铎塘毛氏重修族谱》中的《龙城毛氏始事录》;转引自热地:《毛苌与江南衢州毛氏、韶山毛氏之渊源关系》2002年7月8日载于〖故乡〗网,http://boole.cs.iastate.edu/index.htm,赵心树2005年12月13日下载。

⑦ 最早见毛泽东在延安陕甘宁边区参议会所作报告,题为《一九四五年的任务》。邓小平等中国其他领导人也经常引用这段话。参见一九七七年八月十八日邓小平在中共"十一大"上的闭幕词。

⑧ 1962年1月30日毛泽东在扩大的中央工作会议(史称"七千人大会")的讲话。原文是:"让人讲话,天不会塌下来,自己也不会垮台。不让人讲话呢?那就难免有一天要垮台。"见《毛泽东著作选读》下册。转载自1967年6月21日《人民日报》。

⑨ 最早见毛泽东:《关于正确处理人民内部矛盾的问题》。

范仲淹、孙中山、陈独秀、李大钊、毛泽东在内的一代又一代中国人抛头颅洒热血追求的价值目标。这些人说，自由民主是西方价值，主张自由民主是卖国。一个民族的价值目标中健康、进步的那一部分，是她最宝贵的财富，是她的灵魂；把自由民主平等博爱这些民族神魂拱手送人，此乃爱国？

稳定与自由缺一不可，承认这一点，才能有平和的讨论与共同的努力，才能有长久的稳定与切实的自由。当然，确立共同目标只是第一步，要到达希望的彼岸，还需要千千万万的人，走千千万万的路，过千千万万的关；借用刚才喻国明老师的话，还“需要智慧，需要勇气，需要责任”。

谢谢大家！

警务公开比较研究

A Comparative Study of Police Affairs Disclosure

高一飞[①]

中文摘要： 警务公开是一个中国概念，在国外，它是政府信息公开的一部分。以国际规则、美国和我国台湾地区的立法为样本进行比较，可以看出，警务公开的法律根据是信息公开法，性质是保障公民基本人权下的政府义务，目的是为了满足公民言论自由权和知情权。警务公开的范围必须遵守政府信息公开的一般原则，但是对于检察机关这一特殊执法主体，其公开的范围应当考虑到知情权与保护隐私等公民权利、维护国家安全与社会秩序、保障诉讼顺利进行、保障审判公正四种利益的平衡。警务公开的方式有公报公开、网络公开、新闻发布方式公开、向申请公开的公民个人公开、机构开放等，公民有权通过司法救济要求警察机关公开信息。中国警务公开改革的方向是，将警务公开纳入将来制定的《信息公开法》的范围，立法应当明确，警察机关以多种方式公开其信息的同时，应当允许公民申请公开，并有权寻求司法救济。

关键词： 警务公开　言论自由　知情权　公开范围　司法救济

Abstract: Police affairs disclosure is a Chinese concept. Abroad it is part of the government information disclosure. Comparing the samples of legislation of international rules, the United States and China's Taiwan region, we can see that the legal basis of the disclosure of police affairs is law of information freedom, the nature is the government obligations to protect the basic human rights of citizens, and the purpose is to satisfy the citizens' rights to freedom

① 高一飞：法学博士，西南政法大学教授，美国丹佛大学博士后。本文为作者主持的2008年度国家法治与法学理论研究项目《新闻媒体监督与司法公正问题研究》(立项号为SFB2008)的阶段性成果。

of expression and the right to know. The scope of the disclosure of police affairs must comply with the general principle of government information disclosure, but for inspectiong organ, the particular subject of law enforcement, the scope of their information disclosure should take other interests into consideration, such as the protection of privacy and other civil rights, safeguarding national security and social order, the protection of the criminal proceedings, and the protection of the fairness of the trial. The ways of the disclosure of police affairs include: public bulletin, Internet release, news conference, open to the individual citizens who apply for it, and open to institutions. The citizens have the rights to ask the police institutions to open information through legal redressing. The direction of China's reform of police affairs disclosure is to include it into " information disclosure law".

Key Words: police affairs disclosure, Freedom of Speech, right to know, scope of opening, judicial remedy

根据1999年6月10日《公安部关于在全国公安机关普遍实行警务公开制度的通知》，警务公开是指"公安机关的执法办案和行政管理工作，除法律法规规定不能公开的事项外，都要予以公开。"(《通知》第一条。)其实，警务公开是政府信息公开在特殊政府机构即公安机关的具体化表达。与其他政府机构的信息公开一样，警务公开，是警察机关的义务。其理由在于人民的知情权，公众有权"知道他们的政府在忙些什么"，[①]即了解政府履行职责的情况，这正是信息公开所蕴涵的公共利益之所在。尽管我国早在1999年就"普遍实行警务公开"，但警务公开的正式法律文件是于2008年5月1日起施行的《中华人民共和国政府信息公开条例》，《政府信息公开条例》是抽象地适用于政府各部门的法律文件，而公开机关作为特殊执法机关，其信息公开具有特殊性，各国法律都对其有特殊规定。在此，我将对警务公开的基本问题进行比较研究，希望能对我国警务公开制度提供有益的参考。

一、警务公开的规范

警察机关向社会公众和媒体提供案件信息，其理论基础是公众的知情权和

① United States Dept of Justice v Reporters Committee for Freedom of Press (1989).

政府的信息公开义务。因此，警务公开的法律依据是政府信息公开的法律、法规。

（一）国际准则

在国际上，《世界人权宣言》第 19 条，《公民权利和政治权利国际公约》第 19 条，《美洲人权公约》第 13 条，《非洲人权和民族权宪章》第 9 条所规定的人类拥有"寻求、获取和传递信息"的权利，以及《欧洲人权宪章》第 10 条关于"获取和传递信息"的权利的类似规定；重视美洲国家间人权法院在"克劳德·雷耶斯诉智利"一案中所得出的关于《美洲人权公约》第 13 条中"承认公民普遍享有知情权，政府必须为该权利的行使提供机制"。欧洲委员会、美洲国家组织、非洲人权和民族权委员会已通过明确的声明和宣言表达了其对知情权的认可，经济合作和发展组织已开始制定关于知情权的重要计划，最近联合国反腐败公约针对各国政府保证公众有效的知情权。

2008 年 2 月的国际《关于推进知情权的亚特兰大宣言与行动计划》（亚特兰大知情权宣言）认为："信息公开应成为准则，保密应被视为例外"、"知情权适用于政府所有分支（包括执法、司法和立法部门，以及自治机构），所有层级（联邦、中央、区域和地方），以及上述国际组织的所有下属机构"，"公开信息的举证责任归于信息持有者"。所以，警察机关是《亚特兰大宣言》所要求的信息公开的主体。

另外，国际社会《关于媒体与司法关系的马德里准则》[①]指出，"表达自由是每一个民主社会最重要的基础。媒体有职责和权利收集情况，向公众传达信息，并在不违反无罪推定原则之前提下，对司法活动进行评价，包括对庭审前、庭审中和庭审后的案件"。考虑到侦查程序的特殊性，第 4 条对侦查公开可能存在的例外及其适用条件作出了规定，"本基本原则不排除在犯罪调查期间甚至构成司法程序一部分的调查期间保密法的保留使用"，但"不应限制上述人员（犯罪嫌疑人和被告人）与记者交流有关调查的情况或被调查的情况"。

（二）不同范式

1. 英国

英国政府于 1997 年 12 月发布"公众知情权（Your Right to Know）"白皮书，向公众咨询反馈意见并为将要制订的《信息自由法案》作准备，1999 年发布了法案

---

① *t*. CJJL yearbook. vol 4（1995），高一飞译。

的征询意见草案，2000年获得初步通过，2001年12月大法官宣布《信息自由法案》自2002年12月起分步实施，2005年1月全面生效。《信息自由法案》取代了之前实施的《政府信息公开条例》（"Code of Practice on Access to Government Information"），并延伸和修订了《数据保护法》（"Data Protection Act 1998"）和《公共信息法》（"Public Records Act 1958"）的有关内容。

《信息自由法案》赋予公众获取公共部门（包括中央政府、地方政府、国家医疗体系、公立学校、警察部门等）的有关信息，其目的是增强政府部门工作的透明度，使其政策制订更加公平、民主和开放。英国政府还根据欧盟的《公共部门信息再利用指令》（Re-use of Public Sector Information Regulation Directive 2003/98/EC）制订了英国的《公共部门信息再利用条例》，该条例自2005年7月生效。[①] 英国的警察机关同样应当遵守《信息自由法案》。

2. 美国

在美国，法律重视人权保障，侦查实行公开，法官对侦查中颁布令状被认为是审讯程序而要遵守适用于审判的公开原则。在美国，警察机关是政府司法部的一个部门，其事务公开规则适用统一适用于政府的《信息自由法》。经过长达11年的准备、争论与妥协，美国国会参众两院终于在1966年通过了《信息自由法》。但是，《信息自由法》仍然存在诸多缺陷，无法满足公众最大程度了解政府信息的要求，于是，美国国会分别于1974年、1976年、1986年对《信息自由法》进行了3次修订。随着电子数据的大量采用，美国国会又于1996年通过了对《信息自由法》的第四次修订。修订之后的《信息自由法》规定，凡属必须公开的政府信息，1996年11月1日以后做成的文件，在该日以后一年内，必须使之可以通过Internet等网络形式获得。所以，它被人们称为"电子的信息公开法"（Electronic Freedom of Information Act）。[②]

1993年10月4日，克林顿总统向各个政府机构负责人发布了一个白宫备忘录，敦促官员们要以像对待顾客般的友好态度对待基于《信息自由法》的申请，并且减少不必要的限制，例如行政待办事项，这一举措被称为政府公开的开始。同日，首席检察官珍尼特·雷诺（Janet Reno）通知各政府机构的负责人：司法部——其本身即是未遵守《信息自由法》的主要机构之一——将不再为政府机构的垄断信息行为辩护，理由仅仅是这一决定具有"一个实质性的法律基础"。司

---

① 商务部驻英国经商参赞处：英国政府信息公开情况的调研报告，http://www.chinatransparency.org/newsinfo.asp?newsid=2102，2008.11.22。

② 余凯：《美国国会与政府信息公开》，《人大研究》，2008(5/197)。

法部将采取"推定公开原则",对于向公众公开信息所导致的"可预见的损害",被要求公开信息的机构必须加以证明。但是在处理《信息自由法》申请的人力和财力都不够的情况下,这些声明难免流于表面。[①]

实际上,各国各地区在"信息自由法"基础上,基于警察机关与司法机关的特殊性,往往由立法或者最高司法部门出台专门的文件来规范执法机关、司法机关与媒体的关系。此外,1971 年联邦司法部专门颁布了《处理媒体关系的指南》(*MEDIA RELATIONS*)(1975 年修订)[②],认为颁布这一规则的目的是"这一政策的目的是为了让司法部各成员和其个人在刑事、民事案件和事务中的相关信息提供中确立一致的具体指导"。"该指南认为三种利益应当平衡:公众知情权;为公正审判个人权利;政府对司法进行有效管理的责任"。

这一文件一方面对媒体和新闻发布进行了限制,也规定了执法机关公开信息的义务和规则:"为了执法的目的,包括预防犯罪和提高公众信心,司法部人员在经过联邦检察署批准后,可以协助新闻媒体对执法活动拍照、录音、录像和记录。联邦检察官将考虑以下因素来决定是否批准这种协助:对个人不合理的造成危险;对当事人和其他个人造成的偏见;其他法律规定不批准的情况。"[③]

3. **中国台湾地区**

在我国台湾地区,"政府信息公开法(03401)"(2005 年 12 月 6 日制定 24 条,2005 年 12 月 28 日公布)也是一部适用于广义政府的任何分支的法律。在第四条(政府机关之定义)规定:"本法所称政府机关,指中央、地方各级机关及其设立之实(试)验、研究、文教、医疗及特种基金管理等机构。"在其所附立法理由中称:"为建立政府信息公开制度,贯彻本法之立法目的,爰规定本法所称之政府机关,包括所有中央、地方各级机关,意即除行政院及其所属各级机关外,尚包括国民大会、总统府及其所属机关、立法院、司法院及其所属机关、考试院及其所属机关、监察院及其所属机关及各级地方自治团体之机关。另各机关设立之非狭义机关形态之实(试)验、研究、文教、医疗机构,与机关有隶属关系,均属政府设立,宜一并纳入适用对象,爰为第一项第一款之规定。又依"预算法"第四条第二款之规定,岁入供特殊用途者,为特种基金,此类基金来自人民之纳税,则其运作及

---

① [美]唐纳德·M.吉尔摩等著:《美国大众传播法:判例评析》,梁宁等译,390 页,北京,清华大学出版社,2002。

② (28 U.S.C.509)(Order No.469-71,367 F.21028,No.3,1971. Amended by Order No.602-75,40 FR 22119,May 20,1975).

③ (28 U.S.C.509)(Order No.469-71,367 F.21028,No.3,1971. Amended by Order No.602-75,40 FR 22119,May 20,1975).

保管等事项均有对民众公开之必要,爰明定为本法适用对象。"看来,理由中强调了"基金来自人民之纳税",说明只要是为公共利益设立、资金来源于人民向政府纳税的,人民对这类机构的情况都有知情权,其信息都应当公开。警察机关、检察机关、法院都适应同样的《政府信息公开法》。

2003年6月28日台湾地区还通过了《检察、警察暨调查机关侦查刑事案件新闻处理注意要点》的法律,"为期侦查刑事案件慎重处理新闻,以符合刑事诉讼法侦查不公开原则,避免发言不当,并兼顾被告或犯罪嫌疑人及相关人士之隐私与名誉,以便利媒体之采访"。

我国没有信息公开法,但2007年1月17日国务院第165次常务会议通过,自2008年5月1日起施行的《中华人民共和国政府信息公开条例》是我国第一个关于政府信息公开的行政法规。这一法规所指的信息范围是:"指行政机关在履行职责过程中制作或者获取的,以一定形式记录、保存的信息。"(第二条)所以,我国警察机关作为行政机关的一个部门,同样要遵守《政府信息公开条例》。

(三)我国法律

从警察机关信息公开的法律依据可以看出,警务公开的基础是公民知情权产生的政府信息公开义务。那么知情权是一种什么样的权利呢?

在《国际公约》的言论自由条款如《世界人权宣言》第十九条、《公民权利与政治权利国际公约》之二,其规定的言论自由的内容都不仅仅包括表达的自由,而是包括三个内容,即"寻求、接受和传递消息和思想的自由"。"寻求、接受"消息和思想的权利,实际上就是知情权,即获得信息的权利;而"传递"消息和思想则属于表达自由。完整的言论自由的内容,应当包括知情权和表达权。

《亚特兰大知情权宣言》认为:"知情权是人类尊严、平等和公正的和平之基础。""知情权是一项基本人权。"所以,知情虽然最初产生于言论自由权,但在国际公约和各国的立法实践中,已经成为了一种独立的权利,因为其有独立的意义,这种意义在《亚特兰大知情权宣言》中表述为:"是公民参与、良好治理、行政效率、问责制和打击腐败、新闻媒体和新闻调查、人类发展、社会包容及实现其他社会经济和公民政治权利的基础。"

"知情权"即"知的权利"(right to know)。知情权与信息公开相对应,是美国人民的贡献。在20世纪40年代起由新闻界推动的信息公开立法运动中,一位叫做肯特·库柏的新闻工作者在1945年的一次演讲中首次使用"知情权"一词。库柏在演讲中提到政府在二战中实施新闻控制而造成民众了解的信息失真和政府间的无端猜疑，主张用“知情权”这一新型民权取代宪法中的“新闻自由”规定。知情权一词于是逐渐从新闻界流传到法律界。[①] 美国学者把知情权和政府信息公开的作用分为六个方面：(1)要有意义地参与民主进程就要求参与者知情；(2)帮助政府保持诚实，不愧对选民的参与；(3)开放也有助于政府把政务处理得更好；(4)政府信息也是公有的，除非公开信息将造成特定的损害，否则信息必须公开；(5)获取政府信息可以帮助美国人在许多方面改善生活；(6)更多信息意味着更有效地分配资源。[②]

从国际规则和域外立法可以看出，警务公开的本质是政府信息公开，是公民言论自由权产生的政府义务。由于知情权最初虽然产生于言论自由权，但20世纪40年代以来，逐渐成为一种独立于言论自由的权利。所以，也可以说，警务公开这一政府信息公开义务是产生于公民言论自由权和知情权。在立法体系上，警务公开由各国《信息公开法》(或《信息自由法》)进行统一规范。但由于警察机关这一执法机关的特殊性，可以在不违背信息公开法的前提下颁布警察机关信息公开的专门法规。

二、警务公开的原则

从上述国际规则和域外立法的具体内容来看，警务公开范围的确定应当考虑以下的因素：

(一) 保护个人隐私与名誉权利

为了解决信息公开与保护个人隐私之间的利益冲突，美国1966年《信息自由法》创制了两项有关隐私权的免除公开，使得个人隐私可以受到来自第六项免除公开(“人事、医疗和类似文件”中包含的私人信息)和第七项免除公开之三(“执法文件”中的私人信息)的双重保护。

1974年美国国会制定的《隐私权法》(即《私人秘密法》)是与《信息自由法》相匹配的专门保护个人隐私权的一部重要法律。其立法目的是为了平衡个人隐私权的保护与行政机关为公共利益而使用个人信息的关系。《私人秘密法》规定：(1)行政机关获取、制作、保存、管理个人档案资料的规则。该法对收集、公布个

① Thomas M. Susman：《好的，坏的，丑的：电子政府与人民的知情权》，http：//www. usembassy-china. org. cn/jiaoliu/jl0302/kinds. html，Vital Speeches of the Day，2001. 11. 1.

② Thomas M. Susman：《好的，坏的，丑的：电子政府与人民的知情权》，http：//www. usembassy-china. org. cn/jiaoliu/jl0302/kinds. html，Vital Speeches of the Day，2001. 11. 1.

人档案资料作出了严格限制。行政机关只能保存与实现本机关宗旨有关的和必要的个人档案。行政机关公开个人档案,必须对公开档案的日期、性质和目的、查阅组织或人员的名称、地址等做准确的记载。行政机关每年都必须在《联邦登记》上公告具体档案系统的现状和特点。(2)公民的相关权利。公民有权查阅、复制自己的档案,了解自己档案的情况。公民对于自己档案中的错误,有权要求行政机关予以更正。倘若行政机关违反本法,公民有权诉诸法律。(3)法律责任。行政机关及其公务员违反本法规定而致使当事人受损害的,必须承担赔偿责任。该法还规定了行政人员违反本法的行政责任和刑事责任。[①]

1976年,联邦最高法院首次审理了联邦政府以第六项免除公开为由拒绝公开信息的 Department of Air Force v. Rose 一案,在这一案件中,联邦最高法院确立了隐私权益必须与向公众公开政府事务的公共利益取得平衡这一基本原则。由于国会的立法意图在于“揭开行政秘密的面纱并将政府活动置于公众监督之下”,故最高法院认为:“为实现上述立法目的,法院在平衡公共利益和隐私权益时应当对第六项免除公开和第七项免除公开之三进行严格解释。”[②]但在本案之后的案件中,联邦最高法院开始倾向于严格解释公开所代表的公众利益,反而对因隐私而免除公开的规定作宽泛解释,进而在一些事关公共利益的重要领域拒绝了相关的信息公开申请。[③] 美国最高法院拒绝记者委员会(Reporters'Committee)获取电脑上的警方摘要资料,尽管那些资料在地方一级唾手可得,原因是法院要维护借助纸介档案“实际上含糊不清”的信息来维持对隐私的保护。在信息数字化后,这种保护就不存在了。当各州向公众提供驾驶执照、房地产档案、地方法院诉讼记录等这些传统的“公共”档案的电子文本时,都面临着公众前所未有的强烈反对。[④]

另外,对于“违法犯罪档案”这一重要的档案,联邦最高法院在美国联邦最高法院在司法部诉记者委员会(Justice Department v. Reporters Committee (1989))一案[⑤]中认为,不应当公开,但作为政府行为档案部分应当公开。联邦调查局不必公开犯罪档案和计算机中存储的个人犯罪记录。

在此案中,经历了长达11年之久的诉讼,作为原告的记者委员会和一个美

---

① 李文利、朱向东:《美国的政务公开制度》,《人大研究》2007(4),184。

② Department of the Air Force v. Rose, No. 74—489(1976),425 US 352,48 L Ed 2d 11,96 S Ct 1592.

③ 赵正群、宫雁《美国的信息公开诉讼制度及其对我国的启示》,《法学评论》,2009(1)。

④ Thomas M. Susman:《好的,坏的,丑的:电子政府与人民的知情权》,http://www.usembassy-china.org.cn/jiaoliu/jl0302/kinds.html, Vital Speeches of the Day, 2001.11.1。

⑤ 16 Med. l. Rptr. 1545, 489 U.S. 749, 109 S. Ct. 1468(1989).

国哥伦比亚广播公司的新闻记者，以及有关的大众，在1989年遭受挫折。联邦最高法院虽然承认数据计算机化导致公众更加难以利用政府信息，但仍然规定联邦调查局不必公开犯罪档案和计算机中存储的个人犯罪记录，原因是这些文件的目的在于法律执行，因而在这些文件涉及的犯罪人死亡之前，这些文件至少属于《信息自由法》的九项例外情形中的"隐私权"例外的情况。法院的理由是"《信息自由法》的目的是监督政府事件而非个人事件"，"一个事件不是完全'私人的'这一事实，并不意味着当事人没有权利限制这种信息的公开和散播"。法院认为：当某一犯罪记录的主体是公民，并且当该信息作为文件在政府的控制之下，而不是作为政府行为档案的时候，《信息自由法》例外情形第7条(C)所保护的隐私权将远远高于公开该信息所满足的公众利益。……因此，第三人要求公开公民个人受法律强制执行的记录或信息的行为，在该请求并非寻求"政府机构信息"而仅仅是政府机构保存的信息时，可以被合理地认定为对公民隐私权的侵犯，而这种侵犯是法律不允许的。同样，在47个州，所有刑事历史记录摘要中的无罪判决资料都是不向大众公开的，而即使是有罪判决资料也"一般不向大众公开"。[①]

另外，美国司法部《与媒体关系指南》1-7.540认为，"在调查或者审判中，司法部人员不能公开被告人或者以前有犯罪的人的犯罪记录"。可见警察机关向媒体公开警务信息，亦须以保护隐私和名誉为原则。

(二) 保障刑事诉讼的顺利进行

警察机关向媒体公开信息应有助于诉讼顺利进行。侦查活动有一项基本原则是侦查不公开。所谓侦查不公开，除指侦查程序不公开外，相关人员对侦查程序中所得知的事项，包括证据材料以及犯罪嫌疑人、证人的相关身份材料，在侦查期间，都不得公开。

美国《信息自由法》规定了9种不公开信息的例外情形，其中例外7为"执法调查例外"。很多公众信息按照这一例外情形被解释为机密。

第一，对于适用例外的信息，政府必须首先说明这一信息既是"调查"档案，又是出于"执法或起诉的目的而编辑"的。拒绝公开的信息涉及警方的信息提供人员以及正在进行的侦查，并被联邦调查局列为保密拒绝公开的根本原因，如果不是国家安全，那一般就是个人隐私。为了满足例外7的要求，所有联邦调查局

---

① [美]唐纳德·M.吉尔摩等著：《美国大众传播法：判例评析》，梁宁等译，391～394页，北京，清华大学出版社，2002。

的档案都是为了法律执行的目的而编辑的。特定调查的合法性不是那么的重要。1982年，一个独立记者要求公开尼克松政府的“敌人名单”，法院支持了联邦调查局按照例外7(C)提出的抗辩。①

第二，可能暴露信息来源的档案中，其“可能”性可以推定。司法部诉兰达诺(Department of Justice v. Landano,(1993))一案②中，联邦调查局对一个警员的死亡进行调查的时候，司法部主张，为了保护所有可能暴露信息来源的档案，应当“直接推定”例外7(D)保护所有有关联邦调查局的调查来源，最高法院支持了司法部的主张。③ 但同时本案还牵涉到政府需要怎样证明一个信息提供者确实是7(4)条款所说的“保密”信息来源。7(4)条款并没有给政府这样一个认定，即在FBI罪案调查过程中所有信息提供来源都是保密的。法院认为只有两种情况下可以保密：一是如果信息提供者(个人或机构)在提供信息的当时，已获知FBI除了执法必要外，不会泄露此次交流，那么这个信息提供者应该被认为是“保密的”；二是一些严格定义的情形可以作为推断为保密的基础。例如，有理由推断那些取得报酬的线人通常期望他们与FBI的合作是保密的。而兰达诺案不属于这两种情形。兰达诺和他的律师最终拿到了该起抢劫谋杀案的900多页FBI文档，并在沉冤2年后在重审中无罪释放。

个别时候，这些例外情形也不能奏效。《花花公子》杂志起诉司法部，要求公开一份有关1名三K党告密者的报告，司法部引用了5项例外情形，但无一成功。在对例外的主张中，司法部没有很好地说明这一报告是为了执法的目的而编辑的调查文件。④

美国司法部《与媒体关系指南》1-7.111“保密的需要”规定：“应当在每一个案件中仔细平衡被害人和诉讼当事人和其他诉讼参与人、证人的生命和安全的权利。为此，法院和国会已经对以下情况作保密限制：正在进行的行动与调查；大陪审团调查与税收事务；某些调查技术；依法保护的其他事务。”目的就在于因诉讼原因而对某些事务进行保密。

在我国台湾地区“刑事诉讼法”第245条除第1项规定“侦查不公开”外，增

① [美]唐纳德·M.吉尔摩等著：《美国大众传播法：判例评析》，梁宁等译，417页，北京，清华大学出版社，2002。

② Department of Justice v. Landano, 21Med I..Rltr. 1513, 508 U.S. 165(1993).

③ [美]唐纳德·M.吉尔摩等著：《美国大众传播法：判例评析》，梁宁等译，417页，北京，清华大学出版社，2002。

④ United States Court of Appeals, District of Columbia Circuit.- 677 F.2d 931 Argued Sept.22, 1981. Decided May 11, 1982.

订第3项"检察官、检察事务官、司法检察官、司法警察、辩护人、告诉代理人或其他于侦查程序依法执行职务之人员,除依法令或为维护公共利益或保护合法权益有必要者外,不得公开揭露侦查中因执行职务知悉之事项"的内容,对侦查不公开原则作了详细规范。

(三)维护国家安全与社会秩序

警察机关向媒体公开警务信息须不得危害国家安全和社会秩序。《马德里准则》规定:"如果因为国家安全的理由而对基本规则加以限制,这种限制不能对当事人的权利包括辩护权形成危险。辩方和媒体有权利在最大程度上进行限制的理由(如果必要,对此理由有保密的义务),并有权对这些限制提出抗辩。"所以,国家安全例外的界限是"不能对当事人的权利包括辩护权,形成危险"。

美国国会制定的政府保密法,即情报授权法案(Intelligence Authorization Bill)的一部分。克林顿总统的军事和情报机构都强烈地敦促他签署这项法案。如果总统这样做了,我们就会开倒车,使获取政府信息的情形倒退到外侨法(Alien Act)和镇压叛乱法(Sedition Act)的那个时代。这项提案会使公布机密信息成为触犯联邦法律的罪行。当年,《纽约时报》(*New York Times*)、《华盛顿邮报》(*Washington Post*)、丹尼尔·埃尔斯伯格(Daniel Ellsberg)和参议员迈克·格拉韦尔(Mike Gravel)把政府高度机密的却是赤裸裸坦白的对"越南战争"的评估材料公诸于众,尼克松政府胡搅蛮缠逼着要判他们有罪,但遭到最高法院的拒绝。这就是著名的"五角大楼文件(Pentagon Papers)案"。①

警察机关对自己侦查的案件向社会公开,有利于保护公众安全。台湾地区"检察警察暨调查机关侦查刑事案件新闻处理注意要点"规定中对于以下内容要求警察机关公开,就是从社会安全与社会秩序角度考虑的:对于社会治安有重大影响之案件,被告于侦查中之自白,经调查与事实相符,且无勾串共犯或证人之虞者;侦办之案件,依据共犯或有关告诉人、被害人、证人之供述及物证,足以认定行为人涉嫌犯罪,对于侦查已无妨碍者;影响社会大众生命、身体、自由、财产之安全,有告知民众注意防范之必要者;对于社会治安有重大影响之案件,依据查证,足以认定为犯罪嫌疑人,而有告知民众注意防范或有吁请民众协助指认之必要时,得发布犯罪嫌疑人声音、面貌之图画、相片、影像或其他类似之信息数据;对于社会治安有重大影响之案件,因被告或犯罪嫌疑人逃亡、藏匿或不详,为期早日查获,宜请社会大众协助提供侦查之线索及证物,或悬赏缉捕者。

① New York Times Co. v. United States, 403 U.S. 713(1971).

(四) 防止舆论审判和法官预断

警察机关向媒体公开信息应避免使犯罪嫌疑人、被告人陷入舆论审判。刑事诉讼遵守无罪推定原则,犯罪嫌疑人、被告人在经法定程序判决有罪之前,应推定为无罪,它是国际公约确认和保护的一项基本人权,也是联合国在刑事司法领域制定和推行的最低限度标准之一。《马德里准则》第4条规定:“基本准则并不排斥在司法调查程序阶段对法律秘密的保守。这种情况下,秘密保守的目的主要是为了实现对被怀疑和被控告的个人的无罪推定的实现。不能限制任何人了解官方调查结论和调查情况的信息。”“法律可以因为民主社会其他利益的需要而对犯罪过程有关的基本规则规定的权利加限制:为了防止对被告人的严重偏见;为了防止形成对证人的压力、对陪审员和被害人造成损害。”

为保障犯罪嫌疑人、被告人此项权利,各国一般都规定,虽然基于信息公开的要求应当向社会公开犯罪嫌疑人、被告人涉案信息,但此项公开不应当使犯罪嫌疑人、被告人陷入舆论审判的境地,防止信息公开对犯罪嫌疑人、被告人受无罪推定原则保护的权利受到侵害。美国司法部《与媒体关系指南》专门规定了“与预断相关的因素”。

中国台湾地区的“检察警察暨调查机关侦查刑事案件新闻处理注意要点”规定中对于以下内容要求警察机关公开,“案件于侦查终结前,检警调人员对于下列事项,应加保密,不得透露或发布新闻;亦不得任被告、犯罪嫌疑人或少年犯供媒体拍摄、直接采访或藉由监视器画面拍摄:被告或犯罪嫌疑人是否自首或自白及其内容。”这一内容实际上就是为了防止有罪推定形成舆论审判而规定的。

三、警务公开的范围

(一) 国际准则

《媒体与司法独立关系的马德里准则》在其“限制”部分规定了司法、执法公开可以进行的三个方面的限制:一是法律有权因为对未成年人或者其他特殊群体进行保护的需要而对基本规则规定的权利加以限制;二是法律可以因为民主社会其他利益的需要而对犯罪过程有关的基本规则规定的权利加以限制,为了防止对被告人的严重偏见,为了防止形成对证人的压力、对陪审员和被害人造成损害;三是如果因为国家安全的理由而对基本规则加以限制,这种限制不能对当事人的权利包括辩护权,形成危险。辩方和媒体有权利在最大程度上进行限制的理由(如果必要,对此理由有保密的义务),并有权对这些限制提出抗辩。

《马德里准则》这三个方面的限制可以概括为特殊群体保护限制、犯罪过程公开的限制、国家安全理由的限制。但规则在这个条款中同时提醒"不能以专断和歧视的方法对规则权利加以限制。即使对规则规定的权利加以限制,也只能以尽可能最低的程度和最短的时间,可以用较低限度的方法达到目的时,不能使用较高限度的方法"。即上述理由也不是一定形成对信息公开的限制,这种限制应当是必要和克制的。

《亚特兰大宣言》规定:"对信息公开的豁免,尤其在法律中,应予以谨慎规定,且其范围应在国际法所允许的程度以内。所有豁免应服从于公共利益的考虑,即当且仅当信息公开的潜在公共危害大于公共利益时才能适用豁免。"

(二) 不同范式

英国《信息自由法》就是通过排除例外信息来界定信息公开范围的。在规定例外信息时,主要考虑两方面的因素:一是公共利益,信息公开不能以损害公共利益为代价;二是第三方的利益,信息公开不能以损害公共机构和信息申请人以外第三方的利益为代价。例外信息分为绝对例外信息和一般例外信息。政府和公共机构对绝对例外信息没有答复的义务;对一般例外信息可以答复是否拥有,但不能透露其内容。《信息自由法》规定了 25 类例外信息,其中之"八"是"与法律实施有关的信息"。

英国 1989 年国家机密法对一些具体法律领域作出了规定,表明媒体对相关官方信息的披露或公开行为可能导致刑事责任。

对该立法的引进负有责任的内政大臣表示,此种立法引进意在通过以下途径使刑法避免适用于与大量的官方机密信息有关的所有场合[①]:

①根据 1989 年国家机密法,对可以据之提起诉讼的官方信息的种类予以限制;②并且规定,在提起诉讼前,相关披露行为必须造成了损害结果。根据 1989 年机密法,提起诉讼前必须征得总检察长的同意{除非相关起诉涉及犯罪和特别侦查权力,其实须征得公共检察官 DPP (Doctor Of Public Prosecutions) 的同意}[②]。

1989 年国家机密法所适用的信息种类如下:(1)安全和情报信息事项(第 1 节);(2)国防信息(第 2 节);(3)国际关系信息(第 3 节);(4)犯罪和特别侦查权

---

① DouglasHurd, Hansard, 21.12

② 1989 年国家机密法第 9 节。

力信息(第4节)。根据上述每节的规定,如果皇家政府公务员,政府合同商[①],或者在第1节(安全和情报事项规定)之下,安全和情报部门的前任和现任成员,对与本节所规定的各种信息有关的信息、文件或文章进行了披露,其行为将构成犯罪。

1989年国家机密法对上述每一信息种类都进行了定义,其中在"犯罪和特别调查权力"方面,第4节适用于与下列信息、文件或其他文章有关的披露,此类披露将会或可能:(1)导致犯罪的发生;(2)为法定被拘留人的脱逃提供便利,导致任何有损于对法定被拘留人实施安全监管的行为;(3)或者妨碍预防或侦查犯罪,或妨碍对犯罪嫌疑人的拘捕以及起诉。第4节也适用于通过合法通信侦听所获取的信息,或者适用于根据1994年安全服务法第3节所发布的、未经授权保证的信息。

1989年国家机密法第5节对与机密信息有关的媒体活动进行了规定。根据第5节第3款和第4款的规定,任何持有此类信息、文件或者物品的人,如果其明知或者有理由相信相关信息受到第1、2、3、4节的保护而不许被披露,而且明知或有理由相信其对相关信息的持有属于上述第1款所规定的情形,但仍然在未经合法授权的情况下进行了揭露,那么该人的行为就构成犯罪。[②]

《信息自由法》规定,如果申请人申请的材料属于信息自由法规定的九类例外,其中"7"为"执法文件"。这一例外允许执法机关保留执法材料,以保护执法过程不受干预。它由六类所组成:(1)有可能影响执法程序的材料;(2)有可能影响某人公平受审判权的资料;(3)有可能影响个人隐私的执法材料;(4)有可能泄漏执法机关消息来源的材料;(5)有可能会泄露执法技术或程序,或导致规避法律的材料;(6)可能影响任何个人安全或生命的材料。

在美国,司法部《与媒体关系指南》规定,向媒体公开的内容应当考虑"三种利益应当平衡:公众知情权;为公正审判个人权利;政府对司法进行有效管理的责任"。应当特别考虑以下几个方面:一是"保密的需要,应当在每一个案件中仔细平衡被害人和诉讼当事人和其他诉讼参与人、证人的生命和安全的权利。为此,法院和国会已经对以下情况作保密限制:实施与调查;大陪审团与税收事务;某些调查技术;贪污保护的其他事务"。二是"言论自由与公开审判的需要。仔细衡量一方面是言论自由、公开审判等所要求的、民主社会应当公开的执法官员、检察官、法庭在法律实施过程中的信息的个人权利;另一方面是被告人的个

① 这包括不是政府公务员的任何人,以及向政府提供或受雇而提供商品和服务的人。

② [英]萨利·斯皮尔伯利:《媒体法》,周文译,406~413页,武汉,武汉大学出版社,2004。

人人权。而且，应当重视公共安全、对政治避难者的理解、公众需要对公共法律的执行、公共政策的发展和变化产生影响的信息有知情权。这些原理必须再进行评估，对在该陈述中不能预测和包括的具体情况应当进行公平的自由裁量”。具体规定了四个方面应当公开和不应当公开的信息：

一是应当公开刑事或者民事信息。根据法律、法庭规则和该指南，司法部的工作人员应当将以下刑事案件的信息公布：被告人的名字、年龄、职业、婚姻状况和类似背景信息。(1)包含在起诉书中的实体性指控内容和其他公共信息；(2)调查人员和执行拘留的人员的身份，调查的时间和范围；(3)与拘留有关的直接信息，包括拘留的时间、地点，是否有反抗、追击情况、是否持有和使用武器，拘留时身上有何物品，这些披露不包括主观观察；(4)为了更高的执法利益，一个案件是否公开应当由相应的联邦检察官或者检察长助理讨论。在民事案件中，司法部人员可以发布与被告人类似的身份资料，相关的政府工作人员和项目的情况，政府利益的简短公告。

二是合理公开正在进行的调查相关的信息。(1)除了(2)部分的情况以外，司法部各单位和人员不对正在进行调查的事务的情况进行公布，也不发表对其性质、进度的评论，包括在正式成为公共资料之前的传票的发布和送达；(2)已经实际上公开了的事务，或者正在调查的事件，社会需要得到信息以保护公共利益、保障安全、福利，社会有权得到这些事务的评论和确认。在特殊情况下，与调查有关的官员将与联邦检察署或者司法部分支机构协商并得到其批准以向公众发布有关信息。

三是对调查进行评论的要求要准确。个人、组织或者社团经常向司法部有关单位发信要求对有关个人或者实体是否违法进行调查。有时，发信者会举行新闻发布会或者发表陈述牵涉到调查事务，这时，可能引起媒体的请求。收到这种请求本身也有可能是一个公开的事情。要注意不要让人认为这一定会导致调查。“审查一个调查请求”和“开始调查”之间是有明显的区别的。作为常识，这种请求将会有适当的调查人员进行审查，但是收到具体请求之后，并不一定有一个明确的决定。最后，也应当注意，所有实质性的诉讼请求应当按照联邦检察官规则进行审查。对正在进行调查的案件，如果收到了这样的信件，同样适用上述规则。如果调查尚未公开，也同样适用上述程序。

四是一般不能公开个人的先前犯罪记录，但有例外。在调查或者审判中，司法部人员不能公开被告人或者以前有犯罪的人的犯罪记录。但是，在某些特殊情况下，比如政治避难或者引渡案件中，司法部可以确认被告人的身份或者犯罪主体身份。当以前的裁判是目前控诉的一部分,如在携带武器的重罪案件中,司法部人员可以确认被告人的身份,以前的指控信息是说明当前犯罪性质的一部分因素。

五是限制某些与预断相关的因素。为了防止某些信息公开将带来对将来的程序中裁决的预断,司法部人员将限制提供以下信息:(1)对被告人性格的观察;(2)被告人的陈述、承认、认可或者不在现场的陈述,或者被告人拒绝陈述或者没有陈述的情况;(3)调查过程中的推断,如指纹、图表、检验、弹道测试,辩论性的服务,如DNA测试、或者被告人对测试和类似检测的拒绝的情况;(4)与证人的身份、作证情况、可信度有关的陈述;(5)与案件中的证据和辩论有关的陈述,无论这些内容在审判中是否使用;(6)任何被告人有罪的意见,对指控进行有罪答辩的可能性或者减少罪责的答辩的可能性。

美国法律人协会(American Bar Association)于1966年发表雷尔顿报告(Reardon Report),认为新闻界在大众知的权利和公平审判的权利求取平衡。①

认为犯罪新闻应报道事项有五:(1)涉案嫌犯姓名、年龄、职业、婚姻状况、被捕原因、地点、时间;(2)调查或逮捕机构;(3)逮捕过程;(4)是否拥有武器;(5)指出涉案嫌犯是否使用武器。

也指出六项"不应该报道事项"如下:(1)指称涉案嫌犯被指控的罪;(2)嫌犯的人格与声誉;(3)嫌犯过去犯罪记录;(4)嫌犯供词或自白;(5)证人与证词可信度的报道;(6)司法机关检验结果的报道。

另外,美国联邦法院的裁判还认为执法官员的个人文件不适用信息公开规则。有些文件根本不属于《信息自由法》的管辖范围。这成为大量拒绝公开的理由。包括信件和申斥的联邦调查局官员的个人文件不适用《信息自由法》。一家联邦上诉法院认为,对这些文件的公开侵犯了个人隐私。况且,那些被询问的人员曾受到暗示说他们的供述将得到保密。②

台湾地区"政府信息公开法"第十八条(限制公开或不予提供之政府信息)规定:政府信息属于下列各款情形之一者,应限制公开或不予提供之:

"一、经依法核定为国家机密或其他法律、法规命令规定应秘密事项或限制、

① 引自苏蘅:《侦查不公开与新闻自由》,http://www.tahr.org.tw/site/active/investigate2001/dissu.htm,2009.7.24.

② [美]唐纳德·M.吉尔摩等著:《美国大众传播法:判例评析》,梁宁等译,418页,清华大学出版社,2002。

禁止公开者。二、公开或提供有碍犯罪之侦查、追诉、执行或足以妨害刑事被告受公正之裁判或有危害他人生命、身体、自由、财产者。……"在立法理由中,立法者指出:"与犯罪之侦查、追诉、执行有关之政府信息如予公开或提供,势必影响犯罪之侦查、追诉、执行,甚或使犯罪者逍遥法外,影响社会治安甚巨,故此等信息自应限制公开或不予提供;又政府信息之公开或提供,足以妨害刑事被告受公正之裁判者,亦应限制公开或不予提供;另政府信息之公开或提供,有危害他人生命、身体、自由或财产者,为保护该个人之权益计,亦不应将此等信息加以公开或提供,爰为第一项第二款之规定。"

台湾地区"检察警察暨调查机关侦查刑事案件新闻处理注意要点"之三、四规定了侦查终结前应当保密和应当公开的信息的情况。

案件于侦查终结前,检警调人员对于下列事项,应加保密,不得透漏或发布新闻;亦不得任被告、犯罪嫌疑人或少年犯供媒体拍摄、直接采访或藉由监视器画面拍摄:(1)被告或犯罪嫌疑人是否自首或自白及其内容;(2)有关传讯、通讯监察、拘提、羁押、搜索、扣押、勘验、现场模拟、鉴定、限制出境等,尚未实施或应继续实施之侦查方法;(3)实施侦查之方向、进度、内容及所得心证;(4)足使被告或犯罪嫌疑人逃亡,或有湮灭、伪造、变造证据或勾串共犯或证人之虞;(5)被害人被挟持中尚未脱险,安全堪虞者;(6)侦查中之笔录、录音带、录像带、照片、电磁纪录或其他重要文件及物品;(7)犯罪情节攸关被告或犯罪嫌疑人、其亲属或配偶之隐私与名誉;(8)有关被害人之隐私或名誉暨性侵害案件被害人之照片、姓名或其他足以识别其身份之资讯;(9)有关少年犯之照片、姓名、居住处所、就读学校及其案件之内容;(10)检举人及证人之姓名、身份资料、居住处所、电话及其供述之内容或所提出之证据;(11)其他足以影响侦查之事项。

案件于侦查终结前,如有下列情形,为维护公共利益或保护合法权益,认为有必要时,得由发言人适度发布新闻,但仍应遵守侦查不公开原则:(1)现行犯或准现行犯,已经逮捕,其犯罪事实查证明确者;(2)越狱脱逃之人犯或通缉犯,经缉获归案者;(3)对于社会治安有重大影响之案件,被告于侦查中之自白,经调查与事实相符,且无勾串共犯或证人之虞者;(4)侦办之案件,依据共犯或有关告诉人、被害人、证人之供述及物证,足以认定行为人涉嫌犯罪,对于侦查已无妨碍者;(5)影响社会大众生命、身体、自由、财产之安全,有告知民众注意防范之必要者;(6)对于社会治安有重大影响之案件,依据查证,足以认定为犯罪嫌疑人,而有告知民众注意防范或有吁请民众协助指认之必要时,得发布犯罪嫌疑人声音、面貌之图画、相片、影像或其他类似之信息数据;(7)对于社会治安有重大影响之案件，因被告或犯罪嫌疑人逃亡、藏匿或不详，为期早日查获，宜请社会大众协助提供侦查之线索及证物，或悬赏缉捕者。即使发布新闻之内容，对于犯罪行为不宜作详尽深刻之描述。

（三）我国规则

我国警察机关信息公开的内容，需要吸取各国经验和我国国情，协调公众知情权与社会其他重要利益之间的关系，对于不公开的信息，可以参照美国“保护执法过程不受干预”的六类例外情况：对于有可能影响执法程序、影响公平受审判、影响个人隐私、泄露执法机关消息来源、泄露执法技术或程序或导致规避法律、影响任何个人安全或生命的材料，可以不公开。其他的信息则应当尽量公开。

根据《公安部关于在全国公安机关普遍实行警务公开制度的通知》，我国警察机关向社会和媒体公开的警务信息包括：

1. 执法依据和制度、程序　(1)公安机关的性质、任务、职责和权限；(2)人民警察的职责、权利和义务；(3)公安机关和人民警察执法活动的原则、执法依据、办案程序、执法制度、工作制度和要求；(4)公安机关受理举报、控告、申诉、行政复议、国家赔偿等的制度规范。

2. 刑事执法　(1)公安机关管辖刑事案件的范围、执法职权、办案程序和立案标准；(2)犯罪嫌疑人、被害人、证人、鉴定人、翻译人员依法享有的权利和义务；(3)律师在侦查阶段参与刑事诉讼的权利、义务。

3. 行政执法　(1)公安机关行政执法的范围和职权；(2)办理户口、居民身份证、车辆牌证和机动车驾驶证、边境通行证和出入境证件等有关制度、程序、时限、收费依据、收费标准、投诉方式；(3)治安处罚、交通违章处罚、交通事故处理、消防监督管理中当事人依法享有的权利；(4)公安机关依法适用公开听证的程序、要求。

4. 警务工作纪律　(1)公安机关和人民警察的执法、管理、服务的纪律规范、要求；(2)对公安机关和人民警察违法违纪行为进行举报、控告的途径、方法等。

除以上内容以外，还可以对宜应当公开和不应当公开的信息作更加明确的规定。

一是日常工作信息应当公开的内容包括：(1)警察机关的性质、任务和职权，活动原则、工作制度、规程和要求；(2)直接受理立案侦查案件的范围、立案标准；内部机构设置情况及工作职能；(3)受理举报、控告、申诉和复查案件的工作规程；(4)诉讼参与人的权利、义务；(5)警察机关及其工作人员办案纪律规范；(6)警察机关及其工作人员违法违纪行为的举报、控告途径、方法。

而日常工作信息中不应当公开的包括执法技术、侦查方法等。另外，关于执法官员的个人文件不适用信息公开规则。

二是具体案件中应当公开控辩双方人员的个人身份情况信息、程序信息和起诉书中书面记载了的信息。包括被告人及其辩护、公诉人的名字、年龄、职业、婚姻状况和类似背景信息，起诉书中的信息，诉讼程序方面的信息。

三是合理公开正在进行的调查相关的信息：(1)不对正在进行调查的事务的情况进行公布，也不发表对其性质、进度的评论；(2)已经实际上公开了的事务，或者正在调查的事件，社会需要得到信息以保护公共利益、保障安全、福利的，可以公开。

三是对调查进行评论的要求要准确，实际上就是要求真实。

四是一般不能公开个人的先前犯罪记录，但有例外。这主要是考虑防止品格证据影响事实裁判的法官。

五是不公开证人的情况和证词的内容，以保护证人安全、防止收买证人。

六是如果需要保护被害人隐私，则不能公开被害人部分或者全部情况。

七是限制某些与预断相关的因素。

八是涉及国家秘密、商业秘密、个人隐私的，不得对外公开。

以上是在审判之前检察机关、警察机关应当公开或者不公开的情况，在审判期间或者之后，则应当适用另外的规则。

四、警务公开的程序

(一) 警务公开的方式

在美国，《信息自由法》规定公众可以通过三种方式了解政府文件：(1)联邦公报；(2)机关通过联邦公报以外的方法供公众查阅复制其他应该公开的信息；(3)向机关申请公开上述两类文件以外的其他应该公开的文件。以上三种方式均受司法审查的约束。但根据其他法律，实际上还有其他的方式，主要有：(1)对公众开放公共档案与文件，这些档案与文件以某种有形的方式记载着“公众事务”；(2)对公众公开政府的议事机制，如：辩论和决定公共事务的会议或论坛；(3)对公众开放政府从事非议事性日常事务的机构，如：政府监狱、医院、学校等。

但是，从警务公开的角度，还有一个重要的内容：机构开放。传统上，公开信息不等于一定要公开政府工作场所。警察机关，以及可以想象得到的其他许多机构，都可能受到来自公民，包括媒体人员的压力，要求得到进入的权利，以便观察和评断那里的情况。一些公众或媒体中的成员可能想报道这些机构中传出的问题，如虐待、腐败、恶劣条件或是其他被认为不合理的情况。鉴于这些机构的经费来自民众，人们认为，公众有权知道其内部的情形。至少就目前来说，美国法院还不愿确认依据《宪法》有任何普遍适用于进入这类机构的权利。不过，有些法庭愿意确认一项不歧视原则，即如果这些机构让公众有某些知情的权利，如公众参观监狱的权利，那么，它们就不能对媒体或者对专门为观察和收集这些机构可能存在的问题而前来参观的公民加以歧视。[①]

中国台湾地区"政府信息公开法"第八条(政府信息主动公开之方式)规定政府信息之主动公开，除法律另有规定外，应斟酌公开技术之可行性，选择其适当之下列方式行之：一、刊载于政府机关公报或其他出版品；二、利用电信网络传送或其他方式供公众在线查询；三、提供公开阅览、抄录、影印、录音、录像或摄影；四、举行记者会、说明会；五、其他足以使公众得知之方式。前条第一项第一款之政府信息[②]，应采前项第一款之方式主动公开。另外，上述信息都可以根据申请公开，台湾地区"政府信息公开法"第九条规定公民可以申请政府提供信息。

从上可以看出，美国检务公开的方式可以是四种：政府公报公开、其他可查阅方式公开、申请公开、机构开放。而中国台湾地区的检务公开方式包括：公报等传统方式刊载公开、网络公开、到场观看公开、新闻发布会公开及其他方式五种类型。

我国《政府信息公开条例》第十五条规定："行政机关应当将主动公开的政府信息，通过政府公报、政府网站、新闻发布会以及报刊、广播、电视等便于公众知晓的方式公开。"从我国警察机关信息公开，应当采用以上可以利用的各种方式，但是，应当注意的是，现代社会，各国都将以电子载体形式公开、通过网络信息公开作为国家的义务，我国在立法中也应当与时俱进，通过电子信息公开条例或者电子信息自由法，规定：凡属必须公开的政府信息，必须使之可以通过 Internet 等网络形式获得。

---

① 美国国务院国际信息局：公众知情权，《美国参考 · 论民主论文集》，http：//usinfo. org/zhcn/GB/PUBS/DPapers/d10foia. htm. 2009-06-03.

② 该内容为："一、条约、对外关系文书、法律、紧急命令、中央法规标准法所定之命令、法规命令及地方自治法规。"

（二）警务公开的救济

国际准则早就考虑到了信息公开范围会由于立法和解释立法等原因导致掌握信息的人有巨大的自由裁量权，所以，设想了通过程序救济实现信息的公开。《马德里准则》规定："任何对基本准则的限制必须由法律事先作出规定。如果有授权自由裁量，这种权力只能授予法官。只要法官实施对规则规定的权利的限制，媒体就有权利要求听证和进行上诉。"

在英国，如果申请公开或者索取已经公开的信息的要求被拒绝，相关政府部门必须详细解释不能公布的原因。如果未能及时得到回复信息，或对于答复不满意，申请人也有一个投诉的渠道——信息专员办公室。

英国专门设置了一名"信息专员"监督政府部门的信息公开工作，该专员由大臣提名，女王任命，独立于政府机构和议会。信息专员的任务包括研究政府机构信息公开的实践手段，提交政府信息公开的执行情况报告，衡量和裁决某项信息"保密"和"公开"的标准，还有权强行进入行政机关的办公场所搜查信息。

围绕信息专员设置的"信息专员办公室"是一个不从属于政府部门的第三方机构，专门负责监管《信息自由法》的实施。如果接到投诉，"信息专员办公室"的工作人员分成若干个小组对案例进行分析，如果认为投诉者的意见合情合理，他们将以"信息专员"的名义向公共部门发出执行通知书，要求相关部门发布信息。如该部门拒绝按照执行通知书采取行动，信息专员有权向法院提出诉讼。一旦法院审查判定该部门的行为违反了《信息自由法》，相关部门有可能被判处罚金，涉案人员甚至有可能被判监禁。

另外，当信息专员的裁定不能令双方满意时，案件还能进一步提交"信息裁判所"裁决。也就是说，如果信息专员也裁定某信息不能公开，申请人可以向"信息裁判所"提起诉讼，起诉信息专员并要求公开信息。

"信息裁判所"也是一个独立机构，由一位主席和13位副主席组成，负责解决与信息专员相关的诉讼。这些主席都是法律界资深律师。对于每一例正在处理的案件，信息裁判所都及时在网上公布其进展。每一项处理完毕的案件也会公之于众。

在美国，《信息自由法》规定公众可以通过三种方式了解政府文件，以上三种方式均受司法审查的约束。早前，哥伦比亚特区上诉法院曾经把司法救济条款解释为仅仅适用于第三种方式，即依申请公开的情况。依这种解释，法院无权命令机关在联邦公报上公布文件，也无权命令机关提供文件让公众查阅复制。但联邦最高法院在 Kissinger v. Reporters Committee for Freedom of the Press 一案[①]中推翻了这一观点。并判定，只要证明机关存在“不正当”(improperly)的“不公开”(withheld)“机关文件”(agency records)的行为，联邦司法权就可以启动，司法审查适用于机关违反上述全部三种义务的情况。除此之外，对于机关拒绝减免费用之申请及加速处理之申请的决定，申请人也可以依据《信息自由法》寻求司法救济。[②]

信息公开案件由联邦法院受理，实行三审终审制。三个审级分别指联邦地区法院、联邦上诉法院和联邦最高法院，美国法院审理这类案件时适用“秘密审理原则”。原告居住地或其主要营业地、机关所在地或哥伦比亚特区法院享有此种案件的初审管辖权。原告可选择向上述任一法院起诉。如果被申请文件已经是其他司法辖区未决信息公开诉讼的审理对象，收到起诉状的法院应当根据“联邦礼让”(federal comity)原则驳回原告的诉讼请求，以尊重其他法院的管辖权，避免不必要的司法负担和判决冲突。[③]

中国台湾地区“信息公开法”第二十一条(秘密审理)规定：“受理诉愿机关及行政法院审理有关政府信息公开之争讼时，得就该政府信息之全部或一部进行秘密审理。”立法理由中指出：“有关政府信息公开或提供与否发生争讼时，明定受理诉愿机关及行政法院得进行秘密审理，以保障必要维护之权益。”

对信息公开进行救济的司法审判，都要求“秘密审理”，这是可以理解的，因为争议的信息是否应当公开即是否应当保密还未确定，所以裁判的结果也有可能确定该信息为不应当公开的，一旦公开审判，则让该争议信息在审理中公开，使审理和裁判本身变得没有意义，而且有可能让不该公开的信息公开了，损害公共利益和国家利益。

在我国，警察机关违背《政府信息公开条例》的，公民可以根据行政诉讼法要求公开机关公开相关信息。公安机关因普通行政执法行为违法而成为被告已经不是新闻。但是，在侦查过程中的信息公开，被认为是刑事诉讼信息而不是行政执法信息，因此，这成为了实践中侦查信息不公开的理由。至今为止，我无法查到侦查机关在刑事侦查中不公开信息而成为行政诉讼被告的先例。其实，侦查是刑事诉讼行为的一种，这并不能改变侦查行为是行政行为的性质，公安机关是

① Kissinger v. Reporters Committee, 445 U. S. 136(1980)。

② 赵正群 宫雁：《美国的信息公开诉讼制度及其对我国的启示》，《法学评论》，2009(1)。

③ Akutowicz v. United States, 859 F. 2d 1122, 1126(2d Cir. 1988)。

政府机关的一个部门，其行为是行政行为这是没有任何争议的。[①] 侦查中信息不公开，同样可以提起行政诉讼，这不仅是各国的通例，也符合我国《政府信息公开条例》的规定，因为《政府信息公开条例》并没有规定侦查信息为公开的例外。为使实践中的这种不正常情况得以改变，立法有必要在条文中明确规定强调侦查信息不公开的情况下，公民有权通过行政诉讼进行救济。

① 应当区分侦查行为是行政行为，但是侦查程序可以是司法程序，即当公安（警察）机关侦查行为受到司法审查时，由于在这种行政行为之外有一个中立的第三方，狭义的司法机关——法院的存在，整个侦查程序可以是司法程序。实践中人们把公安机关一方实施的"侦查行为"的性质与有多方参与的"侦查程序"的性质混为一谈，从而得出了侦查行为的性质是"具有司法性"的结论。当然，从各国的情况来看，即使是司法机关即法院，也可以成为信息公开诉讼的被告。

媒体的自律与他律

——基于关系视角的讨论

Media's Self-discipline and Heteronomy in Relationship

刘海明[1]

中文摘要： 考察媒介批评的社会责任的方式很多，本文以关系与责任为切入点，分析了关系和责任的辩证关系，并分析了媒体自律的关系及其责任，以及媒体他律的关系及其责任。对前者，作者分别从部门自律和行业自律的角度进行了分析；在媒体的他律中，作者将他律分成法律、政律、舆律和学律，分别予以阐述。最后，就媒介批评的任务提出了自己的看法。

关键词： 关系　责任　自律　他律　媒介批评

Abstract: There are many ways to examine the social responsibilities of media criticism. This article explores the dialectical relations between the relationship and the responsibility as the starting point, and then analyzes the relationship between the media self-discipline and its responsibility, and the relationship between the media and heteronomy. About the formal, the author analyzes from the perspectives of self-discipline of department and self-discipline of industry. In latter, the author divides the heteronomy into legislation, political laws, opinion laws and academic circle laws, and then elaborates all of them. Finally, the author brings out the opinion of the tasks of media criticism.

Key Words: relation, responsibility, self-discipline, heteronomy, media criticism

---

① 刘海明：西南科技大学文学与艺术学院新闻系教师，中国传媒大学党报党刊研究中心2007级新闻学博士生。

责任感是衡量一个人、一个群体、一个行业、一个社会精神素质的重要指标。作为社会的镜子和良心的媒体,在社会生活中扮演着越来越重要的角色。媒体的健康发展,离不开媒介批评。媒介批评,因批评的主体不同,分为媒体的自律和他律。媒体所肩负的社会责任有多重大,媒介批评的社会责任就有多重大。探究媒体的自律、他律和媒介批评的社会责任问题,需要厘清关系和责任之关系。

一、关系决定责任,重要关乎责任

在哲学上,讨论责任,往往需要涉及自由,二者很难截然分开。"自由"是康德哲学里最为核心的概念之一,他认为"自由"是"理性"的本质属性,是"理性"的存在方式。"自由"乃是"自己"。一切出于"自己",又回归于"自己"。一般认为,责任隶属于自由。例如,朋霍费尔(D. Bonhoeffer)在其《伦理学》[①]中认为,责任是唯独存在于上帝和邻舍的约束中的人的自由。这种观点,将责任和自由并列,认为责任以自由为前提。这种"责任"观的指向,存在偏差。强调责任以自由为基础并没有错,遗憾的是没有触及"责任"的真实内涵。

康德以责任为中心来勾画他的伦理学,将责任视为一切道德价值的源泉。他要求人的行为必须为了责任而责任,来实现人的自由和提升人的尊严。[②] 黑格尔欣赏康德的责任标准,对康德责任观的空洞性提出批评:"对于这种纯粹的责任,人一旦丧失了对它的信念,就会放弃这种标准、原则,而依据爱好乃至现实的利益行为,因而这种纯粹的责任标准是非常脆弱的。"[③]

全面认识"责任"的本质,同样需要放到伦理学的语境里去把握。责任可以被认为是(个)人与外界"关系"的一种表现形式,它属于伦理学研究的范畴。伦理学以道德现象为研究对象,研究人与人的各种联系。

何谓"关系"? 常见的说法,关系是指人和人或人和事物之间的某种性质的联系。一个人、一个单位对另外一个人、一个单位,该承担什么样的责任,关键看二者之间的关系是如何确定的。"国家兴亡,匹夫有责"。这里的"责",即是国家与公民个人之间的一种既定的关系。

---

① 朋霍费尔:《伦理学》,胡其鼎译,上海,上海人民出版社,2007。

② 刘登科:《康德的责任概念及其责任伦理观》,《中共南京市委党校南京市行政学院学报》,2004(5),20~25页。

③ 刘登科:《康德的责任概念及其责任伦理观》,《中共南京市委党校南京市行政学院学报》,2004(5),20~25页。

关系是客观的，不以人的主观意志为转移。任何事物总是处在和其他事物的一定关系中，只有在同其他事物的关系中，它才能存在和发展，其特性才能表现出来。事物的存在和事物的相互关系是统一的。事物的发展变化会导致该事物同其他事物原有关系的改变、消失和新的关系的产生；而某一事物和其他事物关系的变化也会引起该事物的相应变化。人们思想中的关系是客观事物关系的反映。人的本质是什么？马列哲学的观点是，人的本质是社会关系的总和。

关系决定责任。"责任"是个抽象的概念，很难从语义学上来界定。如果从关系的视角解读责任，则显得更为直观。所谓责任，从伦理学上看，就是一种天然的义务关系。人与人之间，有什么样的关系，就决定了彼此之间承担着什么样的责任。譬如说，父子之间，父亲对子女有抚养的责任，而子女对父亲有赡养的义务。这在本质上还是一种债务，在现代法治观念形成之前，这种债务是纯伦理意义的。现代法律形成以后，首先是个伦理问题，其次又增加了法律的束缚。

通常，关系愈紧密，责任越重大；反之亦然。举例来说，人们与国家的关系，决定其责任的大小。置身显赫地位的官员，其肩负的社会责任显然多于普通公民。凡是那些关系国计民生的行业，包括意识形态领域的部门，比如新闻媒体，其所担负的社会责任，远远多于别的行业。

可见，媒体的社会关系决定了其所承担的责任。按照美国学者路易斯·霍奇斯(Louis W. Hodges)的观点，新闻媒体所承担的责任有三种表现形式：

1. 指定式责任(Assigned Responsibility)。在某些国家，大众媒介是政府的一个组成部分。新闻业者的一部分责任往往由政府指定，另一部分则由他们所属的媒介机构或公司指定。

2. 契约式责任(Contracted Responsibility)。新闻业者通过与社会订立"契约"，自愿承担某些明确或者隐含的责任。契约式责任可以细分为两类：其一，新闻业者与雇用他的大众媒介组织订立契约，明确规定所应承担的责任；其二，新闻业者与公众之间订立的"契约"，它与公众利益是一致的，如社会要求新闻工作者起到沟通信息的作用等。

3. 自愿式责任(Self-imposed Responsibility)。这一责任与新闻职业道德有关，它是新闻业者自愿将责任融于自律的价值体系之中，自觉承担责任。

霍奇斯的论述，同样可以用来概括媒介批评的社会责任。与这三种责任形态对应的是媒介批评的媒体自律、媒体他律。

二、媒体的自律，自律的困境

批评有两种形式，来自主体自身的和来自外部的。同理，媒介批评包括媒体内部的自我批评和外部的批评。前者叫媒体的自律,后者是媒体的外律。媒体的自律又分两种类型:部门自律和行业自律。

"自律"的原始含义指的是"法则由自己制定",进一步引申的含义是:人作为主体自主地自己约束自己、自己限制自己。自律是一种自我约束。媒体的自律是媒介批评的一种初级形态,也是媒介批评履行社会责任的写照。部门自律包括编辑记者的自律和媒体的制度性自律,而行业自律主要指新闻行业协会的约束。

先来看部门自律。编辑记者的个人自律属于"自关系",即自己对自己声誉的尊重、对新闻职业的神圣性负责,在自己的灵魂深处虚拟一种关系。这种关系是虚无的,属于软性的道德伦理范畴,其能否得以维持、正常运行,靠的是个人的修养和自控力。修养和自控力强的人,在从事新闻采编、传播过程中,就能通过自律对待自己所从事的新闻事业,在新闻实践中犯错误的几率也就大大减少。其不足在于,在现实生活中,并非每个人都有足够的道德修养和自控力,在遇到工作失误之时,即便有所悔意,但因罪犯和法官系同一主体,"法官"最终易于宽恕"罪犯",因为罪犯就是自己。从实践上说,自己惩罚自己,不具有普适性。这是因为,"自律、禁欲等等也可能是暴力的形式"[①],对自己施用暴力,有悖于人之天性。既然自律意味着某种形式的"暴力",也就不难理解为什么自律频频遭遇尴尬。环顾国内外的新闻界,新闻造假事件屡见不鲜,那些造假者事后敢于自己站出来揭露自己丑闻的,迄今尚未见到。非但不能如此,不少当事人在被指责造假之后,仍拒绝承认者不乏其人。

媒体的制度性自律属于"他关系",即靠新闻企业内部的规章制度,用强制性的外力手段——主要是经济手段(对工作失误实行经济处罚)来完成。"他关系"的媒体自律属于一种有形的关系,这种关系多数是明晰的,构成具体的契约。即便没有契约关系,也具有一定的震慑力。也就是说,"他关系"下的媒体自律所承担的社会责任,在自觉性和强制性上均高于"自关系"的自律。然而,这种"自觉"和媒体的集体责任意识关系不大,媒体之所以制定严格的奖惩措施,更多的是基于自身利益的考虑。如果一个媒体不能发现自己的缺点,而完全依赖于外部的惩罚和批评,其被动和尴尬不言而喻,关键还危及媒体的公信力,最终影响媒体的经济收益。有时,"他关系"下的媒体自律还具有双重特性,对内严格处理当事的编辑记者,对外却拒绝承认失误。典型的例子如,2007 年 4 月,美国弗吉尼亚

---

① 马歇尔·麦克卢汉、斯蒂芬妮·麦克卢汉、戴维·斯坦斯:《麦克卢汉如是说:理解我》,103 页,北京,中国人民大学出版社,2006。

理工大学特大校园枪击事件发生后,《芝加哥太阳时报》无中生有地说凶手系中国留学生,待真相大白后却又迟迟不敢站出来认错。[①]

再来看行业自律。和其他行业一样,新闻业也有自己的行业协会。新闻业的协会,既有区域性的也有国际性的。行业协会都有各自的准则,几乎在所有的新闻协会准则中,都强调新闻从业人员和媒体的职业道德的重要性。譬如,1923年美国报纸编辑协会制订的《新闻规约》中,将“责任”一词放在首位。[②]

行业自律与其说是一种“他关系”的延伸,不如说是一种“关系同盟”。行业自律的社会责任体现在行业之间对“准外部”(即媒体企业与媒体企业、媒体与新闻协会之间)的监控。这种自律在行使着事实的媒介批评权,它用一种准法规的形式来监督、批评、惩戒加盟的媒体。其章程、决议具有一定的强制性,是媒介批评社会责任得以落实的核心环节之一。正因为这个缘故,新闻行业协会的权力在加强。然而,行业自律虽以“他关系”的面目出现,究其实质,它依然没有跳出“自关系”的天地,还是在自己监督自己。和媒体从业人员的自律相比,无非是“自我”从个体的人变成了行业的人们以及不同的媒体成员而已。这种“关系同盟”的利益一致,一旦涉及协会成员媒体的声誉,选择遮丑,并非不可能。例如,湖南“华南虎事件”发生后,中国记协拒绝承担吴华的造假属于记者职业行为。[③]

自律是一种有序的关系,构成自律的各种关系要素,只要能够有机协调起来,同样能够起到媒介批评的作用,履行其应有的社会责任。不可否认,现阶段我国新闻界的行业协会,存在着不同程度的异化现象。异化必然导致关系的紊乱。关系紊乱造成的后果只有一个:自律失效。自律失效,必然降低行业的威信,有时连业内人士也感到痛心疾首,以退出表示抗议。因为中国新闻摄影学会消极处理首届华赛金奖照片涉嫌造假事件,中国新闻摄影学会副会长蒋铎宣布退出该学会,理由是:“虽然仅仅是一只鸽子的抵赖,却千真万确说明中国新闻摄影学会已经变了,肮脏!”[④]这是我国以半官方的新闻行业协会代替独立的新闻评议会的必然结果。

自律的关系要素之间,因为容易转换或者混同,致使自律自它诞生的那天

---

① 朱幸福:《“新闻自由”=“造假自由”?》,《文汇报》,2007-04-21。

② 参见郑一卉:《美国新闻界责任观念的历史考察》,《现代传播》,2006(6),157~158页。

③ 参加唐勇林的《造假非记者职务行为》(载《中国青年报》2008年3月25日特别报道版):“严格来说,湖南平江的华南虎造假事件,是造假者的个人行为,而非记者职业行为。”中国记协国内部行业自律处处长孙兆华3月24日对记者说:“虽然吴华本人从事记者职业,但这件事既非采访行为,所摄录像也未在其供职的电视台播出,因此,整个事件属吴华个人行为,和他究竟是不是记者并没有太大关系。这个事情所涉及的不是新闻职业道德,而是个人道德——造假是谁也不应突破的底线。”

④ 谭人玮:《新闻摄影学会副会长退会 称学会消极处理造假》,《南方都市报》,2008-03-25。

起，便携带了尴尬的基因。当前，我国媒体失范现象严重，既与国情的特殊性有关，更与自律自身的先天性缺陷直接相关。所以，自律的尴尬，不是中国特有的，而是一种普遍现象。当然，这种尴尬，也不是新闻业一家所独有。自 20 世纪 90 年代以来，世界范围内掀起的一场社会责任运动，是各行各业的自律无法约束自身的补救措施。所以，指望社会责任运动靠良心去悔过自新，规范包括新闻秩序在内的社会秩序，注定不大现实。就媒体而言，在强化自律的基础上，还得另辟他径。

三、媒体的他律及其责任

任何他律，均建立在外部关系之上。他律是指通过外部条件发生作用来规范和约束自己的行为。诸如法律、文件、制度都属此类。[①] 黑格尔认为，道德自律要以他律为基础。马克思对此评论道："黑格尔的原则也是他律的，也是主体服从普遍的理性，有时甚至是服从普遍的非理性。"[②]

律他是主体为维护自身的权益或大众与社会的利益，或采取行动遏制他人不良行为，使个人免受非法侵害，使大众与社会的利益得到保护，或主动参与公共生活，通过自身良好的示范去影响他人的道德认知和道德实践。媒体的他律，同样表现为诸多的关系之上，并通过这些关系约束它，无不对媒体构成某种压力，使之在有序的环境中运行。媒体的他律，包括来自法律的、行政的和舆论的惩罚与批评。

1）法律

法律是最典型也最有强制性的他律形式。中国的传统社会是伦理社会，公众最喜欢讲的是道德，道德是法制的基础之一。道德是柔性的东西，道德和法律的关系是柔性和刚性的关系。二者互补、互动。不论是法人还是公民个人，"具备强烈的法律意识，知法、懂法、用法，是'律他'道德的另一种境界，也是捍卫法律尊严的必需"。[③]

从宏观上看，我国的法制环境，近三十年来有了质的改观，但就微观上而言，有些领域还存在法律的真空现象。新闻领域，就是为数不多的法律真空地带之一。成熟的新闻法不仅规定着新闻媒体的权利和义务，划分了其禁止活动的禁

---

① 冯佳星：《论"律他"道德的培养》，《湖北经济学院学报（人文社会科学版）》，2007(12)，98。
② 《马克思恩格斯全集》，第 1 卷，523 页，北京，人民出版社，2007。
③ 冯佳星：《论"律他"道德的培养》，《湖北经济学院学报（人文社会科学版）》，2007(12)，99。

区，而且对媒体违法的责任认定具有明确的处罚标准。一部新闻法，就是一部规定了媒体和外部关系的法律，它为从事新闻活动的单位和新闻工作者提供了明确的航道。

我国由于新闻法的缺位，和媒体相关的法律条款散见于一些法律中，导致媒体和外部的关系混乱不清，由此使得媒体的权益得不到保障，与此同时也给个别媒体发布不负责任报道、滥用媒介话语权提供了可乘之机，助长了个别媒体的不良习性，直接影响了我国大众传媒的公信力。媒体的他律在法律这个关节点上断档，是一种莫大的缺憾。这个缺憾，加重了媒介批评的社会责任，迫使媒介批评的其他他律分担了监督媒体的职责。尽快从法理上明确媒体的外部关系，很有必要。

2）政律

媒体的他律，除了法律条文的约束外，还有来自政府部门的政策以及指令等管理性条件的约束。我们媒体受到的这类约束，称之为媒体他律的"政律"，以有别于国家针对新闻业颁布的成文法。

媒体的政律，有其积极意义。新闻媒体虽然具有较强的意识形态指向，但它不是特权行业，除接受相应法律的约束外，同样要受到政府职能部门的管理。换言之，政律之于媒体，是一种必然。这种他律形式，即便在新闻法制比较健康的美国，依然不能例外。这种他律形式在两次对伊拉克的战争期间表现得尤为明显。

政律毕竟只是他律中的一种形式，其所承担的社会责任，具有较强的政治取向。由此所造成的缺陷也显而易见。因为政律是政府意志的物化，随意性大，要么侵害媒体的采访报道权；要么侵害被报道对象的权益。之所以如此，源于政律的轴心是以政府利益为中心，而政府利益并非永远和民众的利益完全一致。尤其在事关政府侵权行为发生之时，媒体的政律出于本能的自卫，可能牺牲媒体和公众的利益。

媒体的政律，同样需要确立政律的内在关系。对大众传媒起推动的前提是，其内在的关系之间，必须全部以民众利益为取向。这种他律，需要建立在政府受法律监督的条件之下，并且只能是极少数政府部门可以依法以政律的方式管理媒体。中国没有新闻法，但能管媒体的部门很多，且多是行政的，程序不清晰。媒体受到的政律多了，因为政出多门，很容易造成"律"的交叉，甚至是"律"的抵牾。以我国广电行业的低俗之风为例，广电总局频频下令，迄今仍难以奏效。这是政律失灵的表现，继续指望政律来改变传媒的低俗之风，不大容易。比如，2008年3月14日，检察官朱明珠向国家广电总局发出建议函，建议加大对涉案类电视剧的播出监管。[1]

在媒体的他律中，居于核心的是法律，而非政律。时下，媒体受到的政律，除了各级政府部门外，还有其他官方的干涉。这种政律关系的混乱，我们的教训实在太多了。

3）舆律

公众对媒体报道的得与失，可以根据自己的意见，发表看法。这种媒介批评的方式，我们称之为媒体他律的舆律。在网络出现之前，新闻传播以单向传播为主，媒体掌握着话语权。在这种单向传播模式下，媒体可以监督社会，评说他人，惟独很少自己照镜子。

技术是当代民主进步的助推器。网络传播技术为公众监督媒体提供了便利。网络出现以前，在媒体上出现批评媒体的读者来信，纵然有，也是碎片性的，无关媒体大雅。舆律在媒介批评的社会责任体系中，处于自愿式责任的地位。它的关系特点是多对一。这里的多，因为不具有强制性，剥离了利害关系，可以纠媒体之偏。媒介批评的舆律，目前主要集中在网络评论中。现阶段，媒体的舆律对媒体的监督，其作用还不太明显，但在网络跻身主流媒体之后，其作用将日趋重要。

4）学律

指的是狭义的媒介批评概念。是独立于法律、政律和舆律之外的媒介他律形式，也是媒体他律中最具活力的一种监督手段。新闻学界以媒体及媒体现象为研究对象，它是以独立的方式，从学术的视角看待、评价媒体及其媒体现象。学术相对超然的地位，保证了学律在媒介批评中的作用比较特殊。媒体要发展，需要倾听来自学界专家学者的建议，不断更新经营理念。主管媒体的政府职能部门，也希望从学界这里了解信息，以便制定具体的媒体政策。缘此，媒介批评自问世以来，始终站在传媒发展的前沿，"善则赏之，过则匡之"，最终赢得了良好的口碑。

学律的责任，同样源于学界和媒体的关系。新闻教育是为新闻业输送人才的，媒体的弊病不能及时得以纠正，新闻业的发展必然存在障碍。新闻业的兴衰

---

① 沈义、赵维昌：《检察官向广电总局发出建议函》，《检察日报》，2008-03-25。

关系新闻教育的发展。新闻业繁荣，则新闻教育的社会地位自然得到提升；新闻业的公信力下降，也是新闻教育的耻辱，更影响到新闻教育的发展。明白了学律和媒体的这种关系，也就不难理解，为什么有影响力的媒介批评主要源自新闻高等教育机构，著名的媒介批评家往往是一流的新闻学者了。

媒体的关系紊乱，使大众传媒对其担负的社会责任持消极态度，同时也加重了媒介批评的社会责任。当今，我国媒介批评的责任在于，尽快界定媒体自律中的“自关系”和“他关系”，以及媒体他律中的“他关系”和“自关系”；研究媒体与政府和公众的关系，对重新构建合乎法律规范的媒介关系提出合理化建议。

纵观媒体的自律和他律与媒介批评的社会责任，其关系可以简要概括如下：

政府承担着制度性责任，新闻业承担着荣誉性责任，新闻学界承担着道义性责任。这三者共同构成了媒介批评的社会责任。

参考文献

雷跃捷：《媒介批评》，北京，北京大学出版社，2007。

刘建明：《媒介批评通论》，北京，中国人民大学出版社，2001。

[加]马歇尔·麦克卢汉、斯蒂芬妮·麦克卢汉、戴维·斯坦斯：《麦克卢汉如是说：理解我》，北京，中国人民大学出版社，2006。

王海明：《新伦理学》(修订版)(全三册)，北京，商务印书馆，2008。

王君超：《媒介批评——起源·标准·方法》，北京，北京广播学院出版社，2000。

全球传媒教育

马格里布四国新闻教育与实践比较

Disparity Between Journalism Education and Journalism Practice in Four Maghreb States

［美］库尔迪普·罗伊·朗帕尔[①]

张治中[②]译

中文摘要：本文主要探讨阿尔及利亚、摩洛哥、突尼斯和利比亚的新闻传播教育培训项目，以及对大众传播教育专业技能的应用造成困境的政治、法律和传媒结构性因素。来自马格里布四国记者、学生、学者和媒体管理人员的观察显示，政治、法律、结构和文化等各种限制对新闻专业实践产生不利影响，这使越来越多受过专业培训的记者醒悟，许多人由此从新闻转向广告和公关领域。新闻界“自下而上”提出一个做法，即坚守政治中立的新闻价值观能践行新闻专业主义。

关键词：马格里布国家　新闻教育项目　限制性媒介环境　新闻专业主义

Abstract: This paper examines the major educational and training programs in journalism and broadcasting in Algeria, Morocco, Tunisia and Libya, and difficulties posed by the political, legal and media structural factors in the application of professional skills acquired through mass communication education. Observations made by journalists, students, academics and media administrators in these four Maghreb states reveal that a variety of political,

---

① 库尔迪普·罗伊·朗帕尔(Kuldip Roy Rampal)：美国密苏里大学教授。

② 张治中：清华大学新闻与传播学院博士研究生。

legal, structural and cultural constraints are adversely affecting the professional practice of journalism and contributing to the disillusionment of an increasing number of professionally trained journalists. As a result, many of them turn away from journalism to enter advertising and public relations. A "bottom-up" approach to journalism is proposed, meaning that journalists focus on politically neutral news values to be able to practice journalism professionally.

Key Words: Maghreb States, the journalism education programs, restrictive media environment, Professionalism in Journalism

导言

全球信息革命对不实行西方式民主制度和新闻自由的国家提出了新挑战：奉行专制或半专制政治制度的国家面临全球信息日益开放的环境，如何协调它们的新闻教育课程？北非国家阿尔及利亚、利比亚、摩洛哥和突尼斯——统称马格里布国家——已通过政府资助的大众传播学院和专业媒体研讨班推动记者的专业化教育和培训。学院共有注册学生数百名，其中一些有新闻经验的毕业生，到泛阿拉伯机构如阿拉伯国家广播联盟或西欧、北美的大学进行继续深造。但政治、法律和结构性因素造成的限制性媒介环境，使受过专业培训的记者很难从新闻专业主义的高度实践他们的技能，并与互联网上的高品质信息精品展开有效竞争。结果，越来越多受过良好教育的记者对新闻产生幻灭感并转向了其他传播领域。

本文探讨四个北非国家的主要新闻教育项目，以及通过新闻教育获得的专业技能在实践中面临的困难。这一定性研究主要基于北非作者的实地调查，具体来说，接受调查的新闻教育和/或培训机构如下：突尼斯的新闻与信息科学学院、记者及传播工作者进修中心；总部设在突尼斯的阿拉伯国家广播联盟；摩洛哥的高级新闻学院；阿尔及利亚的信息与传播高级学院；以及利比亚班加西大学的传播研究学位项目。为判定现实生活中新闻业是否允许毕业生实践他们的专业技能，在采访了在这些机构获得学位的在职记者，突尼斯和摩洛哥传播研究学院的管理人员和教师，以及突尼斯和摩洛哥的新闻专业学生后，我们找到了影响新闻专业主义的不利因素，并提出了新闻课程及可行性新闻价值的建议。将新闻专业主义定义为记者所具有的以准确、客观、公正及平衡方式报道重大公共事务的能力。

突尼斯

新闻与信息科学学院：突尼斯的大众传播教育和培训设施是马格里布国家中最全面、最发达的。1967 年以来，突尼斯大学的新闻与信息科学学院（Institut de Presse et des Sciences de l'Information，IPSI）一直提供 4 年制印刷和广播新闻学位项目。据院长瑞德哈·麦斯纳尼（Ridha Methnani）透露，新闻与信息科学学院的主要目标，是通过教育学生掌握报纸、杂志或广播新闻编辑部工作所需的专业技术，来搭建学业成就和职业需求之间的桥梁。

要进入新闻与信息科学学院学习，学生需要在教育与科学部（the Ministry of Education and Sciences）申请入学许可。该部从中学毕业生、实习记者和外国学生中选择申请人。入学先决条件包括中学阶段的文学艺术学习；除阿拉伯语外，法语和英语能力也要过硬；良好的口头和书面表达能力。大约 5% 的学生是专业记者。另外，学生们寻求新闻与广播教育可得到国家援助。

新闻与信息科学学院提供三个“阶段性教育”，可颁发新闻硕士学位和专业硕士学位。供选择的专业如下：印刷媒体、广播、电视、网络新闻和体育新闻。新闻与信息科学学院促进了信息学与传播学领域的研究。该院出版过一本专业期刊并组织了国际研讨班。第一阶段三分之二的课程是基础学习（语言、经济、法律、信息理论、历史、地理等），其余三分之一课程学习新闻学。圆满完成第一阶段的学习可获得新闻资格证书。第二、三阶段的学习更为专业。第二阶段，学生主修经济学、政治学和文化研究，然后才专注于传播学专业。学习内容包括两个月的实习并完成一篇实习报告。第三阶段要求学生做研究工作并在毕业前写一篇传媒相关主题的论文。学院具有良好的设施，包括一个专门的大众传媒图书馆、一个语言图书馆、电脑实验室、广播电视演播室和生产实验室、一个印刷室和卫星电视系统。

毕业于该项目的学生约占市场的 89%。新闻与信息科学学院的一名教员德利拉·本·奥斯曼（Dalila Ben Osman）说，印刷和广播专业的毕业生就业率很高。据说部分人在高中找到了教职。2005 年，该院总共招收了约 500 名学生，51 名来自外国，主要是非洲和中东。女生占 65%。该院共有 40 名专职教师，约 35 名兼职教师。

新闻与信息科学学院与非洲、欧洲和北美一些国家的大众传播教育机构有合作关系。与美国密苏里大学新闻学院有一个教师交流项目。院长麦斯纳尼说，提供这种教育机会的目标是确保毕业生能胜任专业的新闻工作。作为中东伙伴关系倡议(the Middle East Partnership Initiative,MEPI)的一部分,鲍灵格林州立大学(Bowling Green State University,BGSU)传播学院与新闻与信息科学学院有广泛的教育和培训合作关系。中东伙伴关系倡议由美国国会设立,与中东、北非的政府与人民一道,扩大经济、政治和教育机会。

美国-中东高校伙伴计划(U. S.-Middle East Universities Partnership Program)是中东伙伴关系倡议的资助项目之一,与美国院校开展联系。2003年以来,西北部俄亥俄州与北非的教育工作者一道合作,加强突尼斯的新闻教育。中东伙伴关系倡议与高等教育发展协会(Higher Education for Development)和美国国际开发署(USAID)合作,已经为鲍灵格林州立大学传播学院和新闻与信息科学学院成员间的合作交流提供了10万美元的资助金。该项目包括新闻与信息科学学院学生新闻技能训练班、新闻与信息科学学院教学研讨班和面向两校学生的在鲍灵格林州立大学开设的3周加强研讨班(Middle East Partnership Initiative,2005)。

两校合作还侧重加强新闻与信息科学学院的课程,强调关键公共议题报道中责任的重要性——特别是女性相关议题、环境议题和利用信息技术力来催进发展的议题。2005年11月,联合国在突尼斯召开信息社会世界峰会,早在该会召开之前,鲍灵格林州立大学的教师就同两组新闻与信息科学学院的学生在新闻报道、平衡的国际新闻报道以及人权报道上一起工作了。

通过中东伙伴关系倡议一个支持突尼斯新闻院系学生报纸的额外资助,鲍灵格林州立大学和新闻与信息科学学院之间的伙伴关系得以扩大。在美国驻突尼斯大使馆的帮助下,新闻与信息科学学院的教师申请并获得了中东伙伴关系倡议提供的购买电脑设备的额外资助,这样他们的印刷专业学生就能定期出版自己的报纸了。由于中东伙伴关系倡议官员催促,资助扩大到新闻与信息科学学院和美国大学之间的一个交流项目。该交流项目让鲍灵格林州立大学学生、学生出版物指导主任和一名教授到突尼斯与新闻与信息科学学院院报成员在报纸管理和新闻采访技巧方面一起合作(Middle East Partnership Initiative,2005)。

非洲记者及传播工作者进修中心:为配合官方推进发展中国家本地传播系统发展的政策,突尼斯建了一个名为非洲记者及传播工作者进修中心(Le Centre Africain de Perfectionnement des Journalistes et Communicateurs,CAPJC)的机构。1983年2月创立以来,中心旨在通过进修课程、研讨班和特别项目来提高专业记者及传播工作者的技能。也提供传播领域新技术使用方面的培训。非洲记者及传播工作者进修中心主任瑞德哈·纳加(Ridha Najar)解释,中心由弗里德里希·纽曼基金会(Friedrich Neumann Foundation)协助创建,该基金会是西德应突尼斯信息部(the Tunisian Ministry of Information)和突尼斯记者协会(the Tunisian Association of Journalists)请求设立的。中心的行政运作经费由突尼斯政府提供,政府对新闻出版业征收一个特别税帮助继续培训记者。中心由信息国务秘书管辖。近年来,中心收到各种国际来源资金资助教育和培训活动。这些援助来自联合国教科文组织(UNESCO)、美国新闻署(the United States Information Agency,USIA)、法国及阿拉伯国家广播联盟。资金用途包括研讨班参会人员差旅费、住宿费以及注册费用,另据非洲记者及传播工作者进修中心主任讲,还包括给研讨班专家支付的专家津贴。

中心有完备的印刷和广播实验室。还有一个图书馆和卫星通讯设施支撑其活动。培训班由突尼斯与其他国家的专家学者主办,包括美国。中心每年举办约 12 场培训,每场培训持续一到三周。培训主题包括"阿拉伯语修辞学"、"页面制作"、"经济新闻学"、"体育新闻学"和"区域广播电视报道"。中心还提供半年期的夜间课程。主任纳加说,中心推出的大多数活动都旨在提高突尼斯与其他非洲国家印刷和广播新闻的专业品质。

中心是许多机构的合作伙伴,包括弗里德里希·纽曼基金会、非洲出版与传播培训中心(the African Center for training in publication and dissemination)。此外,中心与联合国教科文组织(UNESCO)、阿拉伯联盟教科文组织(ALECSO)、阿拉伯国家广播联盟、美国新闻署、欧盟都有合作。中心已举办了约 400 个培训班或研讨班,从 1983 年至 2005 年已惠及 77 个国家的 6000 多名参加者(CAPJC, 2005-06)。中心不发任何文凭,只提供一份表示参加过该培训项目的证明文件。中心的活动主题通过对媒体专业人员的调查来确定。

摩洛哥

高级新闻学院:摩洛哥由国家支持的新闻学术项目只有一个。私人项目有好几个,但质量不高。摩洛哥的大众传播教育和培训由政府于 1977 年设立高级新闻学院(the Institut Superieur de Journalisme,ISJ)提供,该院由信息部管辖,位于首都拉巴特(Rabat)。高级新闻学院只提供印刷和视听媒体专业的研究生学位项目。申请人必须获得学士学位或拥有同等学力,并通过竞争性考试,才能获准进入该项目。入学考试包括笔试和口试,测试学生的语言能力,包括英语、德语、西班牙语和法语,以及他们的基础常识。仅有约 10% 的申请人能被高级新闻学院录取,每年录取大约 70 名学生。女生约占 50%。摩洛哥学生约 50 名,其余来自其他北非国家，甚至有一些来自遥远的印度尼西亚和孟加拉国。仅有约25%的学生直接从本科教育进入该项目，其余都来自政府机构，他们因有传播专业能力而被雇佣，能坚持完成学位课程。摩洛哥拥有阿拉伯语和法语媒体，因而这两种语言是高级新闻学院的授课语言。一半以上的学生注册选修阿拉伯语课程，其余学生选修法语课程。在两年期的学习中，学生在第一年研修摩洛哥政治体制和经济、外交政策和国际关系、当代问题、传播法律和历史、媒介管理，以及印刷和视听媒体等入门课程。第二年，他们开始研修理论课程，如信息科学、传媒与国家发展、国际信息法、广告与公关，并继续进行印刷或视听媒体的专门研究。高级新闻学院鼓励学生发展其他欧洲语言的能力，特别是英语、德语和西班牙语。2005 年，学院共有 22 名教职员工，其中几位拥有博士学位。

学院拥有一座很好的图书馆和装备精良的计算机实验室。学生办有一份名为《利森伊尔凡报》(*Lissan Al Irfan*)的阿拉伯语报纸，每年发行三次，外加一本由教师指导的同名杂志。学生还办有一份名为《伊斯报》(*IS Journal*)的法语报纸，每年发行一次。学院订有摩洛哥通讯社(the Moroccan news agency)、马格里布阿拉伯新闻社和法新社(Agence France Presse)的电讯稿，以便学生参阅。学院还有为广播专业制作工作准备的先进设施。除技能培训外，学院还强调传播学研究的重要性。所有学生都必须写一篇与传播和信息科学主题相关的研究论文。学生在圆满完成所有要求后，获得新闻专业的高等研究文凭。高级新闻学院的一名教员奈齐哈·萨尔瓦多·优素菲(Naziha El Youssoufi)说，无论是新闻学课程，还是学生出版工作的“动手”能力，都强调“准确，客观和负责任的态度”在报道与写作中的重要性。她指出，新闻专业毕业生都受到了足以为“严肃而专业的出版物”工作的教育和培训。

一些毕业生在摩洛哥获得一些专业经验后，又在法国接受了先进的媒介培训。在阿拉伯世界内部，总部设在大马士革的阿拉伯国家广播联盟培训中心(training center of the Arab States Broadcasting Union)是进修培训的一个重要资源。摩洛哥媒体专业人士也参加了突尼斯非洲记者及传播工作者进修中心主办的研讨班。

2008 年 9 月，摩洛哥经济传媒报业集团(the Moroccan Ecomédias press group)将在卡萨布兰卡开办一个新的新闻学院。40 名学生将在高级新闻传播学院(the Ecole Supérieure de Journalisme et de Communication，ESJC)获得各方面的培训，包括新闻写作、如何准备一台电台秀以及学习国家新闻法。

经济传媒集团的编辑部主任纳迪亚·萨拉赫(Nadia Salah)说：“新闻学院的

想法是不言而喻的。无论何时，我们要为各种媒介渠道——无论是印刷媒体还是广播电台——聘请记者，我们都要培训他们。我们已制订了内部培训计划，学制为3至6个月。鉴于需要培训这些进入劳动力市场的年轻人，我们对自己说，为什么不通过一所真正的学院来让我们的培训项目正规化呢？”(RAP21，June 19，2008)。

萨拉赫认为这所学院将填补空白。她说："拥有良好声誉的唯一一所学院是拉巴特(Rabat)的高级新闻学院，但这所国营学院每年的毕业生只有30人，其中大部分最终成为了政府部门的新闻秘书。"

学生将通过入学考试录取，每年学费大约3.5万迪拉姆(Dirhams)(3 500欧元)。第一年的学习重点是打一个合理的知识基础，以及提高法语和阿拉伯语的语言能力。萨拉赫(Nadia Salah)指出，"由于公共教育体系太差，我们确实有必要强调这两个方面，以确保新闻业公共服务的高水准。"在为期三年的学习结束时，学生将获得他们所选专业的学位——印刷、广播或网络新闻。硕士学习则有学制两年的深造项目。

这些课程将由新闻学教授或摩洛哥、法国和黎巴嫩记者主讲。此外，学校将定期从其他国家邀请客座讲师。同时还会向学生介绍宪法和新闻法。(RAP21，June 19，2008)。

阿尔及利亚

新闻学位项目由阿尔及尔、奥兰、君士坦丁和安纳巴的4所大学提供。该项目学制4年。学院或系用阿拉伯语和法语授课。为学生准备的实践培训很少且常常被忽略。大多数发行人和编辑抱怨他们差劲的入门级雇员。

最突出的新闻教育项目是阿尔及尔大学(University of Algiers)的分院传播与信息科学学院(the Institut des Sciences de l'Information et de la Communication，ISIC)。传播与信息科学学院提供学制四年的大众传播学本科学位课程，专业有印刷媒体写作及设计、广播、电视和公共关系。前两年的课程侧重理论，后两年侧重专业领域的研究。(Faculte des Sciences Politiques et de l'Information)。

学院的前身是国立高级新闻学院Ecole Nationale Superieure de Journalisme (National Higher School of Journalism)，1962年从法国独立后在首都成立。学校沿用法国传统，最初提供研究生水平的新闻学教育。学生想进入该项目必须有一个很好的本科学位，最好是社会科学，并通过常识和写作能力方面的竞争性入学考试。尽管学生也放在地区报纸实习获取实践培训，但学校教育侧重的是理论。

虽然该国大多数报纸用法语出版，但学生能专为阿拉伯语或法语传媒工作。学院拥有装备精良的实验室供学生在印刷和视听媒体方面动手操练。

传播与信息科学学院与摩洛哥、突尼斯、阿拉伯世界其他国家兄弟学院以及欧洲的一些新闻院校维持着合作关系，特别是法国。多年来，许多阿尔及利亚记者和其他媒介专业人员在法国获得教育和培训。阿尔及利亚记者将突尼斯非洲记者及传播工作者进修中心提供的媒介研讨班和进修课程利用了起来。一些公共和私人报纸通过双边合作项目提供特殊培训，如德国的弗里德里希·纽曼基金会(Friedrich Naumann Foundation)、法兰西文化中心(Centre Culturel Francais)、欧洲—马格里布传播技能培训网(Reseau Euro-Maghrebin de Formation dans les Metiers de la Communication，REMFOC)、巴黎记者培训与进修中心(Centre de Formation et de perfectionnement des Journalistes-Paris)以及美国的自由之家(U.S.-based Freedom House)。

2003年下半年，另一个名为阿尔及利亚新闻培训员网(Le Reseau des Formateurs de la Presse Algrienne)的新闻培训项目成立。此前阿尔及尔已有三个子项目分别聚焦于调查报道、人权及培训媒介培训员。这些研讨班由美国国际开发署的资金资助，自由之家下属的国际记者中心(the International Center for Journalists ，ICFJ)主持召开。两家阿尔及利亚报纸，《萨尔瓦多哈巴尔报》(*El Khabar*)和《萨尔瓦多祖国报》(*El Watan*)为当地合作伙伴。1名顾问培养10名当地记者掌握调查性新闻和培训技术，接着9名新的培训员在9家报社对70名当地记者展开项目培训。每个新的培训员还要筹划5至10个附加研讨班。在首次内部培训班举行的最后一次总结会议上，与会者决定创建新的培训网。

该网成员都愿意成为地方协调员和招聘员，为今后的阿尔及利亚新闻培训项目工作。该网向其他报纸和有代表性的记者成员开放。新网已要求为阿尔及利亚报纸和记者提供额外的培训项目(RAP21，November 26，2003)。

利比亚

利比亚政府对广播记者做出的培训承诺比他们的印刷媒体同行更大。这一状况的部分原因是，随着1972年的媒介国有化，该国报纸从10家减少到1家并关闭了许多期刊，因而对受过培训的印刷媒体人才没有巨大需求。现在利比亚只有4家合法的日报，包括阿拉伯语的《新黎明报》(*Al Fajr al Jadid*)，由利比亚民众国通讯社(the Jamahiriya News Agency,JANA)出版。利比亚政府拥有并控制国家的传媒和新闻系统,不准有反对军事统治的任何意见。根据法律,作为国家的电视广播媒介,只能有一个大阿拉伯利比亚人民社会主义民众国(Great Socialist People's Libyan Arab Jamahiriya)广播系统,不准有私营电视台。

据利比亚民众国通讯社一名不愿透露姓名的驻突尼斯记者透露,穆阿迈尔·卡扎菲(Col. Muammar al-Qadhafi)上校希望将传媒写作托付给那些在意识形态上与自己合拍的人,这意味着做一名记者的关键考量因素是政治信仰而非新闻教育。他补充说,然而,卡扎菲政府也在有计划地转向扩大广电媒体的规模和运营以激发革命热情,因而也迫切需要受过培训的广播人员。

班加西大学(The University of Benghazi)推出了一个传播学本科学位项目,学生虽可以专修印刷或广播媒体,但广播教育的需求更为旺盛,因为这一领域有大量并不断增加的工作机会。政府还为接收海外额外培训的广播新闻和技术人员提供经济奖励。许多记者持有意大利、英国、美国或阿拉伯世界的媒介与新闻学位。

班加西大学自身的课程侧重对学生的政治教化,聚焦于卡扎菲(Col. Muammar al-Qadhafi)的政治观、民主观和"阿拉伯民族观"以及其他科目。据利比亚民众国通讯社记者说,技能培训与利比亚的广播系统和其他媒体联合提供。在里根总统任期美国与利比亚关系交恶之前,许多利比亚广播人员在美国的机构接受教育和培训。如 1975 年与南卡罗来纳大学和俄亥俄大学达成协议,为广播从业人员开设了大学学位项目(McDaniel,1982,p190)。

近年来,利比亚媒介人员越来越多地转向在伊斯兰世界内部获取培训机会。包括沙特阿拉伯的伊斯兰国家广播服务组织(Islamic States Broadcasting Services Organization),该组织为广播系统成员提供职员培训;突尼斯的阿拉伯国家广播联盟,该组织在叙利亚大马士革运营一个培训中心。一些利比亚媒介人员参加了突尼斯非洲记者及传播工作者进修中心提供的媒体研讨班和进修课程。

阿拉伯国家广播联盟

北非广播人员除可以在个别北非国家获得大众传播教育和培训外,还可在最重要的泛阿拉伯广播组织——阿拉伯国家广播联盟(the Arab States Broadcasting Union,ASBU)获得培训机会。联盟于 1969 年成立,总部设在突尼斯首都突尼斯市,阿广联的主要目标是加强 21 个阿拉伯国家广播组织间的合作,包括北非。阿广联的一些具体目标是：(1)巩固阿拉伯国家之间的兄弟情谊精神；(2)让世界人民了解阿拉伯国家的真实状况，包括其能力、愿望和动机；(3)帮助创建一个世界传播新秩序，确保所有国家的文化都有形成、发展并相互创建建设性对话机制的权利(Union de Radiodiffusion des Etats Arabes，1994)。

阿广联的常设机构是阿拉伯广播电视培训中心(the Arab Training Center for Radio and Television)，位于叙利亚大马士革。考虑到阿广联成员国广播组织工作人员的利益，它全年开设专业技术和新闻培训课程。课程与相关研讨班由国际广播组织、教育机构和阿广联成员国专家主讲。阿广联新闻与体育协调员贾莉拉·卡拉(Jalila Kara)在一次采访中谈道："新闻培训班聚焦于专业新闻价值的发展并将这些价值以准确、客观、负责任的态度展现出来。"她补充说，北非的广播记者"例行"参加阿广联的新闻培训班。

上述有关新闻教育和培训的活动表明，北非，特别是阿尔及利亚，摩洛哥和突尼斯的新闻专业主义有很强的依托。现在让我们转向从学者、记者和学生的观点探讨北非新闻专业技能的实际运用情况及运用的影响因素。

新闻专业主义及制约因素

对摩洛哥和突尼斯各类记者与学生的采访发现，他们对媒介专业主义的观点最好地印证了阿广联新闻与体育协调员贾莉拉·卡拉(Jalila Kara)的话，她说，"包括北非在内，整个阿拉伯世界的新闻政策需要开放，以助阿广联促进信息自由、客观和均衡流动。"她解释说，目前的新闻报道，只有支持个别政府在国内国际问题上政治立场才可能被播出。突尼斯非洲记者及传播工作者进修中心主任瑞德哈·纳加，回应了阿广联新闻与体育协调员的关切。他说，"虽然我们一直在做工作来帮助提升专业水准，但新闻专业主义仍旧是留给北非最大的挑战"。让我们来详细考察下面这些对四国专业新闻工作产生制约的因素。

突尼斯：尽管突尼斯专业新闻教育和培训可以追溯到 1956 年，但突尼斯政府信息处承认，该国媒体在 1987 年以前几乎没有公信力(突尼斯大众媒体，1994)。公信力问题源于总统哈比卜·布尔吉巴(Habib Bourguiba)统治下的新闻检查，其强大的独裁统治维持了三十多年，1987 年 11 月被推翻。继任者本·阿里(Ben Ali)总统，放松了新闻控制，但 1975 年，政府颁布了 80 条新闻法，继续有效拒绝突尼斯宪法第 8 条承诺的新闻自由，阻碍客观新闻报道。

突尼斯新闻与信息科学学院教师德利拉·奥斯曼说，尽管新闻法有几次修改，但还是"很难让记者按他们所学的内容去实践……即始终秉持准确、客观、公正的态度去报道”。新闻法包含许多限制性条款，包括有广泛权力去惩治“虚假信息传播”、可能扰乱公共秩序和批评总统的出版物或出版物发行人。该法保护政府的所有成员免受“侮辱和诽谤”。出版物会因上述“罪行”或威胁公共秩序被查封或吊销(Code de la Presse，1993)。1993年8月，突尼斯记者、人权组织和反对党发起运动，反对政府的检查制度和新闻控制，包括逮捕和拘留记者，促使新闻法“革新”。即使如此，上述条款及其他各种限制性条款仍继续存在(IPI，2005，Tunisia)。新闻法宣布诽谤为非法，违反者将被监禁和罚款。

突尼斯的印刷媒体包括几家亲政府的私营报纸和国有报纸。私营媒体的编辑们密切联系本·阿里政府，并对其领导能力和政策给予长篇累牍的典型称赞，若不提供充足的正面报道，政府就会扣除出版物的广告款。尽管面临困境，包括《麻其福报》(*Al-Mawqif*)在内的一些小型独立报纸仍试图报道人权议题，并公开对政府展开温和的批评，由于财力有限，它们的发行量很小(Freedom House，2007)。政府对媒介渠道的所有权也影响记者的新闻专业主义品质。一名在国有通讯社——突尼斯非洲通讯社(Tunis Afrique Presse ，TAP)工作的大学新闻系毕业生赫地·枣奇(Hedi Zaouchi)说，尽管通讯社也提供了一些突尼斯反对党活动的报道，但“我们主要报道政府活动。虽不是一个宣传喉舌，但通讯社报道站在亲政府立场”。1992年9月，总统本·阿里给国营媒体提出指导方针，允许报道主要反对党的活动，但反对党声称，这一方针继续被国营媒体忽视或以消极的态度应付。另一个例子引自记者建议，新闻专业主义作出让步，即关于总统活动的新闻由总统府工作人员写作并派人配发至突尼斯非洲通讯社。

突尼斯对外传播处(the Tunisian External Communication Agency)的信息官说，尽管政府促进新闻工作的意图显而易见是考虑到新闻界差劲的财务状况和记者较低的薪水，但由政府发放的各种新闻津贴却被当成影响记者，确保基本忠诚。政府资助金和对新闻纸的补贴面向所有党派的报纸。突尼斯记者有权通过国家铁路免费出差，公交车票和飞机票则打五折。

传媒结构也影响新闻专业主义。与阿尔及利亚、摩洛哥一样，突尼斯的大部分非官方媒体隶属于反对党，反映它们各自的观点。这类报纸的出版主要是促进党的政治目标，而非按新闻价值提供新闻。因此，突尼斯的新闻几乎没有独立、客观的传统。新闻与信息科学学院教师奥斯曼说，报业结构促使对报纸工作感兴趣的大学毕业生找自己在意识形态上认同的出版物。她说：“这可能无法提供专业新闻工作的满足感，但至少你觉得你在推进一个你信仰的目标。”因此，受过教育的突尼斯人，转向从国外媒体寻求对国内事件的公正报道。1960年，突尼斯知识分子在巴黎创办的一本政治周刊——《青年非洲》(Jeune Afrique),作为一个可信的信息源特别流行。

广播媒体国有国营,与国营印刷媒体一样,在新闻专业主义方面也造成同样的问题。由于广播媒介被视为国家一体化和政治动员的工具,客观公正并不是新闻报道考虑的主要因素。突尼斯广播电视台(Radiodiffusion Television Tunisienne)总监阿布德哈非德·赫古姆(Abdelhafidah Herguem)说,当地制作的新闻和娱乐节目将进一步提高。“我们必须赢得品质之战,”他说,“否则我们会继续失去卫星电视观众。”他指出,赢得与其他阿拉伯频道——如沙特阿拉伯在伦敦投资的中东广播电视台(Middle East Broadcasting Channel,MBC)——的竞争也是一个大挑战。中东广播电视台已成为北非一个重要的替代新闻源。尽管由于对本·阿里的负面报道,政府封锁了法国2台(France 2)和半岛电视台(Al-Jazeera),但在突尼斯仍然可以看到许多外国卫星电视台。由于印刷与广播媒体被政府牢牢控制,突尼斯仅有少数独立的声音出现在互联网或国外媒体上。

摩洛哥:一名在国家国营通讯社——马格里布阿拉伯通讯社(Maghreb Arabe Presse)——工作的摩洛哥高级新闻学院毕业生认为,政治和法律现实影响着新闻的专业实践。尽管根据阿拉伯标准衡量,摩洛哥新闻界拥有很大的多样性和自由,但传媒法律和政府颁布的新闻法(Code de la Presse au Maroc, 1992)同时提供强有力的控制。马格里布阿拉伯通讯社记者阿宝·马利克·阿伯德斯拉姆(Abou Malik Abdesslam)说,尽管通讯社承诺致力于客观,但新闻法的规定经常妨碍这一目标的实现。例如,处理西撒哈拉和国王的新闻是个“极端敏感”的问题,他说,客观性并非新闻处理的最高关切。“涉及西撒哈拉的报道一定不能偏离政府在此问题上的立场,也不准批评国王”,他说,“通讯社对这些事情的处理是在编辑上最高级别的严格控制。”

即使是不受新闻法保护的议题,马格里布阿拉伯通讯社在编辑新闻时也倾向于采取官方立场。依照政府的政策,马格里布阿拉伯通讯社不准在自己撰写或接收自外国通讯社的稿件中批评任何阿拉伯政府。阿伯德斯拉姆(Abou Malik Abdesslam)说,这一做法导致马格里布阿拉伯通讯社的稿件面临公信力问题。该社对有争议问题的报道常常遭到摩洛哥各党派报刊的漠视,它们宁愿采用本报通讯员报道。他说:“新闻法施加的编辑约束和马格里布阿拉伯通讯社的亲政府处理方式不利于保障高水准的职业操守。”他指出,马格里布阿拉伯通讯社的许多记者毕业于高级新闻学院。

在反对党报纸作记者的3名新闻学院学生穆罕默德·萨必可(Mohammed

Sabik)、阿波丹瑞木·阿里追斯(Abdenrhim Elidrissi)和哈米德·扎瑞(Hamid Zahri)说,在摩洛哥非官方报纸以专业主义的态度开展实践的机会也不好。应当指出的是,摩洛哥的报纸隶属于约15个政党,每个政党都有1～2个出版物宣传其政治主张和活动。党报由国家资助。包括月刊在内的独立报刊很少,且发行量很低。由于所受教育就是要准备为此类出版物工作,缺乏独立性的专业报刊在拉巴特新闻学院的学生中受到特别的关注。

3位前记者强烈认为,党营媒体宣传党的新闻而不论其新闻价值。党的"新闻"更多以评论的形式包装,几乎没有客观报道的传统,这种做法据说可以追溯到法国统治下的殖民地时期。直到最近,大多数记者仍是他们为之写作的党派的成员。虽然党报越来越多地转向招聘受过专业新闻教育的记者,但他们的工作条件并没改变。新闻报道的观念和角度都由编辑们传给了他们,他们只在提出报道主题和建构故事方面有很少的自由。无论是政府还是政党报刊都有为他们的赞助人塑造形象的功能,所以在新闻写作上即使记者追求客观也几乎没有客观性可言。由于政党报刊为政治原因而不是新闻价值编辑新闻,煽情主义被引为一个严重的道德问题。因此在突尼斯,受过良好教育的摩洛哥读者,经常转向国际出版物寻求关于自己祖国的可信信息。

新闻专业主义在国营广播媒体也没有取得大进展。为政府控制的摩洛哥广播电视台(Radiodiffusion Television Marocaine ,RTM)提供英语服务的几名工作人员接受采访时说,即使没有任何专业媒体背景或受到新闻教育,只要他们政治忠诚,就可以被摩洛哥广播电视台聘用为新闻主管或记者。这导致了新闻和公共事务节目缺乏新闻专业主义精神。即使是经验丰富的记者在工作中也受到适度限制。一名摩洛哥广播电视台记者说:"由于很多时候,电视台不给记者提供出去采访的交通工具,因而缺乏镜头和好的报道。"另一名记者讲到,为政府媒体工作的记者,其报道也受限制。她说:"诸如罢工之类的争议问题往往不能报道。"获取信息仍然是一个严峻问题。摩洛哥广播电视台财力吃紧,也使其很难制作出高质量的节目。试图将摩洛哥广播电视台建成一个自主性组织的努力最终以失败告终。

私营电视台2M越来越多地雇用受过专业培训的记者,并提供更好的工作条件,因此其新闻节目无论是技巧还是新闻观点都相当好。摩洛哥广播电视台的工作人员说,该台在讨论更广泛的公众关注议题时更为坦诚。

经济因素对新闻专业主义也有干扰。鉴于他们在报社每月只有大约350美元的平均薪水,摩洛哥记者常被迫去做兼职,结果产生了潜在的利益冲突问题。

政府对记者的各种额外津贴，如各种采访时的出差和宴会补贴，进一步损害了新闻记者的客观性。

2002 年 2 月 8 日，国会外交事务与国防委员会(The Parliamentary Commission for Foreign Affairs and National Defense)通过一部新的国家新闻法。有些条款比前一部更为宽松(包括对诽谤更少的刑事处罚)，该法仍然坚持诽谤国王或王室要判处 3 至 5 年监禁(相比而言，前一部新闻法判处 5 至 20 年监禁)。第 29 条还赋权政府，关闭任何"对伊斯兰、君主政体、领土完整或公共秩序存有偏见"的出版物，内政部可以查封它认为危及社会稳定的任何出版物(Press Reference)。

例如，2007 年 8 月初，由《奈城》(*Nichane*)策划，两本周刊的发行人艾哈迈德·班车姆西(Ahmed Benchemsi)写的一篇社论，质疑国王穆罕默德六世对民主的承诺，两刊都在印刷版使用了这一社论，为此摩洛哥警方从报摊查获了《奈城》(*Nichane*)周刊，并没收了其姊妹周刊《特尔奎尔》(*TelQuel*)。摩洛哥首相德里斯·杰图(Driss Jettou)随后批评了《奈城》(Nichane)周刊的不敬，班车姆西被指控缺乏"对国王的应有的尊重"，违反了《新闻法》第 41 条，可判处 3～5 年的监禁或高达 13 500 美元的罚款。2006 年末，据 2002 年《新闻出版法》第 41 条，《奈城》(*Nichane*)周刊发行人兼主管德里斯·科西凯斯(Driss Ksikes)、记者萨那·艾吉(Sanaa Al-Aji)被指控"违反伊斯兰教"和"出版并散发反道德价值的书面材料"，这些指控可判处 3 至 5 年的监禁和大约 1500～15 000 美元不等的罚款。

国家诽谤法严厉的刑事和民事制裁给摩洛哥新闻业带来持续的严重威胁。例如，2007 年 1 月，卡萨布兰卡市的《周刊》(*Journal Hebdomadaire*)总编阿宝巴克·亚马依为避免报纸付出更大损失而提出辞职，2006 年 4 月，亚马依和他的一名记者因诽谤罪被判刑(IPI，2007，Morocco)。

政府给所有报纸提供补贴，2005 年的补贴总额达到 600 万美元，期望所有记者和编辑保持审慎，不要对王室、官方的国家政策或伊斯兰教的有任何负面批评。调查报道令人失望，大多数报纸果然顺从国家的期望没有刊登敏感议题。摩洛哥政府还对新闻界施加另一套控制措施，要求每一个记者、编辑或外国记者取得官方新闻记者证。

阿尔及利亚：在本文研究的马格里布国家中，近年来新闻专业主义遭受了最严重挫折的是阿尔及利亚。20 世纪 90 年代，一个伊斯兰教党派赢得国家选举后，一场军事政变引发了血腥内战，国家饱受摧残。在饱受创伤的战争期间，约有 100 名记者和媒体工作者、超过 15 万平民被伊斯兰游击队和军人敢死队杀害(IPI，2004，Algeria)。据纽约的保护记者委员会(Committee to Protect

Journalists)的说法，伊斯兰极端分子射杀那些看起来支持军方政权的记者，反过来军方则严格控制记者报道政治叛乱和防御措施。这些武装分子将媒体描述为政府的爪牙，除外国人和知识分子外，他们选记者作为暗杀活动的主要目标。

据伦敦的国际反新闻检查中心(International Center Against Censorship)说，在十几年的内战中，许多阿尔及利亚记者收到过死亡威胁信和电话，他们的家人也受到骚扰。许多人用匿名或诉诸自我审查的方式明哲保身。一些人离开了这一行。估计有200名阿尔及利亚记者离开了祖国，一方面由于暗杀威胁，另一方面由于对违反严格保密条例的报纸采取严酷的政府行动。

2006年2月，总统艾伯特拉滋·布特弗利卡(Abdelaziz Bouteflika)宣布了新的新闻检查措施，限制记者对20世纪90年代摧残阿尔及利亚的血腥内战进行任何评论和调查。接近信息受限制，记者获取政府记录也受限制。国家刑事诽谤法规定了2～12个月的监禁和大约500～2 500欧元不等的巨额罚款。适用案例为个人被判诽谤，对总统、议会或军队有侮辱或诽谤性言论。

2006年3月2日，《阿尔及利亚晚报》(*Le Soir d'Algérie*)专栏作家哈基姆·拉拉姆(Hakim Laalam)因写了一篇批评总统布特弗利卡(Abdelaziz Bouteflika)的文章被判处六个月监禁并罚款约3 500美元，证明政府有意利用伪刑事诽谤诉讼侵扰和威胁记者。3月7日，上诉法院维持了原判决。据国际新闻学会报告，阿尔及利亚当局认为报道涉及许多安全问题和军事禁区。批评总统是不能容忍的，针对"侮辱国家元首"的法律指控成为家常便饭。在2005年的一段时间，被判缓刑、高额罚款和监禁的每周都有。由于司法不独立，在审讯记者时往往不能给予公正的判决，尽管他们在阻挡媒体的镇压政策方面也没做什么(IPI，2005，Algeria)。

阿尔及利亚驻突尼斯大使馆的信息官艾哈迈德·本杰鲁克(Ahmed Benjarook)说，因为叛乱，阿尔及利亚带给记者一个极端困难和危险的工作环境，新闻职业或教育不是本国最吃香的职业选择。

利比亚：因为限制性新闻法，以及其他因素，阿尔及利亚、摩洛哥和突尼斯新闻专业主义的退却、利比亚报刊的国有化都影响了新闻业的诚信。卡扎菲上校曾以口头和书面方式指出，一个真正"民主"的报刊是由人民委员会而不是个人、法人团体或组织出版的，他们更可能利用报刊促进各自的私利。人民委员会出版的报纸将没有资本主义报纸的"私人利益"，以及共产主义报纸的意识形态和无神论限制(Rampal，1996，p.71)。

然而，人民委员会主办的报纸要想成为"民主、自由"的报纸，并不比国营报纸有更多的客观和平衡资源，四家日报中的三家，《民众国报》(*Al Jamahiriyah*)、《沙姆斯报》(*Al Shams*)和《新黎明报》(*Al Fajr al Jadid*)，都接受信息部分支机构——总新闻办公室(the General Press Office)——提供的资金。一个国家支持的意识形态集团——革命运动委员会(the Revolutionary Committees Movement)控制着第四家报纸——《和平进军阿赫达尔报》(*Al-Zahf Al-Akhdar*)。广播媒体，包括一家国家陆地电视台、大民众国电视台和6家卫星电视台，都由国家控制。记者不能自由表达对国家、政治制度、国家领导人和许多敏感问题的批评。涉及这些问题的报道可能招致强制拘留、不公正审判和潜在的有期徒刑，除了报道政府指令范围之内的事情，记者别无选择。

有证据表明，情况在进步，因为现在可以通过半岛卫视新闻台(the Al-Jazeera satellite news station)和互联网获得有关利比亚事物的不同意见。由于匿名保护，许多记者转向互联网发表批评性意见。政府例行有步骤地封锁网络端口或监禁网络异见人士消除这场运动和平息网络争论。

2006年3月2日，利比亚政府赦免了132名政治犯，大多数人已被拘留了好几年，网络异见人士阿卜杜勒·拉齐克·曼苏里(Abdel Al Raziq Al Mansuri)也获得了释放。此次释放被看作是迈向改革的可喜一步，并适应了当局修订通常用来监禁政治激进分子的压迫性法律的诉求。

一位国家官方通讯社——利比亚民众国通讯社驻突尼斯记者说，利比亚新闻业的基本事实是，谁能够真实地表达卡扎菲上校的革命思想，谁就得到支持。他说，准确、客观、平衡并不严格考量。因无法在自己的国家发表意见，持不同政见的利比亚记者在其他国家包括乍得和苏丹出版了期刊和报纸。

结论

四个马格里布国家的专业新闻工作者与越来越多的新闻学位项目毕业生所面临的最大困境，是如何调和他们对新闻自由及客观性的偏爱与制造亲政府新闻的政治法律制约因素。由于调和这两种相反的力量在本质上是不可能的，接受采访的一些记者、学生、学者和行政管理人员感到较强的挫败感。传媒结构对新闻专业主义施加了额外的限制。突尼斯、摩洛哥和阿尔及利亚的党报强迫记者践行党的路线，因而否定了通过新闻教育学到的新闻价值。阿尔及利亚最近的叛乱史和利比亚政治控制的极端性已经明显地使那里的专业记者很难开展工作。

据一些报道，突尼斯和摩洛哥的记者们离开了这一行，因为他们不能真正实践在新闻学院所学的知识，还要与企业搞好公关，甚至为政府部门作宣传。新闻毕业生不介意与政府搞好公关，因为在印刷和广播新闻业，他们那样的角色并没有感觉到专业主义的退却。此外，据说公关和广告的薪水往往更高。

因此，受过专业的教育和培训的记者越来越多地选择成为公关和广告领域的“传播专家”，新闻业继续通过其亲政府或亲党派的倾向反映现状。受过教育的突尼斯、摩洛哥、阿尔及利亚和利比亚人则寻求外国媒体对他们祖国议题的严肃而可信的报道。

这一状况显然对这些国家的新闻业与新闻教育提出了严肃的质疑。在受控制的新闻体制下，应不应该强调灌输自由新闻体制下的新闻价值观，诸如客观、平衡、中立报道等？当毕业生走出校门面对新闻业的现实，面临政治、法律、结构等各种对新闻业的控制时，这样的新闻价值体系是否必然导致挫折？在新闻业的现存政治、法律和结构性限制框架内，如何提高新闻品质，有无更好的课程值得传授？如果采取后面这种做法，是否意味着传授了这样一种新闻理念——共生新闻价值观——它与既定国家的政治和法律方针相兼容，同时促进其新闻品质？什么样的新闻理念可以做到这一点？在推行新闻控制的发展中国家，答案往往是“发展新闻学”理念，但其显然没有促进这些国家新闻业公信力和品质的提升。是否已到考虑一些其他更可行方法的时候了呢？一种可能的选择是侧重报道大多数人关心的关键议题——比如教育、经济、医疗保健和犯罪——这些议题政治中立，能做到客观报道。如新加坡媒体，在“不自由”或“半自由”的媒体环境中已经有效地做到了这些。由于记者对这类议题有高效报道的采访经验，他们能继续探究“更高层次”的问题，如环境、妇女权利、劳动权利等类似的问题，这些也是政治中立并能从专业角度进行报道。20 世纪 80 年代，在被赋予更大的自由之前，中国台湾地区的大众传媒恰恰就是这样进行有效报道的。新闻业的这种做法，如果持续下去，北非四国受过教育和培训的年轻记者在专业实践中的职业疏离感则有可能降到最低程度。

新 书 架

新闻史，原来还可以这么写！

——评介李彬《中国新闻社会史》

This is Also Journalism History: A Review on Li Bin's Book *The Social History of Chinese Journalism*

刘宪阁[1]

以前在北京大学历史系读书时，因研究张季鸾和《大公报》的需要，笔者也曾浏览过几本有关中国新闻史的论著。其间偶然读到了李彬教授的《中国新闻社会史（插图本）》（清华大学出版社 2008 年版），当时就感觉，此书有些与众不同；但具体不同在哪里，一时又说不清。今年夏秋间，笔者机缘巧合得以进入清华大学新闻传播学博士后流动站，并在李彬教授指导下尝试进行有关 1949 年以后中国新闻史的考察和探讨。也因此有机会再次读到该书插图本第二版（清华大学出版社 2009 年版）。仔细品味之下，才逐渐明白，当初认为该书与众不同的那种朦胧的新奇感，其实也很简单。那就是：新闻史，原来还可以这么写！

在中国新闻史研究这一领域，笔者以前属外行，现在算新手。据粗浅了解，目前汉语学术圈已经编著出版的各类中国新闻史教材，可能已不下几十种，甚至有上百种之多。其中确实不乏一些根底深厚、史料扎实、结构严谨、论述精当的上品佳作。但是也不能不看到，不少论著仍然习惯于沿袭多年形成的那种叙事模式和研究传统，而鲜有值得称道的重大突破和创新。甚至难免令人怀疑和担心：长此下去，中国新闻史的研究与写作是否可能会陷入“内卷化”（involvement）的怪圈，而难以摆脱“山重水复”的尴尬困境？因此，能否写出一部富有新意、别具特色特别是充满活力的中国新闻史，进而有可能将整个中国新闻史的研究带入一种“柳暗花明”的新境界，甚至“激活”历史与现实的微妙关联，顺理成章地成

---

[1] 刘宪阁：博士，清华大学新闻与传播学院博士后。

为不少有心人孜孜以求的事业。

在学界诸先进的无数努力和艰辛尝试中，李彬教授近年推出并几经修订的《中国新闻社会史》（如从上海交通大学出版社2005年版算起，插图本第二版严格来说已是第三版），就颇有新意，给人以眼前一亮、豁然开朗的感觉。

说这本书有新意，当然不仅是因为书名中有最近在学术界炒得比较热闹的“社会史”字样。其实把“新闻”与“社会”两者连缀起来，并非什么新鲜事。早在1980年代，一些社会科学辞典中就出现了“新闻社会学”的条目。1990年代中甚至还出现了两本专书，径以《新闻社会学》来命名。但是“新闻社会学”的历史，毕竟不是“新闻社会史”，更不是李教授所关注的“新闻社会史”。

认真追溯起来，李教授可能并非最早使用“新闻社会史”这种概念的。且不说英语世界很早就出现对新闻社会史的探索（如*Michael Schudson*，*Discovering the News*：*A Social History of American Newspaper*，*New York*：*Basic Books*，*1978*。另参见迈克尔·舒德森著，陈昌凤、常江译，《发掘新闻：美国报业的社会史》，北京大学出版社2009年版），就是邻邦日本，也在数年前推出过这种研究取向的论著（如芝田正夫著，《新闻**の**社会史：**イギリス**初期新闻史研究》，京都晃洋书房2000年版），甚至在中文学术圈，偶尔也不乏类似“新闻社会史”这样的表达。

不过汉语学人中自觉而明确地揭橥“新闻社会史”，并以一本篇幅达数百页的著作来尝试展开的，确以李教授为先导。按照规范的社会史研究，这样的新闻史写作一般都会非常重视细节问题和社会层面（如王敏：《上海报人社会生活（1872—1949）》，上海辞书出版社2009年版；刘少文：《大众媒体打造的神话：论张恨水的报人生活与报纸文本》，中国社会科学出版社2006年版）。在《中国新闻社会史》的几个版本中，也不时地反复强调这一点。但是如果因此以为李教授完全赞成这种社会史的取向，那也不尽然。其实很大程度上，他只是针对当下基于多年积习而形成的那些研究范式的可能缺陷，而借用了社会史这个名词，实则另有所指，希望借此为新闻史研究开辟一条新的可能出路。

社会史的取向自有其优势，尤其是相对于以往过于政治化的单调叙述，很可能使某些本来值得注意、但极易被遮蔽和忽视的面向得以被（重新）发现，从而丰富对中国新闻史的了解、认识和把握。不过社会史取向也有其问题。特别是容易陷于鸡零狗碎，而难免“见木不见林”。李教授显然很清楚这一点，对此时刻保持警惕，而且其志决不在此。实际上，他真正的意图是不但采取“自下而上”的社会史视角，也强调“自上而下”的政治史考察，借助此种双向的认知和评价，避免跌入狭隘的新闻史窠臼和单纯的社会史陷阱。换言之，他主张力求从各方面、多角度、全方位地呈现中国新闻史的复杂性，而避免简单化。

也正是在这个意义上，李教授的立场很容易激起人们的同感。他强调：在近现代以来跌宕起伏、摇曳多姿的中国新闻史舞台上，更应引起关注的，不能只是少数几人或个别群体（不管是知识分子、上流社会、普通农民还是其他底层大众）的哀怨倾诉，还要包括千百万普通人尽管是默默无闻，但又实实在在、丰富多彩的实践——而这种活生生的实践，往往才是构成和影响历史发展的真正底蕴。因此，他力求自己的新闻史研究与写作既能关注社会小人物的悲喜剧，更可突出历史大关节的起承转合。

强调新闻传播与社会变迁的大关节、大问题——这样一种观察、思考和写作中国新闻史的旨趣，显然并非仅靠社会史这一取向所能完成和实现；而且即便要运用社会史的进路，也非得对其进行适合新闻史的调整、改造和发展不可。因此严格来讲，尤其从本书最初的构思和指向来说，目前呈现在读者面前的《中国新闻社会史》，其书名或许并不十分妥帖。譬如，书中在强调社会性一面的同时，也强调了甚至可以说是更强调了"政治"，因而或许也可以称之为"中国新闻政治史"。

只是现在不少人对政治的理解显然有偏差，尤其是由于以往阶级斗争观念和革命史论述范式的长期影响，"政治"概念不可避免地被庸俗化了。连带的，不少新闻人也开始厌谈政治、回避政治；更在"去政治化"的名义下，对新闻与政治的关联避之惟恐不及，好像一谈政治，新闻就不独立、不专业主义了。且不说"政治"概念的复杂性，更不用说政治是人类无论何时都难以完全回避的命运，即便从目前这种极力避谈政治的思考方式看，其背后也隐藏了相当的偏见。诚然，过去新闻领域中的泛政治化倾向是一种亟须纠正的偏差；但是像现在这样完全回避政治、不谈政治，是不是也容易陷入另一个极端，形成另一种偏差？在真实的历史和严峻的现实中，新闻和政治的关系怎么会简单到这样非此即彼，泾渭分明？

就此而言，在中国新闻社会史的名义下谈政治，也未尝不可，且无可厚非。甚至这本来就是中国新闻史应该包括而不是刻意回避甚至予以剔除的内容。惟在当前的学术体制和出版氛围中，这样的一种研究取向也实在难以找到更合适的名字。径称中国新闻史吧？好像太普通，实在看不出什么特色。取个带政治字样的书名吧？这个词好像又被用滥了，容易引起争议和误解。万般无奈，不得已而退求其次，干脆就叫《中国新闻社会史》。

依笔者浅见，李教授数年前即曾讨论和提倡，并一度收入交大版的"'新'新闻史”,或许倒更适合选来做书名。不过这本书到底取什么名,其实并非最重要的。更重要、更关键的是,中国新闻史可不可以或者能不能这么写?至少从李教授在书中的尝试来看,这是可以肯定,毋庸置疑的。他确实为中国新闻史的研究、写作和探讨提供了一种可取的新思路、新方向。即在勾勒中国新闻传播历史演进之轨迹的同时,也试图“透视其间纷繁复杂的社会背景与历史动因”,“力求探讨新闻传播与社会变迁的互动关系”。这也意味着,在提出这些新问题的同时,此后的中国新闻史之研究和写作也可能会逐渐容纳新材料,甚至得到新解释。譬如以前不太关注甚至有意无意地被忽略和遮蔽的一些方面和内容,今后也有可能被纳入史料范围、考察视野和分析框架。

《中国新闻社会史》的这种写作旨趣,或可借用杨奎松教授在《毛泽东与莫斯科的恩恩怨怨》修订版前言中的一段话来说明。即“严格说来并不在于(重新)发现历史”,而“不过是从一种不同的角度重新深入这段历史,通过有针对性的思考,给读者提供一种不同的历史叙事”。事实上,对于许多熟悉中国新闻史的学者和读者来说,书中所叙述的史事有哪些是他们过去所不熟知的呢?“问题仅仅在于,拘泥于传统的认识逻辑或研究思路,人们过去往往只能看到事情的一个侧面,而无法了解事情的其他侧面。本书不过满足了读者了解历史的其他侧面的一种愿望”。

当然,《中国新闻社会史》毕竟是一种无前例可循的崭新尝试。虽已屡经修订,惟因时间、精力等所限,在章节组织、体例安排、史实叙述、具体表达等方面还不无可以进一步推敲之处和斟酌余地。但是,这都并不妨碍它给关心新闻史的人们带来巨大的启发和深刻的反思。其最大的价值,就是提醒人们:新闻史,原来还可以这样写!尽管要做好此事仍需更多的努力,但它至少提供了一种可能的选择,指明了一种可取的方向!